| 초임 교사 시절 (1963)

| 초임 발령지인 여천 쌍봉국민학교에서 담임했던 학생들과 함께 (1963)

| 아동문예 집무실에서 (1981)

| 결혼할 즈음의 모습 (1967)

| 잠시 여유의 시간 (1983)

| 구름 위에 집을 짓나 (1980)

| 도봉산에 올라 사색에 잠기다 (1987)

❶백두산 천지연 ❷문인해외연수단 일원으로 유럽과 인도의 문화 체험 (1984) ❸중국 만리장성
❹열린아동문학 방파제 참석 후 부산 해운대에서 (2013)

| 고등학교 졸업 사진. 5형제를 맺은 끈끈한 우정 (1957)

| 소파 방정환 선생 기념비 제막식에서 사회를 보다 (1983)

| 연신내 역, 본인의 시 「무지개」 앞에서 (2015)

한국 아동문학의 개척자 박종현 선생 타계

故 박종현 선생

한국아동문학계의 큰 별, 박종현선생이 지난 3월 14일, 82세로 별세하였다. 박선생은 1938년 전남 구례에서 출생하여 화순에서 성장했으며 광주사범학교를 졸업한 후 교직에 있다가 뜻한 바 있어 아동문학 전문지「아동문예」를 창간하여 한국 아동문학을 개척하는데 일생을 몸바쳤다. 1976년 광주에서 닻을 올린「아동문예」지는 2020년 봄(3,4월호)현재 통권 439권을 펴내었다.

무려 44년동안 결간 없이 우리나라 아동문학 발전에 기여한「아동문예」지는 발행인 박선생이 창간 이후 오늘에 이르기까지 온갖 어려움을 극복하고 아동문학의 금자탑을 세웠으며 반석 위에 올려놓았다. 온 가족이 함께 읽는 아동문학 전문지로서 아동문학가를 문단에 가장 많이 등단시킨 공로자이기도 하다. 한국문인협회 분과 회장을 연임하면서 아동문학의 위상을 제고하고 빛나는 공적은 문단사에 길이 남을 것이다. 그분을 추모하며 박선생님의 대표작과 연보를 소개한다.

글 · 정용원
(국제PEN한국본부 부이사장)

박종현 연보

- 전남 구례군 산동면 출생 (1938년)
- 광주사범 졸업
- 아동문학 전문지 《아동문예》 창간 1976
- (사) 한국아동문예작가회 이사장 2010~2019
- (사) 한국문협 아동문학분과 회장 2011~2018
- 출판「아동문예」1977
- '세계문예' 1998, '아침마중' 2011

▣ 동시집

「빨강 자동차」,「손자들의 숨바꼭질」,「구름 위에 지은 집」,「아침을 위하여」,「아침에 피는 꽃」,「도깨비나라의 시」,「도봉산 솔솔」,「박종현 동시선집」,

▣ 동화집

「별빛이 많은 밤」,「사랑의 꽃밭」,「꽃파는 아이」,「대추나무 집 아이」,「섬에 온 쌍둥이 별」,「오솔길의 옹달샘」,「꽃구름 아기구름」,「바람이 된 아이들」,

▣ 동화시집

「비 오는 날 당당한 꼬마」,「반짝반짝 보기 안경」,「무지갯빛 참 예쁘구나」,「깡충 달리는 아기토끼」,「뚝딱뚝딱 오두막집」,「너무나 예쁜 하얀사슴」,

▣ 여행기

「체험솔솔 세계기행」2004(세계

▣ 문학상

한정동아동문학상, 전남문학상 대한민국문학상, 펜문학상 한국문학상, 도봉문학상

▣ 문화상

지역개발대응상 잡지문화창달 표창장(장관) 우수잡지 선전증 간행물윤리상 예총예술문화상, 문화공보부장 국무총리표창, 문화진흥공로(대 간행물잡지윤리상, 문화포장(대 콘텐츠잡지 선정

가을 들판

박종현

－잘 길러 주어서
정말 고맙습니다.

포근한 햇살에게
물에게, 공기에게

그리고 농부의 땀방울에게,
새들의 노래에게

깊게 머리 숙여 인사하는
가을 들판의 벼 이삭, 조 이삭들…

－잘 자라 주어서
정말 고맙습니다.

튼실하게 여물어준
시골의 농부에게

그리고 검게 그을린 얼굴에게,
푸짐한 웃음에게

감사와 기쁨이 일렁대는
가을 들판의 황금들, 이삭들…

《박종현 동시선집》 2015. 4.

아침을 위하여

박종현

이슬은
밤새워 풀잎을 닦는다.
그리하여 아침은
마알갛게 떠오른다.

바람은
밤새워 창문을 닦는다.
그리하여 아침은
새 빛이 솟는다.

햇님은
밤새워 구름을 닦는다.
그리하여 아침은
새 힘이 넘친다.

《소년조선일보》 1982. 3. 3

채송화

박종현

늘
꿈을
키우려
발돋움한
소꿉난장이

장독언저리
빨강노랑
늘웃는
아기
들

《손자들의 숨바꼭질》
아동문예 1977.

도봉산 만장봉

박종현

높은 산봉우리
우뚝 솟아
구름 마주보는 만장봉.

맨살 몸매
부끄럼 없어서
오늘도 고스란히 구름을 바라본다

오랜 세월
외롭게 솟아
메아리 듣는 만장봉.

넉넉한 가슴
파랗게 젖어서
오늘도 고스란히 메아리 듣고 있

《도봉산
세계문예. 2

짜릿한 한 생애 | 박병엽 시집

박병엽 시인은 말한다.
이 "짜릿한 한 생애에 대해 '하늘이 준 선물' '인연의 열매」이라고. 이름 되면 이제 우리는 박병엽 시인이 미국의 시인이자 화가인 커밍스(1894~1962)가 노래한 "나의 눈이 눈을 떴다"라는 시구절의 의미를 체득하고 있음을 알 수 있게 된다. — 허형만 (시인)

울지 않는 밤 | 임청민 시집

임청민은 정이로움을 안겨주는 시인이다. 시에 대한 그의 태도와 행보는 있느라면 꾸밈없으되 깨가 많다. 나도 저 나이에 저렇게 맑을 수 있을까라는 생각이 들고, 나 역시 지혜라 늘어갔으면 하고 바라게 된다. 그는 그리움의 편린들, 그가 빚어내는 맛깔 나는 작품들을 지속하리라 본다.
— 오봉옥 (시인, 서울 디지털 대학교 예술 대학장)「작품 해설」中에서

| 박홍근 선생님 서재에서 진지한 대화를 (1983)

| 문삼석 선생과 함께 (중국 여행길에서)

| 어느 이른 여름날 박홍근, 장수철 선생님을 모시고

| 유경환 선생님과 미소 지으며 업무 협의 중

ⅼ 1983년 5월 5일 소파 방정환 선생 기념비 제막식을 끝내고 망우리 묘소 기념비 앞에서

ⅼ 1986년 한국글짓기지도회 임원 일동 (손광세, 이슬기, 박상재, 김호재, 박종현, 이정우, 최균희, 홍순태, 김종상, 차원재, 엄기원)

| 1979년 5월 4일 서울시 주최 제57회 어린이날 전야제에서 서울시장으로부터 유공자 표창을 받은 아동문학 원로들 (왼쪽부터 박경종, 이원수, 박화목, 이주홍, 유경환, 김성도, 윤석중, 김요섭, 박홍근, 이상현)

| 대한민국문학상 시상식에서 박종현, 문삼석, 유경환, 김요섭, 박성배, 이창건

| 2014년 3월 28일 박홍근 선생님 노래비를 묘소 옆에 세우고

| 1981년 제14회 동시문학상 (오순택 시인 수상) | 1987년 대한민국문학상 수상 (한국문화예술진흥원 정한모 원장)

| 2008년 9월 7일 아동문학 제1회 심포지엄 개최

| 《아동문예》 창간 32주년 제30회 한국동시·동화문학상 시상식을 마치고 (2008)

| 2008년 한국문학상 수상 (가운데 꼬마가 장손, 고등학생이 됨)

| 한국아동문예작가회에서 주최한 '한국 아동문학 세미나'를 마치고 (2008)

| 1991년 강릉에서 열린 청소년 문학교실 (1991)

| 글짓기에 몰입한 어린이들, 밤에도 열리는 청소년 캠프

| 1976년 10월 24일 광주아동문학회 (월 1회 회합) | 최태호 선생 『리터엉 할아버지』 출판기념회.

| 1995년 5월 27~28일 《아동문예》 창간 19주년 기념 아동문학 심포지엄

| 전국 순회 문학교실 포천 영북초등학교에서 (2001)

| 박홍근 아동문학상 시상식 수상자 문삼석 선생, 오른쪽 신지식, 김미사, 백창덕 (1992)

| 사간회 총회, 원로 잡지 발행인 (2016)

| 외가에서 외할머니와 어머니 품에 안겨서 | 둘째의 돌날 가족사진 (1971)

| 전남아동문학회 야유회 날 회원 가족들 모두 함께 (1976)

| 부모님 상경기념 가족사진 (1990)

| 고향에 내려가 구순의 어머니와 정담을 나누는 모자 (2013)

| 중국 차 기행 중에

| 부모님을 모시고 제주도에서 (1989)

| 3대가 한자리에 모였어요

| 어머니 팔순연은 서울에서, 5남 5녀 중 아프리카 둘째 아들만 참석 못함 (1998)

| 어머니를 가운데 모신 5남 5녀가 한자리에, 참 행복한 한때(2000년 원주 오크밸리)

等 · 山 · 박 · 종 · 현 · 선 · 생 · 추 · 모 · 문 · 집

귀하! 나, 박종현

"눈 기뻐갑십시오!
아이들과 함께!"

박종현 선생 추모문집 발간위원회

영혼이 만나는 아름다운 자리

등산嶝山 박종현 선생께서 우리들의 곁을 떠난 지도 1년이 되었습니다.

선생은 우리나라 아동문학계에 큰 영향을 끼친 거목이었으나 가시는 길은 너무나 조용했습니다. 지구촌을 강타한 코로나19 팬데믹 때문이기도 하지만 평소 남에게 폐를 끼치기 싫어했던 선생의 음덕陰德을 보는 듯해 숙연해짐을 금할 길이 없었습니다.

그 아쉬움을 달래고자 몇몇 지인들이 간소한 추모 모임을 마련코자 하였으나, 그 또한 쉽게 허락되지 않았습니다. 그래서 지면으로나마 선생에 대한 추모의 정을 모으기로 하였습니다.

예상외로 많은 분들께서 기꺼이 응해주시고, 구구절절 곡진한 추모의 정을 담아주셨습니다. 하늘에 계신 선생께서도 빙그레 웃으며 필시 '귀하! 고마워, 고마워'를 되뇔 것만 같습니다.
하늘과 땅을 오가는 인연 풀이가 그림처럼 아름답습니다.

이 문집에는 추모의 글 외에도 선생의 생전 모습이 담긴 사진 몇 장과 선생이 걸어오신 약력을 정리하여 실었습니다.
아울러 선생께서 남기신 작품 몇 편도 장르별로 골라 실었습니다.

　선생께 한 걸음 더 다가서는 길이 되어주리라 믿습니다.

　부디 이 추모문집이 하늘나라에 계시는 박종현 선생과, 선생을 기리는 많은 분들의 영혼이 서로 만나 따뜻하고 훈훈한 정을 나누는 아름다운 자리가 되기를 바라는 마음 간절합니다.

　귀한 글로 동참해 주신 집필자 여러분과 문집 출간에 힘을 실어주신 많은 분들께도 깊이 감사드립니다.

2021년 이른 봄날
박종현 선생 추모문집 발간위원회 대표　문 삼 석

■발간위원■
김삼동 박성배 손동연 신건자 오순택 이경애 임옥순
정운일 정은미 진영희 최두호 홍영숙

■ 차례

다시 보는
박종현 문학

염불

- 나무아미타불
  관세음보살

두 눈 딱 감고
염불 하는 돌이

빙그레
웃는 부처님.

아기를 보면서

아기의 눈을
가만히 들여다보면
아기의 눈은 옹달샘입니다.

그래서 아기의 눈 속에서는
하늘이 떠 있고
구름이 흘러갑니다.

아기의 가슴에
가만히 귀를 기울이면
아기의 가슴은 들판입니다.

그래서 아기의 가슴에서는
항상 들꽃이 피고
풀잎이 속삭입니다.

아침을 위하여

이슬은
밤새워 풀잎을 닦는다.
그리하여 아침은
마알갛게 떠오른다.

바람은
밤새워 창문을 닦는다.
그리하여 아침은
새 빛이 솟는다.

해님은
밤새워 구름을 닦는다.
그리하여 아침은
새 힘이 넘친다.

달밤

두웅실
산마루에
오르는
달,

달이
나를
보고

마알간
웃음,

두웅실
내 가슴에
솟는
마음,

내가

달을
보고

환한
웃음.

술래놀이

맨드라미
꽃잎 새
리본이 뾸꼼,

내가 영희라면
그렇게는 않지.

가슴에다 꼭꼭
리본을 달지.

부엌문
틈새로
허리띠가 쪼꼼,

내가 철이라면
그렇게는 않지.

주머니에 꼭꼭
허리띠를 달지.

구름 위에 지은 집

높이 떠 있네.

가을날 오후의
햇살이 넘치는
하늘을 바라보면
점점이 조개구름…
새하얀 새털구름…

조개구름 주추 삼아
주황 크레파스
기둥 세우고
새털구름 모아서
벽이랑 담장이랑 그리자.

파란 하늘은
그대로 지붕,
초록 분홍은
이쪽은 달리아…

이쪽은 샐비어…

청록 연두는
넓은 정원에
포도나무, 감나무 심고…

줄줄이 늘어선
플라타너스 줄기마다
아코디언,
멜로디언 걸고

별들은 그대로
천장마다에 전등,
노래하는 구름 위
은하수는 시냇물,

하늘에다 가득
나의 집을 그리자.

올라가고 내려가고

붉은 해마다 꽃 소식 한 아름 안고
종종걸음으로
북응로, 북으로 올라가고

가을은 해마다 단풍소식 한 아름 안고
종종걸음으로
남으로, 남으로 내려오고…

올해는 내가 먼저야.
아니, 내가 먼저야.
한 번쯤은 서로 먼저 가겠다고 다툴 만도 한데,

한결같이
봄 되면 변함없이 또 올라가고,
가을 되면 변함없이 또 내려오는…

시소처럼 언제나 정다운
우리나라 봄꽃 소식,
우리나라 단풍 소식.

내 시는 어디 갔을까?

연대가 바뀌고 해가 변해도
산들은 예처럼 푸르러 있고
구름도 예처럼 흘러가는데

요즈음 텔레비전은
무너진 장벽 위의
독일인을 비춰 주고
자유의 깃발 든
루마니아인을 비춰 준다.

잠들지 못하는 밤에는
시 한 줄 없는 신문으로
독서를 하느라고
청탁을 받고도
시를 쓰지 못한다.

돈은 없으면 빌려 쓰고
물건은 없으면 사서 쓰지만

시는 빌려 쓸 수 없는 일
시는 사서 쓸 수 없는 일

흰 눈을 밟고 산을 오르며
가슴에서 떠나 버린
시를 찾는다.
내 시는 지금 어디 갔을까?

휴전선의 철조망이 걷히면
내 시는 돌아올 수 있을까?
시 한 줄 없는 신문에서
시를 찾을 수 있을까?

그날 소록도에 내린 비가 오늘 아침 우리집 마당에 내리고 있네

그날은 비가 내리고 있었네. 국립나병원 소록도의 꽃밭에, 나무 줄기에, 사랑을 바다에, 빗방울이 쏟아지는 바다 가운데 물너울이 넘치고 있었네.

통통통 통통배를 타고 어두운 바다, 바다를 건너서 소록도엘 가고 있었네. 벚꽃나무 가지에, 살구나무 꽃잎에, 빗방울이 떨어지는 마을 빨간 동백송이 꽃잎들이 춤을 추고 있었네.

손가락이 휘어져 책보를 못 풀어, 발가락이 부풀어 걸음을 못 걸어, 이름도 서로운 문둥이 나라, 눈물을 닦아도 나환자여! 보리 논 사이 이랑을 지나 마늘밭 사이 고랑을 타고, 찢어진 우산 우산을 받고 녹산국민학교에 모이고 있었네.

봄바람은 파란 마늘 키를 재어 보고, 보리들의 수를 세어 보고, 다시 공원에 모여서 공작편백 나무들의 날개를 펴고 있었네. 황금 편백 나무들은 공원을 비추는데, '삐이 닐리리 삐이 닐리리' 한하운 시비에도 비가 내리고 있었네.

원숭이가 그네를 타고, 공작이 깃발을 세우는 동물원, 칠면조, 금계, 꿩들이 모이를 찾고 있었네. 사람들은 자유롭다네. 마음은 사철 푸르러 이송형 선생께 공부 배우는 소록도 녹산초등학교 어린이여!

여기는 달리아, 저기는 튤립, 화단에서 꽃 심는 엄마 아빠 얼굴은 예쁘게 그렸네. 손가락이랑 발가락이랑 모두 다 그렸네.

그날 소록도에는 비가 내리고 있었네.

그날 이후 우리 집 마당에도 비가 내리고 있었네. 공작편백 날개 위에 황금편백 머리 위에 살포시 봄비가 내리고 있었네. 그날 소록도에 내린 비가 오늘 아침 우리 집 마당에 내리고 있네.

시를 쓰자꾸나

비가 오는구나.
우리들 가슴에
시를 쓰자꾸나.
아이들이 좋아하는 시를 쓰자꾸나.
우리들이 좋아하는 시를 쓰자꾸나.

눈이 오는구나.
우리들 가슴에
연을 띄우자꾸나.
백두산을 오르는 연을 띄우자꾸나.
한라산을 오르는 연을 띄우자꾸나.

바람이 부는구나.
우리들 가슴에
날개를 달자꾸나.
동녘 바다를 나는 날개를 달자꾸나.
서녘 바다를 나는 날개를 달자꾸나.

울자꾸나.
울자꾸나.
시를 위해 울자꾸나.
연을 위해 울자꾸나.
날개를 위해 울자꾸나.

쓰자꾸나.
쓰자꾸나.
한평생 쓰자꾸나.
아이들을 위해 쓰자꾸나.
우리들을 위해 쓰자꾸나.

반짝반짝 돋보기안경

반짝반짝 돋보기안경

숲속에 사는 까마귀 한 마리,
"반짝이는 것은 뭐든 좋아."

일하는 할아버지 콧등의 돋보기안경,
햇빛 받아 반짝반짝.

"저기 멀리서 반짝반짝
빛나는 저건 뭐지?"

할아버지 가까이 후루룩 날아간 까마귀
"나, 돋보기안경 갖고 싶어!"

까마귀와 돋보기안경

냇가에 얼굴을 씻으러 간 할아버지
돋보기안경은 풀밭에 벗어 놓았지.

"기회다. 기회가 왔다."
돋보기안경을 물고 공중으로 오른 까마귀.

"고얀 까마귀! 내 안경! 내 안경 내놔."
할아버지는 소리를 높여 고함을 쳤지.

까마귀는 멀리멀리 훠얼훠얼
까마귀는 높이높이 훠얼훠얼.

숲으로 간 돋보기안경

반짝반짝 돋보기안경 멋있었지.
반짝반짝 돋보기안경 아주 좋았지.

까마귀는 할아버지처럼 콧등에 척!
"돋보기안경! 어때? 정말 멋있어!"

까마귀가 보는 작은 벌레 한 마리,
"엇, 잎새에서 뭔가 꼬물거리고 있어."

돋보기안경 쓰고 깜짝 놀랐지.
"저렇게 멀리 있는 게 다 보이네?"

공룡만 한 벌레

배가 고픈 까마귀 두리번두리번
"먹을 것 없나? 벌레가 있지?"

벌레 붙은 나무로 후루룩 날아갔지.
"냠냠, 먹어야지. 맛있게 먹어야지!"

"꺅! 이게 뭐야?
엇, 공룡이다!"

공룡 같은 벌레, 너무 무서워
"아, 돋보기안경 때문이야!"

두더지와 돋보기안경

"다시는 돋보기안경 안 쓸 거야!"
돋보기안경을 벗어던진 까마귀

이래로 떨어지던 돋보기안경,
지나가던 두더지 콧드에 처억!

'아이쿠, 이게 뭐야, 콧등에 걸렸지.'
"돋보기안경이야, 모두 잘 보이지….'

"아, 돋보기안경! 이것 참 고맙군….'
눈이 어두운 두더지는 좋아했지.

땅속의 돋보기안경

깜깜한 땅속에서 땅을 파는 두더지,
쉬지 않고 열심히 파박파박.

"그래? 돋보기안경은 잘 보이는데
불편해. 땅 파는 일에는 필요 없어."

이리 걸리적 저리 걸리적,
"땀이 흐르는데 불편하구나."

"돋보기안경 필요 없어.
땅속에서는 필요 없어."

족제비와 돋보기안경

"내겐 쓸모없는 돋보기안경이야!"
두더지는 돋보기안경을 밀어버렸지.

족제비가 돋보기안경을 보았지.
"응? 잇 뭐 하는 물건이야?"

땅굴 속에서 두더지가 말했지.
"그걸 쓰면 뭐든지 잘 보인대…"

족제비는 이것저것 잘 못 보았지.
"그렇잖아도 눈이 침침, 잘 됐구나."

괴물 같은 돋보기안경

돋보기안경 쓰고 길을 걷는 족제비,
부스럭부스럭 "나무 위에 뭐가 있지?"

돋보기안경에 비친 커다란 다람쥐,
엄청나게 큰 다람쥐가 보였지.

"이크, 저렇게 큰 다람쥐가 있어?"
'어이구, 공룡처럼 크구나.'

크게 뜬 족제비 눈, 영문 모르는 다람쥐,
"왜 날 보고 저렇게 놀라지?"

다람쥐와 돋보기안경

"아이쿠~! 공룡이다. 도망가야지!"
돋보기안경 벗어던지고 도망가는 족제비.

"호, 이게 뭐지? 이상한 물건이네."
다람쥐도 돋보기안경, 콧등에 처억.

"족제비가 왜 나를 보고 달아났지?"
다람쥐가 고개를 갸웃갸웃.

"잘 보인다. 족제비가 보인다."
"잘 보인다. 나무들이 보인다."

도토리와 돋보기안경

다람쥐는 여기저기 두리번두리번
나무 숲에서 본 도토리 하나.

"아이쿠! 이렇게 큰 도토리도 있네."
좋아서 덩실덩실, 기뻐서 덩실덩실.

도토리 안고 춤추는 다람쥐,
"으하하하." 기뻐 웃는 다람쥐.

"이거 한 알만 물고 가면,
우리 아기하고 일 주일은 먹겠네."

작은 도토리 큰 도토리

도토리 한 알을 물고 온 엄마 다람쥐,
실망하여 울상이 된 아기 다람쥐.

"에계~! 이렇게 작은 도토리야,
한 알만 물고 왔으니 큰일이네."

돋보기안경을 벗어버린 다람쥐,
"에계…. 정말 작은 도토리야."

돋보기안경을 다시 쓴 다람쥐,
"큰 도토리야, 엄청난 도토리야."

51

까치와 돋보기안경

"이거 아주 몹쓸 돋보기안경이로군…."
다람쥐가 돋보기안경을 던져버렸지.

숲속으로 날아온 까치 한 마리
반짝반짝 돋보기안경을 보았지.

"어? 저 돋보기안경, 언제 본 안경이야.
그래, 그래, 할아버지 돋보기안경이구나."

"이제 잃어버린 돋보기안경을 찾을 거야.
얼른 할아버지에게 가져다 드려야지."

할아버지와 돋보기안경

"돋보기안경, 왜 숲에 있을까?"
까치는 이상하게 생각했었지.

"까마귀 때문일까?
 두더지 때문일까?"

"족제비 때문일까?
 다람쥐 때문일까?"

돋보기안경 입에 물고 날았지.
할아버지 마을로 날아갔지.

돌아온 돋보기안경

할아버지 창가에 돋보기안경!
까치가 슬며시 갖다 놓았지.

돋보기안경을 본 할아버지,
"어~? 어떻게 여기에 있지?"

"어디 갔다 돌아왔나?
 허허, 내가 꿈꾸고 있나?"

할아버지 좋아서 '하하하.'
까치는 재미있어 '깟깟깟!'

＊ 출처 : 『반짝반짝 돋보기안경』(세계문예, 2007)

꽃구름 아기구름

― 책머리에

꽃구름 아기별이 좋아

꽃구름에 아기별이 자라고
아기별은 꿈을 먹고 자라요.

하얀 꽃을 피게 해 주세요.
빨간 사과 열게 해 주세요.

시원한 열매 열게 해 주세요.
예쁜 방실아가 보내 주세요.

해님, 별님, 달님, 너무 좋아요.
꽃구름 아기구름 너무 좋아요.

지은이 · 박종현

꽃구름 아기별

훨~ 훨
온갖 새들이 날아다니는 하늘!
그 높고 깊은 곳에 꽃구름 있습니다.
몽실몽실 솜사탕 같은 꽃구름입니다.
하느님의 발도 쏘옥쏘옥 빠지는
눈처럼 새하얗고 포근한 꽃구름입니다.
꽃구름에 까만 눈이 반짝반짝 빛납니다.

새하얀 봄이 반짝반짝 빛나고 있습니다.
빛나는 아기별이 자라고 있습니다.
온몸을 꽃구름에 포옥 파묻고 있습니다.
쌔근쌔근 잠도 잘 자고 엎치락뒤치락
장난도 잘 칩니다.
달님의 요정은 개구쟁이 아기별을 남모르게
돌보고 있습니다.

별처럼 예쁜 꿈

아기고래가 바다 물속에서 엄마 고래 젖을 빨 듯
아기별은 오물오물 달님 요정의 젖을 먹고 자랍니다.
아기별은 오물오물 달님 요정의 지극한 사랑 먹고 자랍니다.
아기별은 꼬물꼬물 사랑으로 가득 찬 꿈을 머고 자랍니다.
땅 위의 생명들은 하늘을 보며 꿈을 꿉니다.
하늘처럼 커다란 꿈…….
땅 위의 생명들은 달을 보며 꿈을 꿉니다.
달빛처럼 화안한 꿈…….

땅 위의 생명들은 별을 보며 꿈을 꿉니다.
어여쁜 꿈,
커다란 꿈,
화안한 꿈,
아름답게 숨어있는 꿈은 말할 수 없이 아름다웠습니다.
훌륭한 화가가 아무리 잘 그려도 자연의 그림을 흉내 내지 못합
니다.
훌륭한 그림은 자연을 흉내 내며 삽니다.

들꽃들은 꿈꾸기를 좋아해

꽃들은 꿈꾸기를 좋아합니다.
아무도 돌보지 않는 들꽃들도 꿈꾸기를
더 좋아합니다.
깊은 산속에서,
키 큰 풀들 사이에서,
넓은 들판 한 모퉁이에서,
커다란 나무 아래에서,
커다랗고 무거운 바위 아래에서,
아직 이름도 없는 들꽃들이 꿈을 꿉니다.
가만가만 꿈을 꿉니다.

하늘을 보며 소곤소곤 꿈을 꿉니다.
"달님처럼 환하고 커다란 꽃을 피우게 해 주세요."
"별님처럼 반짝이는 어여쁜 꽃을 피우게 해 주세요."
다른 꽃들이, 다른 풀들이 비웃을까 봐,
새근새근 꿈을 꾸고 있습니다.
너무 큰 욕심이라 비웃을까 봐
고요, 고요히 꿈을 꿉니다.

들꽃들은 꽃구름이 되어

들꽃들은 구름이 되고 싶었습니다.
들꽃들은 꽃구름이 되고 싶었습니다.
들꽃들의 꿈이 하늘로 올라갔습니다.
하얀 나비가 되어 나풀나풀 올라갔습니다.
하늘 높이 꽃구름으로 올라갔습니다.
'누가 엿들을까 봐.'
소리 죽여 조용히 하늘로 올라갔습니다.

'바람 불어와 꿈을 흩어버릴까 봐.'
사푼, 사푼 하늘로 올라갔습니다.
'꿈이 부딪혀 떨어지면 어쩔까 봐.'
조심조심 하늘로 올라갔습니다.
커다란 나무, 커다란 가지에서
꽃구름이 되어 조용 조용히
하늘나라로 올라갔습니다.

향기 나는 꿈으로

'어디 꿈꾼다고 다 이루어지나요?'
정성을 다하고 노력을 해야 합니다.
예쁜 운동화 한 켤레를 가지고 싶다면
가지고 싶은 만큼 이상의 노력이 따라야 합니다.
어릴 때는 어머니 아버지가 도와줍니다.
다음에 어머니 아버지께 되갚아 드려야 합니다.
세상에 꿈이라는 꿈은 그냥 이루어지는 것이 아니고
정성과 노력이 있어야 이루어집니다.
구름밭에 온 들꽃들은 별들이 좋아할 여러 가지 빛깔로 예쁘게
꾸몄습니다.

들꽃들의 꿈이 서서히 이루어졌습니다.
달님의 요정이 들꽃들의 꿈을 받아 안았습니다.

"들꽃들의 꿈이야.
향기 나는 꿈이야.
아주 고운 꿈이야.
아름다운 꿈이야."
달님의 요정이 꿈을 안고 꽃구름 여기저기를 속삭이며 다닙

니다.

　"저요. 제게 주세요. 아주 고운 꿈, 향기 나는 꿈, 제게 주세요."

　달님의 요정이 조그만 아기별에게 들꽃의 꿈을 안겨주었습니다.

　들꽃들은 꽃구름이 되었습니다.

세상은 넓고 넓어

세상의 모든 것은 스스로 무엇인가 되고 싶은 꿈이 있습니다.

각각 이루고 싶은 꿈이 있습니다.

깊은 산속 오솔길의 옹달샘!

물방울들도 꿈을 꾸고 있습니다.

밤새도록 풀잎에 앉았던 이슬도 꿈을 꿉니다.

낮이 오고 해님이 오시면 잠시 쉬고 있습니다.

샘 속에 내려앉은 흰 구름을 보면서 물방울들도 꿈을 꾸고 있습니다.

'샘을 나가, 시냇물을 지나,'

푸른 강물까지 흘러가고 싶었습니다.

바다에 닿아 넓은 세상을 오래도록 구경하고 싶습니다.

바다의 품속에서 물고기들이 뛰어놀고 있습니다.

커다란 고래도 '푸우아 푸우아'

안개 같은 푸른 분수를 내뿜었습니다.

"아, 바다까지 흘러가고 싶어요."

작은 물방울들이 꿈을 꾸고 있습니다.

나풀나풀 하늘로 올라가 꽃구름이 되었습니다.

꽃구름은 더 좋은 꿈을 꾸려고 여기저기 떠돌아다닙니다.

세상에 달콤한 꿈

푸른 잎사귀에 무성한 사과나무가 있습니다.
오롱조롱 매달린 새하얀 사과꽃이 있습니다.
좋은 사과가 되는 꿈을 꾸고 있습니다.
야무지고 달콤한 꿈을 꾸고 있습니다.
"탱글탱글, 반짝반짝 빛나는
사과가 되고 싶어요."
"새빨갛고 달콤한 향기 나는
사과가 되고 싶어요."
"팔마다 주렁주렁 사과를 매달고 싶어요."

"여러 가지 많은 꿈을 꾸고 있어요."
"달빛 젖은 배나무, 새하얀 배꽃도 되고 싶어요."
"사과나무 곁에서 꿈을 꾸고 싶어요."
사과꽃!
배꽃!
달콤한 꿈도 한들한들 꿈꾸면서 하늘로 올라가고 있습니다.

색시 반달곰 신랑 반달곰

깊은 산속, 깊은 동굴에서
숨어살기를 좋아하는 반달곰!
깊은 산속, 깊은 동굴에서, 잠만 코~ 코~ 자던 수반달곰이 겨울잠에서 깨어났습니다.
이제 나들이했다가 노란 꽃을 피운 생강나무 아래서 어여쁘고 아리따운 색시를 만났습니다.
총각 반달곰!
아씨 반달곰!

맑디맑은 계곡물에 서로의 몸을 깨끗하게 씻고 결혼을 했습니다.
주례 선생님은 늙은 갈참나무였습니다.
반달곰 부부도 꿈을 꾸었습니다.
"밤톨처럼 어여쁘고, 달님처럼 화안하고, 차돌처럼 단단한 아기곰을 낳고 싶어요."
반달곰은 야무진 꿈을 꾸었습니다.
반달곰은 다시 돌아왔습니다.

꽃처럼 어여쁜 꿈

창밖에는 별들이,
어여쁜 꿈들이 반짝반짝 빛났습니다.
엄마 품의 가슴에
아기 눈이 반짝반짝 빛납니다.
아빠 눈에는 사랑이
반짝반짝 빛납니다.
우리 아기, 좋은 아기
무슨 꿈을 꾸고 있을까?
꽃처럼 어여쁜 꿈,
좋은 꿈을 꾸고 있을까?
달처럼 화안한 꿈,
환한 꿈을 꾸고 있을까?

세상처럼 커다란 꿈은
빛나는 꿈이 아닐까?
무슨 꿈인지 모르지만
아름다운 꿈이 아닐까?
아기 눈이 싱싱하게

더욱 반짝이는 걸 보면,
우리 아기 착한 아기가
꾸는 꿈은 사랑입니다.
우리 아기 바른 아기가
꾸는 꿈은 행복입니다.

아기 구름은 꿈을 꾸고

모든 꿈은
하늘로 올라갔습니다.
어떤 꿈은
나비처럼 나풀나풀 날아갔습니다.
어떤 꿈은
고니처럼 너울너울 올라갔습니다.
어떤 꿈은
나그네처럼 흐느적흐느적 올라갔습니다.
가는 모습 저마다 달라도,
높이 올라갔습니다.

세상의 모든 꿈들은
높은 곳으로 올라갔습니다.
다른 꿈을 주었어도
구름밭 아기처럼
하늘 높이 올라갔습니다.
꽃구름 아기구름처럼
꿈이 가득 올라갔습니다.

아기별은 애쓴 만큼

꽃구름에서는 달님의 요정이 바빠졌어요.
아기별에게 꿈을 나누어 주느라
종종걸음을 했습니다.
물방울의 야무진 꿈!
꽃들에게 달콤한 꿈!
반달곰의 화안한 꿈!
달님의 요정이 사랑의 꿈, 행복의 꿈을
나누어 주느라 바빠졌어요.

아기구름에서는 달님의 요정이 바빠졌어요.
아기별에게 꿈을 나누어 주느라
종종걸음을 했습니다.
무럭무럭 크는 꿈!
토실토실 하는 꿈!
방실방실 하는 꿈!
달님의 요정이 아름답고 싱싱한 사랑을
나누어 주느라 종종걸음을 했습니다.

우쭐우쭐 아기별은 자라고

아기구름 꽃구름!
송알송알 이마에 땀이 맺혔습니다.
"무럭무럭
토실토실
잘 자란 아기별
아이고,
무거워.
끙끙 낑낑."
달님의 요정이 소리칩니다.

잘 자란 예쁜 아기별,
안녕,
헤어질 때가 되었습니다.
안녕,
이젠 땅으로 내려가고 싶습니다.
내려가 세상의 꿈을 이루어주렴.
꿈은 남의 것을 탐하지 않습니다.
꿈은 다투지 않으며 행복하게 사는 일입니다.

아기별은 방실방실

세상 모든 것은 꿈을 꾸고 있어요.
새로운 세계를 꿈꾸고 있어요.
다 자란 별님이 하나 둘 세상을 내려왔어요.
꿈의 주인 찾아 하늘하늘 땅으로 내려왔어요.
꿈처럼
별처럼
꿈이 이루어져요.
방실방실 웃고 있어요.
"드디어,
드디어 꽃이 피고 있어요.
향기,
향기 나는 꽃이 피고 있어요."
드디어 향기로운 열매를 맺었어요.

"드디어,
드디어 샘을 나가 흘러가게 되었어요.
푸른 강물 되었다가 푸른 바다 되었어요."
"으아앙, 으아앙,

아기 반달곰 세상 구경했어요.

으아앙, 으아앙."

꿈을 이루기 위해서는 어려운 일도 있고, 슬픈 일도 있고, 우스운 일도 있어요.

산나물, 콩나물, 참기름, 고추장, 간장, 마늘, 육회를 섞어 썩썩 비벼야 맛이 나는 비빔밥과 같아요.

꿈은 한 가지 일로만 이루어지지 않아요. 복합으로(여러 가지를 하나로) 이루어지지요.

더엉덩 덩더꿍놀이

꽃구름 오롱조롱 아기별이 모였습니다.
오물오물 꼬물꼬물 꿈 먹어야 자라는
오물오물 쪼물쪼물 꿈을 먹어야 자라는
아기별이 하나 둘 모였습니다.
나풀나풀 새로운 꿈,
구름밭에 올라온 꿈,
무럭무럭 토실토실
아기별이 자랐습니다.
달빛이 없어도,
별빛이 없어도,
온 세상은 꿈들로 화안해졌습니다.

우리가 사는 하늘에는 꽃구름과 아기구름이 재잘재잘 행복에
겨워 떠들고 있습니다.
아기별들이 떨어진 자리에 새 꿈들이 올라갑니다.
작고 예쁜 소원을 담은 꿈들이 올라갑니다.
하나, 둘, 작은 꿈들이 생겨납니다.
예쁜 꿈들이 많을수록 하늘의 별들도 많아집니다.

"더 엉 덩 덩더꿍."
풍물놀이 하면서 많이 많이 올라가고 있습니다. *

* 출처 : 『꽃구름 아기구름』(세계문예, 2008)

돌아온 시·티

"위잉, 위잉."

마을 언덕에서는 길고 깊은 바람이 흘러내렸습니다.

하늘에서는 총총 별이 빛나고 또다시 별똥별이 튀어 내렸습니다.

언덕에 서 있는 플라타너스도 으스스 가지를 흔들며 몸을 떨었습니다.

집집에서는 불이 켜지고 도란도란 소곤거림이 언덕까지 들려왔습니다.

낮 동안 일어났던 이야기들을 나누기도 하고, 내일의 일을 의논하는 속삭임이었습니다.

그러나 언제나 어렵게 사는 시인의 집에서만은 오늘도 불빛이 없었습니다.

벌써 일 주일이나 되는 듯합니다.

언덕에 서 있는 플라타너스와 골짜기의 다람쥐는 여간 걱정이 아니었습니다.

시인의 집 주위로 잔잔한 고요가 흐르고 있었습니다.

"플라타너스야, 오늘도 시인의 집에 불이 켜지지 않았구나. 저토록 괴로워한다고 C·T(시·티)가 들어 올 수는 없을 텐데……."

다람쥐가 귀를 쫑긋거리며 말했습니다.

"다람쥐야, 이제 생각해보니 시인이 시·티를 외계로 내보낸 것이 잘못인 것 같아."

"나루 시인님이 날마다 시·티를 생각한다고 시·티가 지구로 돌아올까요?"

"그래서 걱정이야. 시·티는 아무래도 완전한 외계인은 될 수가 없는데……."

시·티는 한동안 지구소년과 어른들에게 그리움을 남기고 떠났던 이·티를 닮았습니다.

그는 지구가 싫다고 외계로 떠난 시인의 친구입니다.

'위잉위웡' 또다시 바람이 어둠 속을 가르고 지나갔습니다. 그때마다 언덕의 풀잎들은 싱싱한 내음을 풍겨 주었습니다.

그때 다람쥐가 팔딱팔딱 뛰어서 시인의 집으로 뛰어들었습니다.

시인은 책상 앞에 앉아서 깊은 시름에 잠겨 있었습니다.

"시인님, 안녕하세요?"

"응, 다람이구나."

"시인님, 이·티가 사는 외계나라는 살기 좋은 곳이라지요?"

쓸쓸한 표정을 짓고 있는 시인에게 다람쥐가 말했습니다.

"다람아, 나는 오늘 밤에라도 이곳을 떠나야 할 처지인데, 내가 없을 때 시·티가 오면 어떻게 하지?"

시인의 걱정도 그럴만한 이유가 있었습니다. 비닐로 지어진 시인의 집은 비행기처럼 생겼습니다.

그래서 비행기처럼 날아다닐 수 있도록 날개가 달렸습니다.

언제부턴가 지구에서는 시인처럼 가난한 사람들이 비닐집들을 갖게 되었습니다.

시인도 회사에 나갈 때마다 날아다니는 집을 타고 다녔습니다.

낮에는 회사를 옥상에 올려놓고, 회사에서 돌아올 때는 마을 언덕이나 숲속의 공간에 앉아서 밤을 보냅니다.

밤에는 빌딩의 옥상에 날아다니는 집을 둘 수가 없었습니다.

'우·우·우·우' 부는 바람이 집을 아무 곳이나 날려버리기 때문입니다.

그래서 시인뿐 아니라 날아다니는 집을 갖고 있는 사람들은 주소도 문패도 없었습니다.

그런데 내일부터 마을 언덕에 아파트 공사가 시작됩니다.

다람쥐도 시인이 떠나게 되는 것은 알고 걱정이었습니다.

"시·티는 영리하니까 시인님을 잘 찾아갈 거예요."

"아니야. 시·티는 외계에서는 눈이 밝지만 지구에서는 눈이 어두워 잘 보이지 않아."

마을 언덕에 어둠이 내리고 있었습니다.

어둠 속에서 별빛들이 나부끼었습니다.

"다람아, 이 언덕에 아파트공사가 시작되더라도 너구리, 오소리, 토끼, 꿩들에게 너무 멀리 떠나지 말고 계곡의 숲에서 잘 지내라고 하여라."

어둠속에서 시인과 다람쥐의 이야기가 한창일 때, 시.티가 마을 언덕에 사뿐히 내렸습니다. 시·티가 초롱한 눈망울을 굴리며 시인의 집문을 가볍게 열고 들어섰습니다.

"오, 시·티! 돌아와 주었구나."

시인은 시·티를 꼭 끌어안았습니다.

"사실은 이·티와 재미있게 살 생각도 했어요. 자동차 사고도 없고, 비행기 사고도 없어서 그곳에서 살고 싶었어요."

시·티는 시인을 조금 원망스러운 눈동자로 바라보며 말했습니다.

"그렇다면 왜 돌아왔지?"

시인은 미안스러운 생각이 들어서 시·티에게 물었습니다.

"외계의 나라는 참으로 살기 좋은 곳이어요. 그러나 그곳에는 어린이들은 없고 수억 년씩을 살아온 늙은 이·티들 뿐이었어요."

"그래, 맞았어. 그래서 그곳에는 그리움이나 외로움이 없는 곳이지."

"어린이가 어른이 되고, 그리움이나 외로움이 있는 지구가 좋다는 생각이 들었어요."

그때까지 귀를 쫑긋거리며 듣고 있던 다람쥐가 조용히 시인의 집을 나섰습니다.

별빛이 시인의 집 창문에 내리며 속삭이듯 말했습니다.

"시인님, 땅이 없어서 날아다니는 집을 갖고 살지라도, 지구는 훌륭하고 아름다운 곳이지요. 그러니 이제부터라도 외계로 떠날 생각은 마십시오."

나직이 들려오는 '웅웅웅웅' 소리, 이윽고 세찬 바람이 몰아치고 시인의 집은 사방이 흔들렸습니다.

플라타너스도 우수수 몸을 떨며 휘익휘익 가지들을 흔들었습니다.

다음날부터 시인의 집은 마을 언덕에 내리지 않았습니다.

내가 시인과 시.티의 이야기를 다람쥐로부터 듣게 된 것은 이슬
비 내리는 어느날 이었습니다.

그러나 나는 아무에게도 날아다니는 집이라든가, 시 · 티 이야
기를 하지 못한 채 지금까지 가슴속에 간직하고 있을 뿐입니다.

걸어온 길

● 박종현 朴鐘鉉 연보

(호 : 等山, 본관 : 順天, 1938. 6. 23. ~ 2020. 3. 14.)

1938. 전남 구례군 산동면 이평리 배촌 외가에서 박선규 朴善圭 윤남호 尹南鎬의 5남 5녀 10남매 중 가장 맏이로 태어남(음력 1938년 5월 26일, 양력 6월 23일생).

1938.~1947. 전남 화순군 이서면 서동에서 아동기를 보내고 국민학교에 입학.

1947. 전남 광산군 하남면 오산리 시러울로 이사. 서동에서 15명의 장정이 지게로 무등산 장불재를 넘어 증심사까지, 시러울에서 온 장정 15명이 그 짐을 받아 시러울까지 옮김. 하남국민학교 3학년으로 전학. 뒷동산 티메봉에 올라 산 너머 큰 세상을 그리며 꿈을 키워감.

1952. 하남국민학교 졸업. 광주사범학교 병설중학교 입학.

1955. 광주사범학교에 입학. 사범학교 시절 문예부에서 동기생 김종두, 후배 문삼석, 전양웅, 최국인 등과 함께 동아리 활동을 활발하게 함.

1958.~1963. 광주사범학교 졸업. 전남 여천군 쌍봉국민학교 첫 발령, 군복무 후 여천 중흥국민학교 근무.

1961. 10남매 중 막냇동생 박여도가 태어남(1월 21일).

1964. 문교부 지정 도서관 연구학교인 여수동국민학교로 전입. 여수교육 창간호 제작. 박상천 시인 3학년 담임하면서 어린이시집 『푸른 마음』 발간으로 시인의 꿈을 키워가는 동기가 됨.

1965. 《교육평론》에 「푸른 날개」 12회 연재. 새교육, 교육자료, 새한신문 등에 작품발표.

첫 동시집 『빨강 자동차』(향문사)를 펴내고 동시인으로 활동. 학생들 글짓기 지도에 전념.

1966. 여수남국민학교에서 8년의 교직생활을 마감.

1967. 여수를 떠나 광주로 옮겨 충장로에 사무실을 두고 《교육주보》, 《교단》, 《교육평론》, 《수업연구》 등 교육 관계 서적 전남지사 운영. 각시군 교육청과 중고등학교를 찾아다니며 선후배를 많이 만남.

광주 서산국민학교 근무하던 안종완 安鐘琬(안규색 安圭穡과 류종숙 柳鐘淑의 8남매 중 막내)과 혼인함(장병창 교육장 주례로 12월 10일 인권의 날에).

1968. 수업연구에 단편소설 「거리距離」 발표. 거처를 광주 계림동에서 지산동으로 옮기고 장남 인한 仁韓 태어남(12월 30일).

여수에서 부모님, 동생들과 함께 광주 지산동으로 이사.

1970. 차남 정한 正韓 태어남(5월 28일).

1975. 긴 방황을 끝내고 제주 바닷가에서 혼자 소주를 마시며 《아동문예》 발간을 결심함.

1976. 한국방송통신대학교 졸업식에 아내와 함께 참석(경영학과 아내는 초등교육학과 2월 20일) 차 상경하여 문화공보부를 찾아가 《아동문예》 출판 등록 절차 확인하고 3. 10일자 등록 완료하여 5월 1일자로 《아동문예》 창간호를 광주 서석2동 471-11에서 발행함. 지역개발대응상 받음.

1977 제2동시집 『손자들의 숨바꼭질』(아동문예사) 펴냄. 한정동문학상 받음. 출판사 《아동문예》 등록. 제1회 전국아동문학

인배구대회(주최: 아동문예/ 장소: 마산 양덕국민학교).

1978. 한국동시문학상(1회 수상자 정석영) 한국동화문학상(1회 수상자 김목) 제정.

1979. 한국아동문예상(1회 수상자 장사도) 제정(11월 11일).

1980. 제3동시집『구름 위에 지은 집』(청목사) 펴냄.

1981. 〈아동문예사〉를 1월에 서울로 옮김. 인사동 사거리 동일빌딩 4층에 잡지사 자리 잡음. 전남문학상(구름 위에 지은 집) 받음. 한국동극문학상 제정(1회 수상자 고성주).

1983. 소파 방정환 기념비 제막식에서 사회를 봄 (《아동문예》와 《아동문학평론》주관. 5월 5일 망우리 묘소).

1984. 문인 해외 연수단원으로 정부 지원을 받아 프랑스, 이태리, 요르단, 인도 등을 한 나라에 3박 4일씩 체류하며 그 나라 문화와 특색을 공부할 기회를 가짐.

1985. 첫 동화집『별빛이 많은 밤』(겸지사) 펴냄. 문화공보부 장관 표창 받음(잡지문화창달 11월 1일). 제2회 전국아동문학인배구대회(주최: 아동문예, 아동문학평론/ 장소: 광주 수창국민학교).

1987. 제4동시집『아침을 위하여』(아동문예) 펴냄. 이 저서로 대한민국문학상 받음(문예진흥원 11월 20일) 청량리 성당에서 사도 요한이라는 세례명으로 세례 받음.(박홍근 선생님이 대부, 6월 21일) 제3회 전국아동문학인배구대회(장소: 부산교대부속국민학교).

강소천 문학비 제막식(아동문예 주최. 어린이 대공원 10월 17일).

1988. 제5동시집『아침에 피는 꽃』(대교출판) 펴냄. 출판사 〈세계문예〉 등록.

《아동문예》 사무실을 인사동에서 현주소 쌍문동으로 옮김.

1991. 제2동화집『사랑의 꽃밭』(용진), 제3동화집『꽃파는 아이』(아동문예) 펴냄. 뇌출혈로 위급, 서울대병원에서 응급수술 받음(11월 14일). 25일간 생사를 헤매다 퇴원.

1992. 국무총리 표창 받음(잡지의 날 11월 1일).

1993. 제5동시집『도깨비 나라의 시』(아동문예) 펴냄.

1995. 부모님 결혼 60주년 기념 '회혼례'를 광주서 지냄. 《아동문예》 우수잡지 선정.
한국시조문학상, 민족동화문학상 제정.

1996. 아버지 朴善圭 요셉 선종(음 8월 17일 81세).
제4동화집『대추나무 집 아이』(가정교육사) 펴냄.

1997. 차남 정한과 이상운 혼인함(6월 7일 명동성당).
권오순 노래비 제막식(아동문예 후원, 충주다목적댐, 5월 10일).
합동출판합평회(아동문학 3동인~ 2003년까지).

1998. 간행물 윤리상, 대통령 표창 받음(잡지의 날 11월 1일). 손녀 서연 출생(6월 5일). 어머니 윤남호 80세 축하연을 서울서 갖음(음 9월 11일). 출판 세계문예 설립.
사간회입회, 감사역임(2015~2018).

2000. 위암초기로 서울대병원 수술. 차남 정한 HS애드로 옮김(현 CD국장).

2001. 한국문인협회 아동문학 분과회장(1월 15일). 아내와 함께 한국문인협회에서 주관하는 한국문학심포지엄 참석(브라질).

2002. 아동문학의 날 제정(홍사단 강당 5월 1일), 노래, 표어, 선언문 선포. 제10회까지 서울에서 행사하고 진행. 한국청소년문학상 제정.

2004. 여행기『체험 솔솔 세계기행』(세계문예) 아내 안종완과 공저

로 펴냄.

장남 인한, 김성희와 혼인함(4월 24일). 아내 안종완 초등교사 42년으로 마감하고 정년퇴임(8월 31일 민락초등학교 교장). 아동문학의 날 본상 제정과 진행(5월 1일).

2005. 제6동시집 『도봉산 솔솔』(세계문예) 펴냄. 펜문학상(펜클럽 11월 11일) 받음. 손자 상진 출생(6월 23일).

2006. 동화시집 『비 오는 날 당당한 꼬마』(세계문예) 펴냄.

2007. 동화시집 『반짝반짝 돋보기안경』, 『무지갯빛 참 예쁘구나』, 『깡충 달리는 아기 토끼』, 『너무나 예쁜 하얀 사슴』, 『뚝딱뚝 만든 오두막집』(이상 세계문예) 펴냄. 예총예술문화상 받음. 《아동문예》지를 격월간으로 발행하게 됨(월간으로 31년 8개월).

한국문인협회 아동문학분과회장 당선(1월 20일).

2008. 동화 『섬에서 온 쌍둥이별』, 『오솔길의 옹달샘』, 『꽃구름 아기구름』, 『바람이 된 아이들』(이상 세계문예) 펴냄. 『섬에서 온 쌍둥이별』로 한국문학상(한국문인협회 12월 26일) 받음. 아동문예작가회에서 주관한 제1회 아동문학심포지엄 개최(9월 27일~28일 아카데미하우스).

대한아동문학상, 세계동시문학상, 세계동화문학상, 한국동시조문학상(2016년 8회까지 시상) 제정.

장남 인한 한국수출입 운송주식회사 설립(12월).

2010. 문화포장 받음(대통령 잡지의 날 11월 1일).

'아동문예작가회'가 '사단법인 아동문예작가회'로 법인설립. 한국문인협회 도봉지회장 맡음.

2011. 동화시집 『꽃밭 1·2·3』(세계문예) 펴냄. 출판사 '아침마중'

등록, 발행인 겸 주간 맡음. 한국문인협회 아동문학 분과 회장 재당선.

2012. 도봉문학상 받음(『꽃밭 1.2.3』).

2013. 어머니 尹南鎬 마리아 선종(음 12월 11일 96세).

2014. 백두산 여행시 길림 대학병원 응급실에서 의식 없이 3일간 지냄(9월 19일~21일) 귀국하여 서울대병원으로 옮김(9월 24일). 장폐색 수술(9월 30일).

2015. 『박종현 동시 선집』 출간, 지식을 만드는 지식사(4월 15일). 사)한국아동문예작가회 이사장 재임(3월 26일).

2016. 한국잡지언론상 받음(잡지협회 11월 1일) 손녀 서연이 캐나다 브리티시 컬럼비아대학(U.B.C.) 합격.

2017. 제9회 아동문학 심포지엄 및 《아동문예》 문학상 시상식(9월 9일 예술가의 집).

2017년부터 한국동시문학상, 한국동화문학상 한국아동문예상 3개 부문만 시상.

2018. 제10회 아동문학 심포지엄 및 《아동문예》 문학상 시상식(9월 8일 예술가의 집).

2019. 사) 한국아동문학작가회 문학상 시상식 및 토론회(10월 12일 도봉문화원).

2020. 한국동시문학상, 한국동화문학상, 아동문예문학상, 아동문예신인상 시상식 못하고 상장을 송부함(11월 10일).

11:00 병자성사 받고 안방에서 잠자듯이 선종(3월 14일 오후 3시 30분).

부모님 계신 고향 선산에 안장(3월 16일).

유택주소 : 광주직할시 광산구 진곡산단3번로 1-16

영전에 드립니다

等山 박종현 시백 영전에

동시인 **신 현 득**

애통하는 가족 · 친지와
애통하는 문우들이 붙잡는 손길이 있네.
어린이 독자들 붙잡는 손길이 여기에 또 있네.
이 모두의 눈으로 등산 박종현 시백이 가시는 길을 바라보네.

등산의 세월 속에는 구례, 화순, 하남의 고향 산천이 있었네.
광주사범 학창시절이 있었네.
무등산 머릿자를 장군봉 뒤편에 감추고
등산等山이라 자호한 슬기.
가슴에 두고 지냈던 무등산 정신에는
입석대 바윗기둥이 중심에 있었네.

등산의 인생에는 나라 꽃송이와 뛰놀던 교실이 있었네.
이들 꽃송이를 위한 문학의 밭을 일구어보자며,
76년에, 주추를 놓은 아동문학전문지《아동문예》
오늘 제439호의 봉우리로 자라
600명 등단 작가를 두었으니,

그것이 대한민국 문학사를 넘어
세계 아동문학사에서 우뚝하고,
등산의 이름이 그 위에 놓여
번쩍이니
무등산 정신이 낳은 기적이었네.

놀라운 기적에 모여드는 찬양의 목소리가 또한
— 과욕을 부리지 않는 분이었지.
— 서운한 소리에 참을 줄 아는 분이었어.
— 세상에 순종할 줄 아는 분이었지.
— 무엇에나 최선을 다하는 모습이었어.

찬양의 끝말에는
여든셋 향년이 아깝다는 소리,
이룬 일도 크지만 남은 일이 많다는 말.

등산 박종현 시백이 이룩한 문학의 산 위에는
『빨강자동차』에서『손자들의 숨바꼭질』……
『소록도에 내리는 비』에 이르는 시 모음이 놓이고
창작동화『별빛이 많은 밤』을 시작으로,
동화시집『깡충 달리는 아기 토끼』, 판타지 동화『꽃밭 1 · 2 · 3』 등등
한정동문학상 · 대한민국문학상 · 한국문학상 등 수상 경력이 놓여,

등산 문학의 산 높이는 우러러 보일 뿐이라.

등산 박종현 시백이 이르실 곳은
소파 선생이 계시는 나라.
새 나라의 어린이, 고향의 봄 동요가 잔잔한 나라에서
신앙을 이끄신 대부, 나뭇잎배 박홍근 선생 그 곁이라.

세상 일 꿈결로 덮으시고, 편히 쉬시기를!

이제 편히 잠드소서

동시인 **문 삼 석**

– 형!

– 자넨가?

이젠 꿈속에서나 가능한 인사가 되어버렸네요.

형이 선종하셨다는 소식을 듣고 황망 중 달려간 장례식장에는 미소를 띤 형의 사진만이 덩그렇게 나를 맞아주었습니다. 덥석 손도 내밀지 않고, 나가자며 손을 이끌지도 않고 형은 그저 인자로운 미소만 띤 채 저를 내려다보고 계셨습니다. 슬픔을 함께하고 싶었을까요? 불청객 코로나19만이 어두운 그림자를 드리운 채 음습하게 앉아 있었습니다.

새삼 남다른 형과의 인연이 떠오릅니다.

모두가 어렵게 살던 1950년대 후반, 형과 나는 같은 학교 선후배로(형이 한 해 선배였지요.) 만났었지요. 문예반 동아리에서 처음 만난 우리는 여느 선후배들처럼 스칠 때마다 씨익 웃고 지내던 그저 그런 사이였지요.

그러다가 졸업 후 몇 년 지나, 우연히 만나게 된 어느 교육관계 모임에서 형과 저와의 관계는 떼려야 뗄 수 없는 관계로 발전하게

영전에 드립니다

됩니다.

1965년경으로 기억됩니다. 학교에서 문예부 지도를 맡고 있던 저는 당시 문교부(현재 교육부)지정 글짓기지도 연구학교인 여수 모 초등학교로 출장을 가게 되었지요. 현관을 들어서는 순간 저는 깜짝 놀라고 말았습니다. 중앙에 진열된 책에 눈길이 쏠렸는데, 그게 바로 박형의 처녀 작품집인『빨강 자동차』라는 동시집이었거든요.

당시로서는, 그리고 특히 서울이 아닌 지방에서 동시집을 발간 한다는 것은 하늘의 별을 따는 일에 진배없이 어렵고도 드문 일이 었습니다. 그런데 그 믿기 어려운 사실이 바로 눈앞에서 벌어지고 있었던 것입니다.

제목처럼 빨간 표지가 인상적인 작품집을 펼쳐보는 순간, 그리 고 그게 바로 사범학교 선배였던 박형의 작품집이라는 사실을 확 인하는 순간, 저의 가슴은 걷잡을 수 없이 뛰었습니다. 당시 저도 중앙 모 신문사 신춘문예에 동시가 당선된 뒤라 그 부러움과 희열 감은 가히 억누르기가 힘들 정도였습니다.

나는 형에게 마음껏 축하를 드렸고, 형은 답례로 바쁜 가운데에 서도 따로 시간을 내어 특별한 점심을 사 주셨던 것으로 기억합니 다.

기억도 선명한『빨강 자동차』는 평소 안일함에 젖어 있었던 저 의 창작열을 불태우는 심지가 되어주었었지요. 그로부터 불과 한 해 남짓 뒤에 저의 첫 작품집인『산골 물』을 발간하게 되었으니까 요.

그 뒤 얼마 안 되어 형과 나는 우연하게도 거처를 광주로 옮기 게 되었지요. 이미 아동문학이라는 같은 길에 들어섰음을 확인한 우리는 시간이 지날수록 만남의 기회가 늘어날 수밖에 없었지요. 그러나 형과 저는 아동문학 외의 생활 패턴만은 아주 다른 궤적을 달리고 있었습니다.

제가 초등교육이라는 제도권에 묶여 교사로 봉직하고 있는 동안, 형은 제도권을 벗어나 과감하게 사표를 내고 자유자재로 새로운 전도를 모색하고 계셨지요. 이미 보장되어 있는 안정된 삶이 아니라, 역동적이고 변화가 많은 새로운 세계로의 비상을 끊임없이 탐색하고 계셨던 것입니다.

희미한 기억이지만, 형은 당시 많은 명함을 저에게 보여주셨습니다. 무슨 교육 평론지, 무슨 교육 신문사, 무슨 출판사 지사, 무슨 물가정보지 지사 등등, 이름도 생소한 일터와 사무실 이름이 수시로 바뀐 명함들이었지요.

그렇게 서로가 바쁘게 살던 어느 날, 저는 우연히 들른 형 집에서 커다란 충격을 받게 됩니다.

아마 광주 시내에 소재한 서석동의 어느 셋방일 겁니다.

초라한 형의 책상 전면에 붙어있던 한 장의 메모지가 눈에 띄었습니다. 연필로 쓰인 메모지였지요. 깨알처럼 작은 글씨로 시작하여 점점 큰 글자로 변해 간 문구가 반복적으로 빼곡히 적혀 있었는데, 그 내용은 단 넉자, '움직여라!'라는 글귀였습니다. 움직여라! 움직여라! 움직여라!

그 메모지를 본 순간 저는 일종의 환각에 빠져들었습니다. 그 글자들이 정말 움직이는 것처럼 다가온 것이었습니다. 처음엔 작은 소리를 내던 행진곡이 점차 커지면서, 글자들이 마치 보무당당하게 나아가는 군대처럼 대오를 이루며 행진을 하는 것이었습니다. 움직이고 움직이는 글자들……. 저는 덩달아 뛰는 가슴을 억제할 수가 없었습니다.

그리고, 마음속에는 연필을 들고 한 자 한 자 온갖 힘을 다하여 써내려가고 있는 형의 모습이 실루엣으로 투영되는 것이었습니다. 그랬구나! 박형은 그간 한순간도 쉬지 않고 움직이고 계셨구나!

움직이고 움직이는 한 인간의 모습, 그것이 당시 박형의 실체였습니다. 형은 결코 말만 앞세우는 떠버리 이상주의자가 아니었습니다. 그간 겸손과 인내로 여유의 미학을 보여주던 형의 겉모습과는 전혀 다른, 행동과 실천을 앞세우는 의지의 발현이자 도전의 몸부림이었습니다.

형의 이러한 실천을 앞세운 도전 의식이 결국 '아동문예' 창간이라는 역사적 결실을 이루어낸 원동력이었음을 저는 압니다.

44년 전, 《아동문예》 발간 허가를 받았던 때가 생생히 떠오릅니다. 필연적으로 뒤따를 만난과 고초를 젖혀둔 채 우리들은 얼마나 환호하며 기뻐했던가요? 중앙에서도 어려운 출판 허가를 지방에서 받아냈다는 사실만으로도 우리들의 기쁨은 주체하기 어려웠지요. 모두가 불가능한 일로 치부되던 일을 떳떳이 이루어낸 것은 오로지 실천인 박형의 의지와 집념이 가져온 자랑스러운 결과였습니다.

그렇지만 그러한 환호와 자부심도 잠시, 형언하기 어려운 난관과 고초가 형을 기다리고 있었습니다. 애당초 충분한 재정적인 뒷받침이 없이 시작한 잡지 사업은 그 전도가 불 보듯 뻔한 일이었습니다. 그때부터 형은 그야말로 하루 벌어 하루 먹고 사는 일용노동자의 삶과 다를 바 없는 신산한 세월을 보냈습니다. 나날이 고통의 삶이었고, 다달이 인고의 세월이었습니다. 지금도 생생합니다. 당장에 지불해야 할 인쇄비를 구하지 못해 애꿎은 가족들을 거리로 내몰던 일이 한두 번이 아니었지 않습니까?

그러나 형은 이겨냈습니다. 순간 순간 목을 눌러오는 일상의 고통을 감수하고, 몰려드는 비난과 험담을 극복해 나가면서 오로지 아동문학의 발전이라는 사명 하나를 완수하기 위해 모진 시련과 인고의 세월을 묵묵히 걸어왔습니다.

광주광역시 서석동 소재 어느 초라한 셋방에서 태동한 아동문예는 얼마 뒤 서울시 인사동의 허름한 사무실로 터전을 옮겼지요. 비좁은 사무실에서 새우잠을 자면서도 형은 아동문예를 단 한 번의 결호도 없이 꿋꿋하게 펴냈습니다. 그리하여 지금의 쌍문동에서 아동문예의 왕조를 열었고, 드디어 어느 누구도 상상하지 못했던 지령 439호 발간이라는 대 업적을 기록하게 되었습니다. 한국아동문학사에 한 획을 그은 역사적인 사건이 아닐 수 없습니다.

아동문예를 제외하고 현대 한국아동문학사를 논할 수는 없을 것입니다. 발표지면이 거의 없던 당시 누구에게나 발표지면을 제공했고, 아동문학을 지망하는 많은 사람들에게는 등단의 기회를 열어주었습니다. 또한 아동문학에 대한 일반 대중의 관심을 폭넓게 고양시켰을 뿐만 아니라, 어린이들의 정서 함양을 비롯한 국민 독서 교육의 기회와 장을 마련해 주는 데 선도적 역할을 감당하였습니다.

그렇습니다. 지금까지 이룬 업적만으로도 아동문예는 한국아동문학의 가장 큰 텃밭이며 요람이었음을 누구도 부인하지 못할 것입니다. 이 모든 성취의 바탕에는 언젠가 형이 책상머리에 써 붙였던 행동 지침 '움직여라!'가 살아있었음을 다시 한번 깨달으며 전율합니다.

　형은 참 품이 넓은 사람이었습니다. 수많은 대인관계에서 저는 형이 먼저 낯붉히는 일을 한 번도 본 적이 없습니다. 일을 하는 사람이라면 어느 과정에서든 다른 사람과의 의견 차이를 겪지 않는 사람은 없을 것입니다. 감정적으로 대할 수밖에 없는 사안도 비일비재하게 겪을 것입니다. 그러나 그 어느 경우에도 형은 웃음으로 불화의 골을 뛰어 넘었습니다. 매번 의견 차이의 원인을 자신의 탓으로 넘기려 하였고 상대방의 의견을 존중해주었습니다.

　'귀하!'

　형께서 즐겨 사용하시던 호칭입니다. 그렇습니다. 형은 비슷한 연배나 훨씬 연하의 지인들을 대할 때, 언제나 깍듯이 '귀하'라고 불렀습니다. 대하는 사람 모두가 귀한 존재이기에 그렇게 부르는 게 마땅하다고 했습니다. 그러면서 항상 많은 귀하들의 의견을 경청했습니다. 그리고 수용할 것은 적극 수용했습니다. 그렇지만 무분별하게 모든 의견을 수렴하지는 않았습니다. 성심을 다해 경청을 하되 사리에 어긋한 주장이나 견해는 과감하게 배척하였습니다.

　여기에서 저는 형의 참 모습을 보았습니다. 겉으로는 한없이 부드러우면서도 안으로는 전혀 흔들림이 없는 바위와 같은 사람, 그러면서 한치도 어긋나지 않게 일정한 목표를 향해 나아가는 의지와 집념의 사람, 그게 바로 형의 모습이었습니다.

　생각이 나는군요. 암수술을 받고 병원에서 치료를 할 때던가요?

주사 바늘을 줄레줄레 꽂고, 삐걱거리는 수액 장비를 힘겹게 끌면서, 1킬로미터가 넘는 사무실을 왕래하며 아동문예 교정을 보시던 일을 형은 기억하시는지요? 그런 형의 모습에 어안이 벙벙해진 저는 새삼 확인하지 않을 수가 없었지요. 일에 대한 형의 집념과 의지는 누구도 꺾을 수가 없다는 점을요.

동기 많은 집안의 맏이로 태어난 형은 가족의 온갖 대소사를 한 치의 소홀함도 없이 다 치러내셨습니다. 특히 부모님을 위한 효심이 두터워 무시로 머나먼 고향 길을 즐겨 찾으셨지요. 그러한 형의 모습은 새삼 '수신제가 치국평천하'라는 문구를 떠올리게 하였습니다.

자신을 끊임없이 채찍질하면서 온갖 시련과 고통을 일상으로 헤쳐나가고, 사랑과 효심, 그리고 엄격함으로 가정의 평화를 지켜나갔으며, 오로지 한국의 아동문학의 발전을 위해 온몸을 불태웠던 형은 분명 이 시대의 거인이셨습니다.

이제 형은 사연 많은 이승을 떠나십니다.

저도 한 번 불러볼까요?

'귀하!' 지금 하늘나라는 어떠신지요?

형이 떠난 자리에는 형과의 이별을 아쉬워하는 많은 사람들이 형을 향해 손을 모으고 있습니다.

평생을 함께하셨던 부인 안종완 주간님, 인한, 정한 두 아드님, 그리고 줄곧 아동문예와 고락을 함께했던 누이 박옥주 편집국장님을 비롯한 많은 가족들과 친지들이 속 정 많으셨던 형의 음성을 그리워하고 있습니다. 미소를 잃지 않으셨던 그 모습을 그리워하고 있습니다.

그러니 형, 안심하세요.

형이 씨 뿌려 가꾸어온 《아동문예》라는 나무가 더욱 푸르고 우람하게 커나갈 수 있도록 남아있는 우리는 모두들 있는 힘을 다해 가꿀 것입니다.

형!

이제 이승에서 벌이셨던 모든 일 다 잊으시고 편히 잠드소서.

일과 고통이 없는 나라, 하늘나라에서 부디 영원한 안식을 누리소서.

귀하!

추모의 정

무한한 가능성을 가진 신념의 소유자

전 한국전력 공사부장 **강 두 석**

존경하고 사랑하는 박종현 친구가 천국으로 가신 지 벌써 1주기가 되어가네.

일생을 강렬한 추진력과 뛰어난 재능에 힘입어 꿋꿋이 살았던 자네, 어린이를 위한 글쓰기를 천직으로 삼아 문예 분야의 독보적 전문가가 된 친구, 매사를 꼭 해내고야 말겠다는 집념으로 묵묵실천하던 친구, 평소에 말수가 적고 내성적이었지만 속은 누구보다 깊고 넓었던 친구.

이렇게 매사에 강하고 담대했던 자네가 하늘의 부르심을 받아 먼저 가신 데 대해서 우리는 몹시 아쉬워하고 있네.

남다른 꿈을 가지고 《아동문예》의 질적 향상과 발전에 몸 바쳐 어린이들의 정서함양에 크게 기여해온 자네는 어느 누구도 흉내 낼 수 없었던 삶, 그 자체가 값진 삶이었다고 생각하네.

자네를 생각하면 언제나 편안하고 든든한 산(山)과 같은 친구요, 한결같이 지지해주는 땅과 같은 친구라고 생각되어 그 인품을 높이 기리지 않을 수가 없네.

특히 《아동문예》 발행으로 아동들의 인성교육과 꿈을 심어주는 교육에 기여한 공로를 인정받아 정부의 지원과 사회 각처의 후원으로 창작활동에 크게 앞장서 왔었지. 아동의 독서 능력 향상은 물론 그들의 꿈과 용기, 사랑의 소중함을 깨닫게 해줌으로써 제2세 국민들의 전인교육에 크게 기여하지 않았는가? 이처럼 아동문예가 독서문화 구축뿐만 아니라 전 국민의 인문교육 자료로 우뚝 서게 된 것은 모두가 자네가 무한한 가능성을 지닌 신념의 소유자라는 지인들의 기대를 유감없이 충족시켜준 사례라고 생각하네.

이러한 우리의 찬사 뒤에는 천부적인 본성에다가 남다른 꾸준한 자기계발과 평소 갈고 닦은 폭넓은 양식(良識)이 뒷받침되어 있다는 사실을 나는 알고 있네.

자네의 자랑스러운 공적들을 회상하다 보니 고사성어 한 구절이 생각나네.

인사유명이요 호사유피(人死留名 虎死留皮)란 말일세. 사람은 언젠가 세상을 떠나 천국으로 되돌아가는데 삶의 과정을 얼마나 헛되지 않고 보람되게 살았느냐에 방점이 찍힌 뜻깊은 말이 아닌가? 그런 의미에서 이 고사성어는 천국에 계신 자네(박종현)를 두고 하는 말로 생각되어 고개를 끄덕이지 않을 수가 없네.

혹시라도 살아생전에 분신처럼 아꼈던 아동문예를 걱정하고 계시는가? 자네의 든든한 버팀목이었던 정 깊은 안종완 여사께서 자네 뜻 이어받아 훌륭하게 발행하고 있으니 걱정 마시게.

비정한 경쟁사회 속에서 항상 정도를 택하고, 매사에 열과 성을 다 쏟으면서 삶과 죽음을 긍정적으로 살았던 박종현 친구.

지금까지 쌓아온 자네의 덕망은 후손들의 좋은 귀감이 될 것으로 확신하면서, 중.고등학교 동기동창생 이름으로 삼가 1주기 추모사를 올리네. 편히 영면하시게.

하늘나라에서 웃고 계시길

동시인 강 지 인

정확한 기억은 아니지만, 햇빛이 소나기처럼 쏟아지는 가을 어느 날이었다.

도봉구청 구민회관에서 열리는 아동문예 행사장에 떨리는 마음으로 들어섰다. 쟁쟁하신 문단 선배님들을 뵐 자리였으니 신인인 나로서는 어렵고 편하지만은 않은 자리였다. 하지만 반갑고 따뜻하게 맞아주는 선생님들이 여러 분 계셔서 어쩔 줄 모르는 마음을 슬쩍 숨기고 있었다. 조금 편해진 마음으로 인사를 나누는데 박종현 주간님께서 나를 부르셨다.

– 귀하가 오늘 문학상 사회를 좀 봐주셨으면…….

– 네?

사투리가 심하셔서 내가 잘못 들은 걸까? 다시 여쭈었다.

– 귀하가 사회를 봐야겠어.

– 저요? 이렇게 갑자기……, 제가요? 상 받는 분들 이름도 모르고……, 전후좌우 아무것도 모르는데요?

그랬더니 대본이 다 있으니 걱정하지 말라 하시며 사회를 덜컥 맡기신다.

– 정말 대본이 있는 거죠?

– 그럼.

102

- 정말이죠?
- 그렇다니까!

하하하. 그렇지만 대본은 없었다. 당일 행사 안내문 한 장 들고 연단에 올라 마이크를 잡았다. 다행히도 그땐 돋보기 없어도 글자가 잘 보일 때였는데도 내 눈앞은 캄캄했다. 문학상의 시상식을 망칠 수는 없지 않은가! 마음을 가다듬고 천천히 관객석을 바라보았다. 박종현 주간님은 의자 등에 기대어 편하게 나를 보며 웃고 계셨다. 귀하는 그냥 잘할 테니 걱정 안 한다는 표정이었다. 차츰 주변이 밝아지고 마음이 안정되어 차분하게 그날 문학상 사회를 잘 치를 수 있었다. 믿었던 사회 대본은 없었지만 나를 믿어주신 선생님의 미소가 있어 행사를 잘 마칠 수가 있었던 것이다.

그 날 이후 선생님을 뵐 때마다 난 훨씬 더 편해진 마음으로 대할 수가 있었다. 아동문예작가회 일로 일 년에 몇 번은 사석에서 뵈었고, 그 시간이 십 년은 넘었으니 잘은 몰라도 그분의 아동문학에 대한 남다른 열정은 충분히 짐작할 수가 있었다.

무슨 일이건 막무가내인 듯 밀어붙이기도 하시지만 섬세하게 상대를 살피고 배려하시는 따뜻한 마음이 넘치신 분, 툭 내뱉는 말씀에도 따뜻한 애정이 담겨 있는 분이셨다. 심한 사투리 때문에 잘못 알아들을 땐 그분의 얼굴을 보면 이해가 되었다. 대충만 얘기해도 충분히 짐작할 수가 있었다.

언젠가 (사)아동문예 감사 문제로 쌍문동 사옥으로 직접 찾아뵌 적이 있었다. 길을 못 찾아 한참을 헤매다 약속 시각보다 늦게 도착했는데도 한 점 불편해하는 기색이 없이 그냥 반갑게만 맞아주셨다. 오히려 멀리까지 와서 고생했다며 귀한 책들을 한 가방 내 손에 쥐어주시기까지 했다. 무거운 책들을 들고 낑낑거리며 집으로 돌아오면서도 얼마나 마음이 따뜻했던가?

조심해서 집에 잘 가라 손 흔들어 주시던 모습이 지금도 자꾸만 눈에 밟힌다. 그날, 선생님이 보여주셨던 다정한 얼굴과 밝은 표정은 지금도 기억 속에 뚜렷이 남아있다.

이런저런 일들도 이젠 옛날이 되었다. 각박한 시대, 박종현 주간님의 문학에 대한 열정과 인간미가 새삼 그리워지는 오늘이다.

생시처럼 하늘나라에서도 밝게 웃고 계시길 바라는 마음 간절하다.

동시 동화 숲지기
– 박종현 선생님께

동시인 **고 영 미**

어린이 생각 골똘했던
박종현 주간님,

둘리가 사는 마을에서
동시를 또랑또랑
동화를 도란도란
키운 시인 할아버지,

동시 동화가
톡톡 튀는 생각이란 걸
일찍부터 아셨던 거야.

동시를 모으고
동화를 엮어서
어린이 곁에 놓아 주셨지.

아이들 목소리 메아리치는
아동문예 동시 동화 숲에서
꽃길을 걷고 계시지.

박종현 선생님께

동화작가 **구 은 영**

그곳은 인사동 사무실이었지요. 제가 《아동문예》를 통해서 글을 쓰기 시작하고 얼마 안 되어서였다고 기억합니다.

선생님을 사무실로 직접 찾아뵙고, 동화 원고를 조심스레 내밀었지요.

선생님은 제 글을 받아 잠깐 읽으시고 난 다음, 씨익 웃으셨지요. 저는 그때 선생님이 제 글을 읽으시고 짓는 미소가 아니라는 것을 눈치챘습니다.

당시 저는 글을 쓰기 시작했다는 감동에 젖어, 좋은 원고지에 글을 옮겨 쓰곤 했습니다. 그 원고지는 도톰한 두께에 종이 색깔도 유별나게 하얀 데다, 인쇄된 까만 칸들이 선명하게 도드라져 너무나 고급스럽고 아담해 보였습니다.

선생님은 원고지 앞뒤를 이리저리 훑어보시더니 이렇게 말씀하셨지요.

"종이가 이거 아주 좋은 거네요. 원고지가 이렇게 좋은 게 있었나요?"

순간, 저는 몸 둘 데를 모르고 당황했습니다. 속으로 이런 생각이 들어서였습니다. 지금도 잊지 않을 만큼 좀 낯이 뜨거워졌다고나 할까요?

'원고지가 이렇게 고급일 필요는 없습니다. 아시겠습니까?' 하고 선생님이 제게 좋은 글 쓰라고 넌지시 일침을 가하시는 것 같았다니까요.

선생님, 제가 그때 너무 과민했던 것일까요? 지금도 그것은 아니라고 생각합니다. 선생님이 원고지 품질에 한 마디 칭찬을 하셨지만, 그것은 말씀의 뜻한 바가 아니라는 것쯤은 알아챘으니까요.

선생님, 생전에 좋은 글 쓰고, 자주 찾아뵙고, 뭐 그랬어야 했는데, 뭐 하나 실천해 드린 것은 없이, 선생님의 그날 오후 그곳에서 지으시던 그 미소가 이제는 그리운 것이 되어 어제 일처럼 더욱 또렷해 졌을 뿐입니다. 그 미소가 비록 단순히 원고지에게 지으신 것이었을지라도 말입니다.

선생님, 부디 편안하소서!
삼가 구은영 드립니다.

귀하나. 박종현

문예평론가 **권 상 호**

미술은
밤새워 풀잎을 닦는다
그리하여 아침은
말갛게 떠오른다

박중현 님의 시 '아침을 위하여'에서
이것이 이십일년 일월 이십일 저녁에
선생님의 동시집을 안중완 님으로부터 받고
딱 펼치는 순간 전율케 하는 시가 있어
느닷없이 붓을 잡다 권상호

만약 우리에게 《아동문예》가 없었다면

동시인 권 영 상

그때, 그러니까 1983년 무렵. 내가 기거하던 곳은 강원도 동해시였다. 지금은 동해시지만 그때 그곳 지명은 묵호읍이었다. 초등학교 발령을 받은 해가 1977년. 그 후 4개 학교를 거쳐 동해가 한눈에 내려다보이는 산언덕 학교에서 아이들을 가르치고 있었다. 학교를 오르내리기 힘들어 그렇지 출근하여 교실 창문을 열면 탁 트인 동해와 만난다.

봄날 아침이면 해무가 떼로 몰려왔다. 해무는 학교를 통째로 집어삼키고 3교시가 끝날 즈음, 끝도 보이지 않는 바다를 탁 펼쳐놓고 달아나곤 했다. 산위의 학교는 마치 대양을 나는 군함새거나 펠리컨, 그 정도였다.

그 학교에 근무하던 1982~3년 무렵, 나는 가끔 인사동에 있는 《아동문예》를 찾아갔다. 생판 서울 지리도 모르면서 물어물어 《소년중앙》이나, 타계하신 손광세 시인이 편집장으로 있던 《교육자료》에 들렀다. 〈소년중앙〉은 〈소년중앙〉 출신이니까 드나들었고, 〈교육자료〉는 그 무렵 그 잡지에 수필 '주말부부'를 연재하고 있었기 때문이고, 《아동문예》는 1979년에 추천되었으니까 들렀다.

아동문예에 들를 때면 사무실 곁 낙원시장에서 떡을 사 들고 4층인가 5층 좁은 계단을 타고 오르곤 했다. 문을 열면 책으로 가득

한 사무실 벽에 내 기억으로 김복태 화가가 쓴 글씨 '봄'이 작은 액자에 걸려있었다. 따듯하고 온후한 글씨여서 낯가림을 하는 내 마음을 크게 누그러뜨려 주었다.

1980년대 초반만 해도 동시 쓰는 인구가 그리 많지 않았다. 그랬지만 동시쓰기는 굉장히 활발했다. 연재 동시가 번창하던 시대였다. 박성만, 손동연 시인을 필두로 많은 이들이 연재동시를 왕성하게 썼다. 나도 그 대열에 끼어들었다. 어렸을 때부터 즐겨 읽던 삼국유사를 서사동시로 쓰고 싶었다. 나의 '시로 읽은 삼국유사 동트는 하늘'은 1985년 1월부터 시작해 이듬해 10월까지 22개월간 105편을 연재했다. 그 후로도 연재동시는 아동문예를 통해 계속 나왔고, 많은 이들의 호응을 받았다. 지금 생각해 보면 그 무렵이 우리 동시문학의 르네상스가 아니었을까 싶다.

동시문학이 이렇게 중흥한 배경에는 주간이신 박종현 선생님과 그 분이 매달린 아동문예가 있었다. 박종현 주간은 일찍이 아동문예를 들고 광주에서 서울로 올라왔고, 호남을 기반으로 태어난 소박한 아동문예를 품격있는 전국지로 성장시켰다. 아동문예의 성장은 곧 한국아동문학의 성장이었고, 아동문예의 성공담은 곧 한국아동문학의 성공담이기도 했다. 그만큼 아동문예는 우리의 아동문학과 함께 달려왔다.

물론 아동문예 이전에도 아동문학지가 없었던 것은 아니다. 《아동문학》지가 있었고, 《아동문학사상》도 있었고, 《아동문학평론》도 있었다. 기업이 발행하던 문예지도 있었지만 《아동문학평론》과 《아동문예》를 제외하곤 다 사라지고 말았다. 기본적으로 동시와 동화에 대한 열정이 부족했기 때문이 아닌가 싶다.

언젠가 어느 기념식 자리에서 나는 만약, 우리 문단에《아동문예》가 없었다면 오늘 우리의 아동문학 현실은 어떠했을까? 그 말을 한 적이 있다. 모르긴 해도 아동문학 창작 인구도 지금보다 미약했을 테고, 문학도 지금만큼 꽃피지 못했을 것이다.《아동문예》를 통해 등단한 인구가 쏟아지고, 아동문예 출신들의 창작이 활발해지면서 우리 문학이 한쪽으로 기울지 않을까 걱정했지만 그것도 기우였다. 이미 어느 궤도에 올라선 아동문학은 스스로 균형추 역할을 하며 발전하고 있었다.

1980년대가 아동문학의 중흥기였다면 2000년대는 아동문학의 황금기다. 아동물을 거들떠보지도 않던 메이저 출판사들이 다투어 아동물을 내고, 신문사까지 이 대열에 뛰어들고 있다. 이 힘의 원동력도 가만히 살펴보면 그 배경에 아동문예가 있음을 간과할 수 없다.

박종현 주간님께서《아동문예》를 지키신 이 50년 사이, 우리나라 아동문학은 거대한 숲을 이루어 한국의 대표 장르로 발돋움하고 있다. 선생님의 공로가 적지 않다. 삼가 고인의 명복을 빈다.

영원한 첫 발행인 박종현 선생님!

동시인 **권 영 세**

일천구백칠십육년 오월 첫날
아동문학 전문잡지 《아동문예》가
고고성 울리며 이 땅에 태어났지.

언제나 풋풋한 신간 받아 들 때면
차곡차곡 쌓인 책장을 펴기도 전에
박종현 발행인 얼굴 먼저 떠올랐지.

아무에게나 문 활짝 열어둔 글밭에서
기라성 같은 아동문학가들 태어나고
저마다 작가의 꿈 마음껏 펼치고 있지.

이제는 그의 모습 볼 수 없어도
아동문학 위한 지극하던 그 마음은
한 장 한 장 책장에 오롯이 스며있지.

아동문예의 빛나는 그 명성 더불어
오래오래 기억될 이는 오로지
영원한 첫 발행인 박종현 선생님!

112

존경하는 박종현 이사장님!

동화작가 **김 삼 동**

아직도 아동문예 사무실에 전화하면 박종현 이사장님이 전화를 받으실 것 같다는 생각이 듭니다.

"저 김삼동입니다. 이사장님, 안녕하십니까!"

"김 선생, 잘 있어?"

그리고, 행사 때면 "김 선생, 여기 좀 도와줘." "저것도 좀 이리 옮기고…." 하셨습니다.

마치 형님이 아우한테 말씀하시는 것 같았습니다. 그래서 저는 어느 때는 어리광이라도 부리고 싶었습니다.

이사장님은 아동문학의 거목이시기에 저에게는 가장 존경하는 분 중에 한 분이십니다.

그리고 어린이를 무척 사랑하셨기에 많은 동화책과 동시집을 쓰셨습니다. 지금도 어린이들이 이사장님의 쓰신 책을 도서관이나 서점에서 구하여 읽고 아동문학가가 되는 꿈을 꿀 것입니다.

저 또한 어렸을 때부터 꿈꿔왔던 동화작가의 길을 걷게 해주신 분이십니다.

이사장님!

아직도 이사장님이 곁에 계시는 것 같습니다.

오래전에 한번 일이 있어서 찾아뵈었을 때, 온화한 미소로 "어서 와." 벌떡 일어나시며 반기셨습니다. 그리고 "점심은 먹고 왔는 가?" 물으셨을 때, 저는 점심 먹기에는 이른 시간이라 "아직 점심 시간이 아닌데요."라고 눈치 없이 대답했더니 근처에 쌈밥정식집 으로 저를 데리고 가셨던 적이 있었습니다.

그리고 장인어른은 잘 계신지, 건강은 어떤지, 장인어른의 안부 를 물으셨습니다.

제가 마흔셋이었을 때인가, 마흔넷이었을 때 장인어른을 모시 고 이사장님을 뵌 적이 있었습니다.

그때 장인어른이 창경초등학교 교장 선생님이셨고, 함께 나오 신 이사장님과 박홍근 아동문학가 선생님, 동극을 쓰시는 창경초 등학교 고성주 교감 선생님을 뵌 적이 있어서 그때부터 이사장님 이 저희 장인어른을 꼭 챙기셨습니다.

아직도 그 때 일이 눈에 선합니다.

지금도 안타까운 것은 이사장님을 1년에 한 번만이라도 사무실 에 가서 뵙지 못한 게 마음이 아픕니다.

이사장님!

글로나마 불러봅니다.

1970년대는 어린이를 위한 잡지가 불모지나 다름없던 시기인 데다 어렵고 힘든 시기에 아동문예를 창간하셨고, 지금까지 굳건 히 지키신 이사장님의 큰 업적에 절로 고개가 숙여집니다.

또한 지금까지 아동문예를 통해 동화와 동시, 평론, 동극 등 수 많은 작가들을 배출하여 왕성한 활동을 하고 있습니다. 뿐만 아니 라 작가들이 새로운 창작에 매진할 수 있도록 권위 있는 '한국동화 문학상'과 '한국동시문학상', '아동문예상' 등 여럿 제정하셨고, 지금까지 시행해 오셨습니다.

앞으로도 안종완 이사장님과 박옥주 편집주간님이 이 일을 계속 이어갈 것입니다. 아동문예는 더욱더 발전되리라 믿습니다.

이 모든 게 이사장님의 큰 업적이고 저는 은혜를 입은 셈입니다.

'아동문예'의 발전을 위한 일이라면 열심히 노력하겠습니다.

많은 사람들이 이사장님을 기억할 것입니다.

이사장님, 감사합니다!

귀하나, 박종현

그리운 목소리

동시인 **김 선 영**

목련 나무에
직박구리 찾아와
한참 머물다 날아간다.

아침부터 저녁까지
하얀 눈
펑펑 내리다 사라진다.

봄 하늘에
싹을 틔운
선생님께

귀하는
잘 지냅니다.
귀하는 건강합니다.

그동안의
안부 여쭙니다.
그곳에선 건강하시지요?

제주아동문학의 텃밭을 가꿔 오신 분
― 등산 선생과 나의 인연

동시인 **김 영 기**

1965년 이 후배가 전방에서 군 복무할 때
선배는 『빨강 자동차』로 일찍 등단하셨으니
자타가 인정하고도 남을 명불허전이었소.

1976년 광주에 《아동문예》가 창간될 무렵
문예반 교사였으나 그 사실에 감감했고
더구나 문학 장르에 아동문학이 있는 줄도 몰랐소.

1980년 아동문학의 불모지 제주에도
선배의 입김으로 탄생한 제주아동문학협회
덕분에 동시 당선으로 등단의 문을 열었지요.

1987년 제1회 제주아동문학 세미나를 열던 때
첫 대면한 박주간님과 박홍근 선생님
우리는 불후의 명곡 「나뭇잎 배」를 합창하며 기렸소.

'작가는 작품으로 말한다.'고 충고하며
자신 없어 망설이는 후배를 다독이니

90년 첫 선을 보인 내 동시집『날개의 꿈』

1994년 '이달의 동시문학 서평'을 쓰라 하니
내 깜냥에 턱없다고 사양하며 감사한 일
한참 후 역량을 쌓으라는 배려임을 알았소.

20년이 지난 세월 아동문학 밀레니엄
제주에도 등단 붐으로 전성기를 맞았으니
씨 뿌려 힘써 가꾸신 그 농사꾼 덕 아니신가.

'등산'만이 할 수 있는《아동문예》443호
뒤따르는 제주아동문학 연간집도 39호
선배의 손길 아니었으면 꿈도 꿀 수 없는 일.

선배는 무등산을 사랑하여 얻은 '등산'
한라산 정기 받은 내 아호 '나산'이라
인연은 아호마저도 흘러흘러 강물이오.

동심을 위하여! 제아협을 위하여!
건배사를 남기고 간 내 맘속의 등산이여!
못 잊어「아침을 위하여」시 한 편을 읊노니,

이제 영영 가시었소?「구름 위에 지은 집」으로
도깨비나라 이웃하는 동화나라 집인가요?

그 곳은 무지개 세상 동심서린 곳이거니.

오늘은 「구름 위에 지은 집」 내일은 「도깨비나라의 시」
이쪽저쪽 오가며 열락을 누리소서.
생전에 드리지 못한 감로주를 올리오.

동심으로 살다가신 한국아동문학의 대들보, 그가 그립다

동화작가 김 영 훈

머지않아 박종현 주간님께서 아동문학가로서 일생을 사시다가 소천하신지 일 년을 맞게 된다. 나는 지금 박주간님이 그립다. 보고 싶다. 한국아동문학 지킴이, 한국아동문학의 대부, 한국아동문학의 대들보였던 그가 오늘따라 더욱 사무치게 그립기만하다. 1976년 전라도 광주에서 열악한 한국아동문학의 텃밭을 가꾸기 위해 월간 《아동문예》 제1호를 창간호로 발간한 박주간님이셨는데, 아동문학 발전을 위해 헌신하신 분인데, 지금은 길지 않은 생애를 이 땅에서 사시다가 천상에 올라가 계신다. 서울 인사동을 거쳐 현재 도봉구 현 아동문예사로 옮기면서 박주간님은 아동문학인에게 꾸준히 지면을 제공해 주신 분이다. 오로지 한국아동문학 발전을 위해 사시다가 우리 곁을 떠나신 분이다.

다시 말하지만 박종현 주간님은, 한국아동문학의 구심점이 되어주었던 분이었다. 조금은 소외되었던 6~70년대 아동문학 발전을 위해 광주에서부터 초석을 다져온 박주간님의 아동문학 발전을 위한 공로는 마침내 꽃을 피웠고, 이제는 앞으로도 아동문학계의 영원한 별이 될 것이다. 비록 인간의 삶이 한정적이어서 육신을 버리시고, 사랑하던 가족과 친지, 그리고 함께 아동문학을 일궈온 동지들을 떠나 우리 곁을 떠나셨지만, 그분이 남기신 공은 오래오래

빛날 것이다. 박주간님은 일생동안 수많은 아동문학인과 인연을 맺으며 한국아동문학의 횃불을 지펴왔던 분이었는데…. 나는 다시 또 박주간님이 그립다

아동문학인들이 그렇듯이 나 역시도 박주간과의 인연이 깊은 사람 중의 하나이다. 충청도 촌사람으로 태어나 청년 시절에 소설을 쓰며 습작기를 보내던 내가 박종현 주간님과 인연을 맺으면서 아동문학으로 장르를 바꾸게 된 것은 1982년 인사동 시절, 그 무렵이었다. 이듬해인 1983년 3월, 나는 박주간님이 발행인으로 있는 월간《아동문예》를 통해 제8회 아동문예 신인상(동화부문)에 소년소설 「꿈을 파는 가게」가 당선되면서 문단에 나왔고, 그후 박주간님과의 관계는 더욱 공고화되는 계기를 만들 수 있었다. 1982년 이영, 이상배, 열점열, 김관식, 송남선, 조명제, 이창건, 손기원 등과 함께 태동기를 거쳐 이등해인 1983년 3월에 창립한 「써레」 동인의 산실이 되어 주었던 곳도 아동문예사였다. 아동문예사는 물론 한 개인이나 단체만의 공간은 아니다. 아동문학을 사랑하는 모든 이들에게 창작의 산실이 되어주었다.

등단 후에 나 역시도 아동문예사에서 첫 작품집을 1984년도 10월에 서둘러 출간을 했다. 등단작 「꿈을 파는 가게」를 포함해 그동안 꾸준히 써 모아온 창작동화, 소년소설 작품들을 한데 묶어 국판 240쪽 분량으로 독자들에게 내놓았다. 그 때 산파 역할을 해 준 분이 박주간님이었다. 그 작품집이 태어나는 기쁨을 옆에서 지켜보아 주면서 격려를 해 준 이가 바로 박종현 주간님이었으니 당시에 나는 그를 문학적인 대부로 생각할 만도 했다.

게다가 그 동화집이 재판, 3판을 거듭하게 되었고, 많은 독자를

만나게 된다. 더 놀란 것은 첫 동화집『꿈을 파는 가게』는 그 이듬
해인 1984년 5월 해강아동문학상운영위원회가 선정한 제4회 〈해
강아동문학상〉 수상자로서의 영광을 안게 된다. 그 무렵에는 전화
도 제대로 보급되지 못한 시절이어서 내가 근무하고 있던 대전유
천초등학교 교무실에 내려가 부산에서 걸려온 시외 전화로 수상
소식을 듣게 되는데 그날의 기억을 지금까지도 잊을 수가 없다. 문
단경력이 깊은 것도 아니고 널리 세상에 알려진 작가도 아닌 내가
분에 넘치는 상을 받게 되는데 상금도 그 시절에 200만 원이나 되
고, 지금도 간직하고 있지만 순금 한 냥의 메달을 제작해 목에 걸
어주었다. 그 큰 영광의 뒤에는 박종현 주간님이 계셨다. 문단에
내보내주었고, 이내 동화집을 출판해 준 이가 바로 박주간님이었
기 때문이다 그가 이끌어주지 않았으면 그 영광을 안을 수 없었다
고 지금도 나는 생각을 하고 있다.

　그 이후로도 나는 월간 《아동문예》와 그리고 박종현 주간과 끈
끈한 관계를 유지한다. 지금까지 동화집을 포함해 장르 영역을 넓
혀 소설집 두 권, 평론집 세 권, 김영훈의 삶과 문학을 회고하는 문
집, 게다가 칼럼리스트로서 칼럼집까지 총 21권의 저서를 발간할
수 있었는데, 난 그동안 한 번도 박종현 주간님과 아동문예사를 잊
지 않고 기억하며 살아왔다. 박주간님이 한국문인협회 아동문학분
과 분과위원장으로 계시고 내가 한국문인협회 이사로 역할을 할
때는 더욱 깊은 인연을 쌓아나갔다. 나는 아동문예사가 주관하는
세미나에서 두 차례 주제 발표자로 나서기도 했고, 아동문예사가
주는 〈대한아동문학상〉을 받기도 했다. 그 이후 여러 권의 동화집
을 아동문예사에서 또 발간하면서 인연을 맺었고, 지금도 격월간

아동문예 기획위원으로 있으면서 아동문학 발전에 작은 기여를 하고 있는 중이다.

　박주간님께서 노후에 들어 건강이 좋지 않게 되었음에 나는 이를 누구보다도 안타까워한 사람 중의 하나라고 생각을 하고 있지만, 작년에 세상을 뜨셨다는 부음을 접하면서 망연자실했던 기억이 아직까지도 생생하다.

　세월이 무심해 어느새 일 주기를 맞게 되었다니 박주간님이 다시 그립다. 인간은 이 세상에 태어나 길어야 100년 남짓 살다 가지만 그의 삶이 어떠냐에 따라 그가 남긴 발자국은 영원할 수 있다. 박종현 주간님께서도 비록 짧은 삶을 사시다가 가셨지만 그분이 이 땅, 대한민국에 남기신 아동문학의 흔적은 영원하리라고 믿는다. 세상을 떠나실 때는 너무 갑작스러워 가 뵙지도 못했는데 머지않아 박주간님이 소천하신 지 일 년이 되는 날에는 그분이 잠들어 영면하고 있는 선영을 찾아 그리운 정을 쏟아 부으며 두 번 절을 올리고 싶다. 추모하며 명복을 빌고 싶다.

낮달로 오신 박종현 선생님

소설가 김 예 나

선생님! 오늘 무수골을 다녀왔습니다.

우리들끼리나 나눌 이야기이긴 하지만 우리네 보통 사람들의 주거지로서 이곳만큼 적절한 곳도 흔하진 않겠지요. 공기 맑고, 눈을 돌리는 곳마다 산이 울타리로 둘려진 아늑한 이런 동네 만나는 일이 그리 쉽지만은 않잖아요. 그렇다고 시내 중심으로 나가는 길이 멀거나 복잡하지도 않은, 살아갈수록 정겨운 곳이라는 확신이 드는 곳입니다.

들숨 날숨 때마다 가슴 가득히 밀려드는 공기는 또 얼마나 달고 맑은지요! 재물에 눌려 사는 부자가 아니라서 누릴 수 있는 우리들 서민들만의 행복이라고 늘 감사하며 살아가고 있습니다. 그 위에 선생님 같으신 분을 선배로 뫼시고 가끔씩이라도 만나 뵈올 수 있었다는 건 지복이었지요. 무수골도 제가 선생님과 견줄 일은 아니지만 늘 좋아하는 곳 중에 하나지요. 아직 혼자서 걷는 일이 지금처럼 어렵지 않았던 작년 재작년만 해도 심심찮게 다녀오곤 했었지요. 이곳으로 이사를 하면서 우연히 가게 된, 그래서 만난 무수골의 첫 느낌은 '엄청 좋음'이었습니다. 말하자면 무수골이 제 마음을 사로잡았다고나 할까요. 그 후로도 무수골을 머리에 떠올릴 때마다 언제나 가보고 싶었지만 몸이 불편한 저로서는 꼭 누군가의 도움이 있어야 하기 때문에 마음 내킬 때마다는 쉽지가 않더군요. 마침 오늘은 좋은 친구를 만나 행복한 시간을 만끽했습니다.

방학성당을 지나고 다시 간송 전통가옥도 지나서 숨이 턱까지 차오를 때쯤 초입에서 만나진 주말농장에는 이미 가을걷이가 모두 끝이 났더군요. 주렁주렁 널어놓은 무청 시래기들이 한 계절이 끝났음을, 그리하여 내 삶의 어쩌면 마지막이 될지도 모를 가을 풍경이라고 나직하게 말해주는 바람의 속삭임도 들려오는 것 같았어요. 먹성이 좋은 저는 그런 바람의 전갈도 귓등으로 흘려들은 채 햇빛과 바람에 잘 마른 시래기를 푹 삶아서 볶아놓은 시래기나물과 청국장찌개를 떠올리면서 염치없이 침을 삼키며 걸었지요.

주말농장을 지나서도 발목이 푹푹 빠져드는 낙엽을 밟으며 계속 올라갔습니다. 친구의 저지가 없었다면 내려올 때의 쩔쩔맬 걱정 같은 건 아예 상상도 못하고 발아래서 바스러지는 낙엽소리에 취해 더 높이까지 올라가는 만용을 부렸을지도 모르겠지만 친구의 만류가 하도 간곡해서 산중턱쯤에서 그만 발걸음을 멈추고 말았습니다. 마침 거기 한껏 늙어버린 나무벤치가 하나 있어 허리를 걸치고 가쁜 숨을 몰아쉬었습니다. 다리가 뻐근한 것을 그제야 알겠더군요. 친구가 건네준 차를 받아들고 비로소 하늘을 올려다보았습니다. 낮달이 제 눈에 들어온 것은 그 순간이었습니다. 한쪽이 조금 닳아서 얼핏 보기에도 아주 겸손한 낮달을 발견하는 순간 왜, 어째서인지 지금까지도 설명할 수는 없지만 제 머릿속 가득히 선생님의 환영이 떠올랐습니다.

어쩌다 문협행사에서 만나 반가운 인사를 드릴라치면 반가워하시면서도 조금은 수줍은 미소를 감추시지 못하고 손을 들어 아는 체를 해주시던 선생님 생각에 울컥하고 말았습니다.

나는 머리를 흔들어 보았습니다. 고즈넉한 숲속에 눈에 띄는 것이라고는 잎 새 한 잎 달지 않은 나목들뿐 그나마 하나같이 머리며 온몸을 꼿꼿이 세운 채 사선으로 솟아있는 산정을 향해 선 모습이 눈에 가득 들어찼습니다.

그리고 저는 또렷이 선생님의 음성을 들었습니다.

'귀하, 산문집을 냈더군.'

생전에 그러셨던 것처럼 바람결에 흔들리는 소박하고 겸손하면서 나직한 음성이었습니다. 생전에도 늘 '귀하'가 라는 호칭을 쓰셨던 생각에 가슴이 쓰릿해 왔습니다.

'부끄러울 뿐이지요.'

'글을 쓰는 일이랑게— 언제고 만족할 글을 생산하는 일이 그리 쉬운가. 실은 귀하가 아프지 않고 똘망똘망했더라면 시켜보고 싶은 일이 내게 있었는데…….'

'죄송합니다…….'

어디 문학기행이라도 떠날 때면 회원들의 끼니 챙기시느라고 땀을 흘리곤 하시던 선생님의 선량한 얼굴이 문득 떠올랐습니다. 남매의 맏형이셨던 선생님의 심성은 일상 안에서도 늘 그렇게 묻어나곤 했지요. 여전히 발목이 푹푹 빠지는 낙엽 밭이 아니라 바로 박종현 선생님이 애써가며 손수 만드신 "꽃밭"을 지나 동네로 내려가기 시작했습니다. 창백한 모습으로 내내 뒤를 지켜주는 낮달에게 안녕을 하면서 나는 천천히 발걸음을 옮기기 시작했습니다.

"당신 거길 왜 그렇게 열심히 나가는데……. 탑골공원처럼 맨 할아버지들만 그득하다더니?"

"맞아요! 지금은 볼품없지만 언제고 깃발을 휘날릴 날이 올 거야."

"뭘 믿구 그렇게 흰소릴 치누?"

"나 믿구! 그때쯤 되면 난 자진해서 도봉문협 자퇴할 거야."

십여 년 전 맨 처음 김용철 선생님을 따라 도봉문협에 나가기 시작했던 기억이 새삼 떠오릅니다.

"어때 거기 분위기 좋아?"

"완전히 할아버지들만 득실거리는 노인정이야. 근데 이상하게 정이 가는 곳이야. 나 여기가 중앙 문인회에서도 알아주는 기세등등한 문학단체로 크기까지 열심히 나갈 거야."

근거 없이 흰소리를 치면서도 오늘 낮에 본 낮달처럼 창백하면서도 어린이의 담백한 정겨움이 가득한 모습을 떠올렸었던 기억이 또렷합니다.

"어이구 김관순. 김다르크 나오게 생겼네".

그냥 흰소리에 지나지 않았던 내 장담이 맞아 들어가는 작금의 도봉문인협회 모습은(물론 전혀 내 노력 없이) 한없이 반갑지만 환호성 속에도 어딘가 한 귀퉁이가 무너져나간 허전함은 저 혼자만의 센티멘탈일는지요?

조금만 더 우리 곁에 계시지 않고……. 목이 멥니다.

선생님이 만드신 꽃밭에 숨어 사는 천사들처럼 살랑살랑 부는 바람에 머리칼을 날리며 선생님이 그리워하셨던 달 두 개가 낮달과 나란히 제 가슴에서 떠오르는 걸 가만히 지켜봅니다

어려운 사이

동화작가 **김 옥 애**

이십 대 초반에 결혼해서 아이들이 생겼다. 집안일과 학교근무에 찌들려 나는 칠 년 남짓 그냥 시간을 흘려보냈다. 학보사에서 함께 일했던 대학시절 동인들은 하나씩 둘씩 등단을 해서 모두 내 곁을 떠나갔다.

그러던 1975년 3월. 전남일보 신춘문예에 당선됐다는 연락을 받고 안도의 숨을 쉬었다. 녹이 슨 내가 아직 죽지는 않았구나. 그동안 공백기가 컸지만 글쓰기를 다시 시도해야겠다는 마음을 다잡았다.

시상식이 끝나고 며칠 지났을 무렵이었다. 담양동초등학교로 낯선 남자 한 사람이 찾아왔다. 마침 수업이 끝난 오후 시간이어서 나는 그분을 교실로 안내했다.

그는 신춘문예 당선을 축하한다면서 자기소개를 했다.

"박종현이라고 합니다."

찾아온 용건도 털어놓았다.

"선생님, 광주에 전남아동문학회라는 단체가 있는데 거기 들어오십시오."

전남아동문학인 단체? 처음 들어 본 이름이었다. 나는 그냥 미소를 흘렸다. 문득 단편소설 「바람의 환상」으로 신춘에 당선한 나

128

의 가장 친했던 글 친구의 얼굴이 떠올랐다. 내 비록 이번에 동화로 당선이 되었지만 언젠가는 그녀와 어깨동무하면서 커피를 마시고 다시 소설을 논하리라.

그 후 몇 달 동안 조용히 살았다. 후속 동화도 쓰지 않았고 그렇다고 소설 습작을 한 것도 아니었다. 그럭저럭 일상에 묻혀 지내고 있을 때 박종현 선생님께서 이번에는 우편물을 보내왔다. 전남아동문학인협회 입회원서와 광주문인협회 입회원서까지 함께 동봉이 되어 있었다. 박종현 선생님의 적극적인 권유로 나는 입회원서 빈칸을 또박또박 채워서 보냈다. 그리고 그날부로 문학단체의 회원이 되었다.

나중에 알고 보니 박종현 선생님은 남편과도 인연이 있었다. 광주사범학교 12회 동창인 거였다. 남편과 동창이라는 사실을 알고 난 뒤부터 나는 박종현 선생님을 만나면 조금 조심스러웠다. 편하질 않고 어렵다고나 할까? 아마 그쪽도 마찬가지였으리라. 박종현 선생님을 오랜만에 만나면 항상

"친구는 잘 있지요?"

"예."

"집에 가면 안부 전해 주시오."

라는 남편의 안부 인사부터 시작을 했으니까.

하지만 뭐니 뭐니 해도 박종현 선생님하면 《아동문예》란 말로 이어진다. 서울로 자리를 옮겨가기 전까지는 광주에서 그 잡지가 나왔다. 동화책도 발간되었다. 장문식 선생님과 나의 첫 동화집이 광주의 아동문예사에서 출간이 된 것이다. 지금은 선생님이 세상을 떠나시고 《아동문예》가 혼자 선생님을 지키고 있다.

귀
하
나.
박
종
현

그리움으로 남는 털털한 벗님
– '아동문학의 날' 제정 뒷얘기

동시인 **김 완 기**

꼭 20년 전 2001년 어느 봄날이었다. 이날도 박종현 주간의 털털한 목소리가 담긴 전화가 왔다.

"김형, 월평(月評)쓰느라 고생했구먼. 오늘은 다른 부탁인데 들어줘야겠어. 잘 아는 호남 지역 어느 교장이 5월 어린이날을 앞두고 어린이와 선생님들께 문학 얘기를 들려달라는 요청이 왔네. 귀하와 둘이 나눠 맡아 얘기하면 어떨까?"

박종현 주간은 같은 연배 문우에게 늘 '귀하'라는 호칭하는 것이다. 그 무렵 나는 교단에서 정년퇴임하고, 내가 아이들을 보고 싶어할 거라는 걸 알고 나를 지명했기에 흔쾌히 동행하게 되었다. 이날 문학 강연은 가까이 지내는 학교장의 부탁이기도 했었지만, 이를 계기로 이후에는 당시 한국문화예술진흥원 지원으로 충청, 호남, 경기지역 농·어촌 여러 학교를 찾아다니게 되었다. 문삼석 시인을 비롯한 문우 몇이 어울려 초등학교 순회강연을 하고 다녔는데 그때마다 박종현 주간이 인솔 대장이었다.

전화 약속대로 단둘이 기차에 올랐다. 박 주간은 꿈 많던 초임 시절 시골 학교 얘기를 꺼내더니, 실은 나와 자기가 동갑내기 호랑이띠인데 호적에 한 살 늦게 등재가 되었다며 껄껄 웃는다. 그러더니 중요한 제안이 있다며 제법 진지한 표정을 짓는다.

"김형, 올해 안에 꼭 준비할 게 있네. 우리나라 처음으로 '아동문학의 날'을 제정하고 싶네. '시의 날'이 있고 뭐도 있는데, 아동문학의 위상을 높이고, 아동문학 정신을 세상에 알리기 위해 벌써부터 마음먹고 있었다네. 귀하의 의견은 어떠한가?"

간절함이 묻어나는 구상이었다. 함께 힘을 모아보자고 다짐을 하고 헤어졌는데 얼마쯤 지난 뒤에 다시 박종현 주간의 전화가 왔다. 한국문인협회가 있는 동숭동 대학로 근처에서 몇이 만나자는 연락이었다. 소속 단체를 초월해 뭉치자는 취지로 한국아동문학회, 한국아동문학인협회, 한국아동문학연구회, 한국아동문예작가회, 이렇게 네 단체 임원들이 모두 초청되었다.

박종현 주간의 열정은 대단했다. 모임의 취지를 털어놓더니 이미 준비된 추진과정을 설명하고는, 여러 출판사의 협찬도 약속받았다면서 '아동문학의 날' 제정에 힘을 모아 달라는 부탁이었다.

그날부터 박종현 주간은 여러 차례 모임을 주선하면서, 다음 해인 2002년 5월 1일에 선포식을 가지자며 박차를 가하는 것이다. 가끔 진행 과정이 매끄럽지 않으면 특유의 농담과 좋아하는 막걸리 잔을 돌리며, 우린 어린이 사랑으로 모였다며 협조를 당부하곤 하였다. 이렇게 여러 사람의 의견을 종합하고 논의를 거듭한 끝에 드디어 세 분야로 역할을 분담하고 책임자로 일할 위원장을 호선했다.

'아동문학의 날' 제정의 취지와 정신이 담긴 '선언문' 작성 책임은 이상현 시인, 어린이와 동심을 지닌 어른 모두 함께 부르는 '노랫말' 짓기 책임은 유경환 시인이 맡았다. 그리고 전국 초등학교와 각 문학단체, 아동문학인 가슴에 스며드는 '표어' 작성 책임은 김완기로 호선하고 각 위원회마다 서너 명씩 위원이 배정되었다. 내가 맡은 '표어' 제정 위원으로 고성주, 김남형, 이상배 이렇게 셋이 한 팀이 되었다. 박종현 주간은 뚝심으로 밀어붙이면서 각 책임자에 수시로 진행 과정을 물어보며 서둘러 달라고 주문했다. 몇 차례 논의 끝에 드디어 최종안이 나왔다.

1. 아동문학은 해 뜨는 아침의 문학이다. 누구에게나 빛과 희망과 지혜와 용기를 나누게 하며, 우리말과 글을 으뜸으로 아끼고 소중히 여기는 나라 사랑의 문학임을 믿는다.

2. 우리는 동심이 넘치는 ······(이하 생략)'

이상현 위원이 작성한 '선언문'이 최종으로 채택되었다.

다음은 유경환 위원이 지은 '아동문학의 날' '노래'다. '나무들이 숲을 이루고 숲은 산을 아름답게 덮듯이 어린이 마음을 모아······(이하생략)'

이렇게 이어지는 노랫말을 작곡가 이수인 선생에게 부탁해 동요곡이 완성되었다.

다음으로 '표어'는 김완기 위원이 작성한 '동심으로 살면 세상이 아름다워집니다'가 채택되었다. 맑고 순박한 동심이 세상을 아름답게 한다는 표어라며 식탁에 둘러앉아 한 번 제창하기도 하였다.

드디어 2002년 5월 1일 동숭동 흥사단 강당에서 '아동문학의 날' 제정ㆍ선포식 겸 제1회 기념식이 열렸다. 남다른 애정과 열정과 집념으로 모든 일을 추진한 박종현 주간은 설렘 가득한 털털한 목소리로 아동문학이 건강하게 가꾸어지기를 염원한다며 어린이

사랑의 마음을 모으자고 제정 취지를 역설했다. 함께 노래도 제창했고, 주먹을 불끈 쥐며 표어를 외치면서 해마다 가정의 달 첫날인 5월 1일을 '아동문학의 날'로 오래 이어가자고 다짐했다.

그 후 수차례 여러 학교를 순회하며 기념식을 갖고, 아동문학 원로 선배에게 '아동문학의 날 본상' 상패를 드리며 동심이 넘치는 아름다운 세상을 가꾸자고 했다. 지금은 출발 당시 그때 열기만큼 뜨겁지 않아도 뜻있는 아동문학인 몇 분의 정성과 관심으로 이어지고 있으니, 박종현 주간도 하늘나라에서 그 날처럼 기뻐할 것으로 믿는다.

그곳에서 편히 쉬십시오

동화작가 **김 용 재**

박형의 비보를 들은 지가 어제 같은데 1주기가 다가오고 있네요.

남들은 그곳이 무서워서 겁을 먹고 있는데 어찌하여 서둘러 갔단 말입니까? 안타깝고 애석하기 그지없습니다. 사랑하는 가족과 《아동문예》를 뒤로하고 떠나면서 발걸음이 천근만근 무거웠겠죠. 그러나 아동문예는 비록 가난하고 볼품없이 태어났었지만, 박 형의 지극한 사랑을 먹고 자라 마흔다섯 살로 접어든 지금은 한국 제일의 '순수 아동문학지'로 발돋움했으니 모든 시름 털고 그곳에서는 편히 쉬십시오. 통권 440호도 마님 안종완 님과 누이 옥주 님이 각각 발행인과 편집주간으로 하등의 손색없이 발행해냈으며, 그 후로도 더욱 알차게 펴내고 있답니다.

1976년 무더위가 기승을 부리던 7월 어느 날이었죠.

"김용재 씨, 여기 아동문예사 박종현인디 축하헙니다."

남도 사투리의 전화에 전화기를 든 손이 바르르 떨렸습니다.

"박종현 사장님, 무슨 말씀입니까."

"당신이 보낸 동화 「섬 아이들」과 「날아간 호랑나비」 중, 김영일 회장님께서 「호랑나비」를 추천혀서 제1회 추천작으로 8월호에 올리게 됐당게요."

이때 나는 뭐라고 감사의 인사를 했는지 자세히는 모르지만 '고맙습니다. 감사합니다.'를 거듭거듭했을 것입니다. 그리고 한 달 거쳐 10월호에 동화 「꼽추」로 역시 김영일 회장님의 2회 추천으로 천료했으니, 아동문예야말로 내 10여 년의 습작기에서 벗어난 모태가 아닐 수 없습니다.

그리고, 33년이 훌쩍 지나서, 장편동화 「나루터 마을」을 2009년 3.4월호부터 6회에 걸쳐 연재한 뒤, 단행본으로 발행해서 박 형이 직접 한국문인협회에 한국문학상 후보작으로 추천하여 제47회 '한국문학상'을 수상한 영광은 아동문예가 있었고 한국아동문예작가회 박종현 이사장의 배려가 있었기에 부족했던 내가 이처럼 아동문학 분야에서 큼직한 상을 받게 되었음에 잊을 수가 없습니다.

또 그로부터 15년 후, 2014년 5월 어느 날 손전화의 벨이 울려 받았더니

"어이, 용재 친구 잘 있었능가? 아동문예의 '삶과 문학' 난에 쪼매 늦었지만, 친구의 차례가 된 것 같어."

"그려? 고마운 말씀인데 내가 뭘 했다고…."

"무신 소리여! 우리 〈아동문예작가회〉 주소록 맨 앞에 있는 분인디…. 이유 붙이지 말고 다른 사람들 것 읽어보고 7월 말꺼지 원고 작성혀서 보내줘 잉? 알었지?"

아동문예는 특별기획으로 2013년부터 생존해 있는 원로 아동문학가를 조명하고 있었죠. 두근거리는 가슴을 삭이고 서재 위에 쌓여있는 아동문예 2013년 3·4월호(신현득)부터 2014년 3·4월호(이영호)를 내려놓고 차근차근 읽어보았습니다. 이렇게 해서 작성한 원고를 7월 28일에 송고했는데 그해 9·10월호에 미흡하나마 「나

의 삶은 동화 그 자체였다」가 게재되기도 했었지요.

박 형은 누가 뭐래도 아동문예뿐 아니라 한국의 아동문학에 큰 숲을 만들었습니다. 박 형의 기발한 아이디어로 1983년에 아동문예 출신 작가들을 규합하여 아동문학시대 동인회를 조직하면서 −전략− "우리는 이제 자리를 같이하고 아동문학시대 동인임을 선언한다. −중략− 우리 동인은 어제보다는 오늘을 사랑할 것이며, 오늘보다는 내일을 더 사랑하는 마음으로 아동문학과 어린이를 생각하며 차근차근 이 길을 갈 것이다." 하며 홍선주 등 동화작가 21명의 동화를 모아 「아동문학시대 1983」과 동시인들은 동시를 모아서 「움직이는 눈사람」을 1983년 12월 5일 자로 동시에 발행함으로써 아동문예 출신 작가들의 기상은 하늘을 뚫었었지요.

〈아동문학시대〉가 30년이 넘도록 유지해온 것은 오직 박 형의 눈부신 노고와 헌신이었다고 봅니다. 활화산처럼 의기충천한 우리는 〈아동문학시대〉를 벗어나 아동문학 3동인 〈한국동시문학시대〉, 〈한국동화문학인회〉, 〈21동행시〉로 발전하여 거듭거듭 작품집을 펴냈으며, 동화작가들에게는 『일학년이 읽는 동화』에서 『육학년이 읽는 동화』까지 발행하게 한 것은 박 형이 아니고는 감히 누구도 흉내 낼 수 없는 쾌거였습니다. 그뿐인가요? 2002년 5월 1일에 세계 최초로 '아동문학의 날'을 제정하여 매년 5월 1일이면 아동문학인들이 모여 어린이 사랑과 아동문학 발전을 위해 '어린이와 함께 하는 아동문학의 날 행사'를 했던 일이며, 2008년부터 시작한 '아동문학 심포지엄'은 한국아동문예작가회가 주최하여 아동문학의 저변확대를 위해 크게 공헌한 위업이었다고 봅니다.

박 형, 《아동문예》는 수백 명의 아동문예 가족들이 한마음이 되어 왕성하게 활동하며 참여하고 있으니 아동문학계에 크게 금줄이 쳐질 겁니다. 바라건대, 모든 시름 다 잊으시고 당신의 시집 『하얀 새』의 시구처럼 파란 하늘에서 하얀 날개 달고 그곳에서 편히 쉬면서 하늘을 훨훨 날아다니십시오.

거절을 못하던 선생님

동시인 **김 원 석**

《아동문예》가 도봉으로 옮기고부터는 박종현 선생을 자주 만나지 못했다.

정말이지 거리와 사람과의 관계는 정비례하는 모양이다. 아동문예가 종로에 있을 때는 오가다, 또 휩쓸려 다니다 얼굴을 보고 말을 나누었다. 게다가 박홍근 선생님과 고성주 선생님이 박종현 선생을 자주 만나 도매금으로 만나기도 했다. 그러나 도봉으로 이사를 하고 또 박 선생님이 혈압으로 고생을 해 외부 출입을 자제했던 것으로 안다.

90년대 어느 해 아동문학인협회 세미나가 끝나고 사당역에서 해산하는 팀과 합류하는데 그때 박종현 선생님이 함께했다. 평소에 목욕을 함께 자주하던 강정규 선생님과 목욕탕으로 툼벙하러 가다가, 박 선생께 목욕탕에 함께 가자고 하니까 좋다고 했다. 그래서 박민호와 기억이 아물아물 잘 안 나는 또 한 친구와 함께 사당역 사거리 목욕탕에 간 일이 있다.

우리는 벌거벗고 탕에 들어가 두 발을 쭉 뻗고 앉아 잡지에 대한 이야기를 했다. 박 선생은 《아동문예》, 강 선생은 이름은 잊었

138

는데 계간지를 발행하는데 손을 대고, 나는 《소년》을 주관하고 있어, 자연 어린이 잡지에 관한 이야기가 나왔다.

강정규 선생님도 어렵지만 아동문예는 광주서부터 서울까지 상경해 몹시 어려웠을 것이다. 지금도 그렇지만 잡지를 발간한다는 것은 재정적으로 무척 어려운 때였다. 소년은 가톨릭에서 재정지원을 해도 어려운 것을 잘 알고 있었다. 강정규 선생도 같은 어려운 입장이니 박 선생의 처지를 익히 알고도 남음이 있었을 것이다.

말끝에 박 선생님은

"하는 거죠. 그냥 하는 겁니다."

어렵다는 말 한 마디 없이 아동문예를 이끌고 나간다는 박종현 선생님의 말. 그때 작가들에게 원고료를 주지 못하는 게 몹시 아쉽고 미안하다고 했다. 광주서부터 서울까지 이끌고 온 아동문예 뚝심이. 작가들에게 주는 원고료가 아닐까? 선생님은 그 피와 살 같은 아동문예를 어떻게 두고 가셨는지.

참으로 대단한 의지를 갖고 아동문예를 발행한다는 굳센 의지를 느낄 수 있었다. 한 개인이 어렵사리 하는 잡지는 여태껏 살아 있는데, 수지계산이 안 맞는다고 우리나라에서 제일 수명이 긴 어린이 잡지 소년을 폐간한 서울교구 유지재단(가톨릭재단)에 섭섭한 마음 그지없다.

나는 80년 대 초로 기억되는데, 아동문예에서 주는 '한국동시문학상'을 광주 약사회관에서 받았다. 그때 구중서, 이단원 선생님을 비롯 〈소년〉 식구들이 모두 광주 내려간 일이 있다.

그때 "상을 받을 때는 좋다고 받으면서도 자기 약력에 아동문예에서 준 상이 부끄러운지 상 받은 것을 안 넣는다."고 섭섭해했다. 정말 어렵게 만들고 아끼고 아껴 만든 상이 아닌가. 나는 아동문예에서 받은 〈한국동시문학상〉을 이력에서 여태껏 잘 넣고 있다.

박종현 주간과 김재용 동시인의 만남은 필연이었다
– 그의 추모집 발간에 즈음하여

동시인 **김 재 용**

　우연히 아닌 필연으로 1977년 광주 · 전남아동문학인 모임에서 박종현 주간님을 만났습니다. 그 만남이 동시를 쓰기 시작한 출발점이 되어 그 해 2번 추천을 받고, 1978년 마지막 천료 때까지 박종현 주간이 내 오른팔이 되어 준 걸 잊을 수가 없습니다.

　지난 3월 코로나19!

　뜻밖에도 우리 곁을 떠난 《아동문예》 박종현 주간의 1주기 기념 추모문집 원고를 쓰다 보니, 인생은 짧고, 문학은 영원하다는 생각을 아니할 수가 없네요.

　박종현 주간은 1993년부터 아동문예 '이달의 동시 · 동시인' 코너를 저에게 맡겨 11년간이나 연재하게 해 주었고, '한국 연작동시의 어제와 오늘'을 또 3년간이나 연재하게 해주었지요. 총 14년이라는 긴 세월을 아동문예에 글을 쓰게 해 주었으니 아마도 이는 아동문예 역사상 처음이자 마지막이 아닐까 생각합니다. 이런 제가 어찌 추모문집에 빠질 수가 있겠습니까?

　1980년, 광주 민중항쟁의 날이 5월 8일인데 벌써 40주년을 맞네요. 전두환 전 대통령 시절이었잖아요? 기억이 생생해요.

그때 우리는 박종현 주간과 함께 광주·전남아동문학인 야유회를 즐기고 있었지요. 광주에서 그리 멀지 않은 장성호 근처였습니다. 모처럼의 문학인 나들이이기에 나는 아내, 큰아들(호진 6세)과 함께 참석했었지요. 즐겁게 점심을 먹던 중에 어디선가 총소리가 들리고, 이어 광주에서 난리가 터졌다는 소식이 들려왔습니다. 이 뜻밖의 사단에 우리는 부랴부랴 버스를 타고 광주버스터미널로 갔었지요.

그때 계엄군들은 학생들을 무자비하게 개머리판으로 두들겨 패기도 하고, 줄줄이 엮어 총으로 위협하며 터미널 안으로 끌고 들어갔는데, 이런 광경을 본 시민들이 여기저기서 아우성을 지르고 있었지요.

나도 모르게 버스 옆 창문을 열고. "이게 뭔 일이야! 야! 이놈들아!" 소리치지 않을 수가 없었지요. 그런 와중에 계엄군 한 명이 우리 버스를 가로막더니 총을 겨누면서 우리 차에 올라타는 게 아니겠습니까? 앞자리에서 뒷자리까지 두리번거리면서 살피더니 버스 중앙 좌석에 앉아있는 군인 대위 한 사람을 군화발로 마구 차면서 차 밖으로 끌고 나갔습니다. 처음엔 내가 욕하는 소리를 듣고 나를 잡으러 버스에 오르는 줄 알았지 뭡니까? 얼마나 놀랐던지 지금도 몸서리치는 느낌을 잊을 수가 없습니다.

그 당시 나는 무안군 현화국민학교 교감이었습니다. 학교에 도착해 보니 학교 운동장에 버스들과 트럭 등이 가득 도피해 있었습니다. 당시 무안군 현화초등학교는 12학급 벽지학교였고, 교장 선생님은 사범학교 출신이 아니었는데도 근엄하신 분이셨는데, 모든 학사관리를 나에게 맡기셨지요.

그해 늦가을에 제1회 대통제(학예회 겸 학습과제물 전시회)를 개최했었습니다. 학습생산품 전시(학습장, 일기장, 과제랑 관찰기록장, 글짓기 작품철, 미술 작품철 등과 클럽활동 생산품, 그림, 서예, 공작물 전시와 교사 경영부, 교사 연수록, 수업안 등)와 연극(교사와 학생, 학생들만), 우리고장 자랑대회, 합창(교사와 학부모, 학생들만), 중창, 독창, 무용(단체, 혼자), 동화, 웅변 등 학교 대축제(대통제)였지요.

특히 그해 호남예술제에서 미술, 글짓기(동시·산문) 부문 단체상과 최고상 4명, 우수상 8명, 입선 20명의 쾌거를 얻어 상패와 상장 전시회도 겸했었지요. 당시 대통제에 전라남도교육감(오영대)과 무안교육장, 그리고 자랑스럽게도 《아동문예》 박종현 주간께서 몸소 참석하여 잔치를 빛내주셨지요.

그 자리에서 분에 넘치게도 우리 학교와 저에 대한 호평을 쏟아내시어 학교와 저 개인의 성가를 크게 높여주셨던 일을 지금도 잊을 수가 없습니다.

143

박종현과 김재용

박종현
광사사범 12회,
김재용
목표사범 12회.

쌍둥밤 같은
동무요,
쌍둥밤 같은
동무다.

어깨동무
내 동무
자나 깨나
내 동무 맞지…….

한몸같이
하늘나라
사모하는
내 동무 맞지…….

종현형님 전 상서

동화작가 김 재 창

　어제는 삼석형의 전화가 걸려왔습니다. 오랜만의 반가운 목소리였습니다. 종현형님의 추모글 채근이었습니다. 아, 박종현형님. 나는 눈을 들어 창밖을 내다보았지요. 밖엔 몇 년 만에 보는 탐스러운 눈이 하염없이 내리고 있었지요. 나는 문득 아련한 추억 한 소절을 떠올렸어요. 눈 오는 날엔 우린 대인동 토끼탕집을 자주 찾았지요. 돈이 없어 일인분으로 몇 사람이 삽질해대면 냄비는 금세 졸아붙고 우리는 염치도 좋게 시금치를 몇 번이고 시켰지요. 그때 문득 창밖을 보면 함박눈이 내리곤 했지요. 우리 그때처럼 토끼탕집에서 만날까요? 그러나 한쪽은 전화가 되지만 한쪽은 저승이라 추억만 소환하네요.

　종현형님 생각하면 내 문학 생애의 봄날이 생각납니다. 1974년은 내 문학 생애의 봄이었지요.

　1월에 새교실 대상(동화)이라는 큰 상을 타고, 3월엔 광주일보에 신춘문예에 동화가 당선되었지요. 신문에 날마다 당선작이 게재되던 때가 내 인생의 황홀기였지요. 그 후 종현형은 나를 광주로 불러들여 글짓기회에 참여하게 되었지요.

　그 얼마 후 종현형은 제가 살고 있던 보성엘 뜬금없이 찾아왔지요.

귀
하
나.
박
종
현

– 무슨 일이세요?

– 주유천하를 하고 있네.

나는 다짜고짜 형님을 집으로 모시고 가서 먼지 낀 매화주 항아리부터 풀었지요. 술이 얼큰해지자 우리는 격의가 없어졌지요.

– 형님은 무뎁뽀 작은 거인이요.

형님은 그 무렵 아동문예를 출산시키려고 고군분투하고 다녔지요. 매일같이 출판기념회다 시화전이다 글짓기 모임이다 쌀독에 쌀 떨어진 줄도 모르고 미쳐 다녔죠. 그러다가 덜컥 아동문예를 형님 명의로 등록시켜버렸죠. 그때까진 그게 회원들 명의였기에 주위에서 반대가 많았지요. 그러나 형님 아니었더라면 지금의 아동문예라는 문화유산은 빛을 보기 어려웠을 테지요.

– 허허허. 무뎁뽀라– 자네는 생강이네.

– 네?

아마 내가 개성이 강하다는 비유겠다? 나는 괘념치 않았지요. 예술이란 개성이 뚜렷해야 좋은 것 아니겠어? 자기도 생강이면서…….

146

– 자네 글은 싹수가 있어.

내가 심드렁해진 듯하자 형님은 나를 좀 추어주는 듯했지요.

그후 우리는 글짓기모임에서 매월 만났지요. 도청 옆 골목에 있던 오거리 식당 2층은 우리의 문학 아지트였지요. 모임이 끝나면 근처 서석동으로 대인동으로 우리의 주유천하는 계속되었지요.

이렇게 눈이 펑펑 쏟아지면 어김없이 그 토끼탕 집에서 만났을 거예요. 나는 형님의 그 소탈하고 솔직함이 좋았어요. 저뿐 아니라 지인들 모두 그 점이 좋아서 형님 주위로 모여들었겠지요. 그게 아동문예를 성공시키는 원동력이 되었겠지요.

형님 생전에 만났더라면 할 얘기가 많았어요. 그중에 하나는 우리의 주유천하 하던 궤적을 다큐로 찍어두고 싶었지요. 또 하나는 형님이 말씀하던 싹수 말인데요. 그게 내 나이 불혹이 넘었는데도 통 나오질 않아요. 좀 도와주세요.

— 떽. 자기가 피땀 흘려 노력해야지.

형님은 분명 그리 말할 테지만 저도 이젠 기진한 모양이에요. 그러나 포기하진 않을 거예요. 형님 말씀이 허언이 되지 않으면 좋겠어요.

암튼 신산스러운 이승의 일일랑 홀가분히 잊으시고 부디 영면하소서.

경자년 세모에 드립니다.

귀하 나. 박종현

박종현 주간님과 맺은 소중한 인연

· 동화작가 김 정 현

나는 편지를 읽으며 두 눈을 의심했다. 두 번 세 번 다시 읽고 또 읽었다.

"박종현 선생 추모 문집 원고 청탁서" 편지를 내려놓으며 쥐구멍이라도 찾고 싶은 심정이었다. 지금까지 세상을 잘못 살아왔다는 부끄러움이 물밀 듯이 밀려왔다.

'주간님께서 세상을 떠나신 지 벌써 몇 달이 지났건만, 나는 그동안 아무것도 모르고 있었단 말인가?' 의자에 털썩 주저앉아 죄스런 마음을 억누를 수가 없었다. 몇 년 전 여름에 고성에서 아동문학 행사 때 뵈었던 것이 마지막 모습이었다.

'누가 연락이라도 좀 해주지⋯⋯.'

의자에 앉아서 알 만한 아동문학인들만 원망했다. 하지만 이런 원망도 부질없는 핑계였다. 옛날에 가깝던 아동문학인들과 연락을 못하고 지낸 세월이 너무 길었다. 내가 연락을 못하고 자주 만나지도 못했는데 누가 챙겨서 연락을 해준단 말인가. 모든 것이 내가 스스로 만들어낸 상황이었다.

나는 책꽂이에서 아동문예지를 찾아보았다. 아동문예지에는 분명히 주간님의 타계소식이 실려 있었을 것이라고 생각했다. 그동안 집으로 배달되는 아동문예지를 꼼꼼하게 챙겨서 읽어보지 못한 것이 또한 후회되었다. 무엇에 정신이 팔려서 아동문예지를 세세히 살펴보지 못했는지, 참으로 뒤늦은 후회만 밀려왔다.

1985년으로 기억된다. 내가 사는 홍성지역에 '홍주문학회'라는 문학단체가 처음 탄생했다. 나는 홍주문학회 막내회원으로 활동하며 동화작가의 꿈을 키우고 있었다. 당시 홍주문학회원 중에 박진용 선생님은 동화작가로 왕성한 활동을 하며 스승처럼 동화 습작을 지도해주셨다.

홍주문학회는 일 년에 한 번 유명 문인들을 모시고 세미나를 개최하기로 계획을 세우고 있었다. 1986년 겨울에 초청 문인으로 아동문예 박종현 주간님을 모셨다. 당시에 홍주문학회원 중에서 시인 구재기 선생님과 동화작가 박진용 선생님은 박종현 주간님과 자주 연락을 주고받는 사이였다. 이런 인연들이 박종현 주간님을 초청하게 된 동기였다. 또한 동화작가를 꿈꾸는 나를 위한 홍주문학회 선배님들의 세심한 배려이기도 했다.

그때 박종현 주간님은 장항선 기차를 타고 홍성에 처음 오셨다. 저녁 강의 시간에 홍주문학회원들에게 초청강사로서 좋은 말씀을 많이 해주셨다. 뒤풀이 장소에서 동화작가를 꿈꾸는 나에게 특별한 관심을 갖고 격려를 아끼지 않으셨다.

1987년 3월에, 나는 그토록 꿈꾸던 동화작가로 등단했다. 아동문예에 '돌부처의 웃음'이라는 동화를 발표하며 신인문학상을 받고 문단에 나왔다. 처음 등단을 하고 정말로 열심히 동화를 쓰겠다고 다짐했다. 아동문예 사무실에도 가끔 찾아갔었고, 지면에서만 보던 아동문학 선배님들도 많이 만날 수 있었다.

박종현 주간님은 여러 가지 자상한 배려로 꾸준히 활동할 수 있는 길을 만들어주셨다. 여름방학에는 홍성지역으로 오셔서 아동문학 세미나도 개최했다. 1990년에는 아동문예사를 통해서『할머니와 누렁이』라는 첫 창작집도 발간했다.

나는 부끄럽게도 시간이 점점 흐르며 처음에 품었던 열정을 계속 이어가지 못했다. 일 년에 한두 번 개최하는 아동문예작가회 행사에도 참석률이 저조했고, 작품 창작도 열정적이지 못했다. 그렇다고 박종현 주간님이나 아동문예를 잊은 것도 아니었다. 물에 술탄 듯 술에 물 탄 듯 뜨뜻미지근하게 활동을 해왔던 것이다.

벌써 30여 년 세월이 후딱 지나갔다. 그동안에도 박종현 주간님은 수시로 전화를 하여 동화발표 지면을 주셨고, '아동문예작가상'과 '대한아동문학상' 등을 살펴주시며 채찍질을 해주셨다. 그 덕분으로 게으름을 피우면서도『눈먼 할머니네 식구들』등 여러 권의 동화집을 발간할 수 있었다.

내 인생에서 동화작가로 꿈을 가꿔올 수 있었던 것은, 뭐니 뭐니 해도 아동문예가 있어서 가능했다. 그리고 나를 이끌어주신 박종현 주간님과 주변의 문학 선배님들이 계셔서 든든하게 의지할 수 있었다. 내 인생에서 아동문예와 박종현 주간님과의 만남은, 더없는 값진 최고의 인연이었다.

이번 일을 계기로 무심하고 게을렀던 지난 일들을 통렬하게 반성하고 있다. 또한 마지막 남은 인생을 창작활동에 쏟아붓겠다는 다짐도 했다. 하늘나라에 계신 박종현 주간님께서도 박수를 보내주실 것으로 생각한다. 박종현 주간님의 영혼이 하늘나라에서 편히 쉬시기를 두 손 모아 기도드린다.

박형 벌써 일 년이 되었소

동시인 **김 종 상**

오로지 아동문학! 그 열정을 어찌하고
그렇게 매정하게도 홀연히 떠났으니
함께 해온 지난 일들이 갈수록 생생하오.

박형은 여수동에서, 나는 상주 상영에서
독서와 글짓기에 열중할 때 만났으니
돌아보면 육십 년 전 팔팔하던 때였지요.

거기를 떠난 우리는 서울에서 다시 만나
아동문학 단체에서나 문학과 교육에서
언제나 생각이 같아 우정이 남달랐죠.

당시는 유약했던 아동문학 노정 위에
전문지《아동문예》이정표를 세우시고
심혈을 다 바쳐서 가꾸어 오셨는데,

그 높고 뜨거웠던 서원을 접으시고
사랑으로 가꿔오던 문우들, 그 모두를

귀
하
나,
박
종
현

잊으시고 떠난 것이 참으로 안타깝소.

하지만 형이 가꾼 우리의 아동문학은
절대로 꺼지지 않는 문단의 횃불로서
세계의 아동문학에 선두를 가고 있소.

오늘도 다시 밝는 태양을 우러러보며
박형이 해 온 성업을 드높이 기립니다.
내 마음 추억의 숲에 지지 않는 꽃 한 송이!

아동문학에 두터운 정끈을 심고 가신 불꽃 같은 분

동시인 **김 종 영**

　인간이 이 세상에 태어나면서부터 죽을 때까지 인연을 떠나서는 존재할 수 없는 게 아닐까?

　내가 아동문예와 인연을 맺은 것은 문학 인연 때문이다. 1996년 5월 1일 창간한 《아동문예》는 아동문학 불모지인 대한 땅에 하늘이 내려준 축복인 듯 아동문학가들에게 큰 기쁨이었고, 아동문학의 자존심을 드높여 준 유일한 월간 아동문학 종합문예지였다. 나는 그 문예지에 해마다 동시와 동화를 발표하며 인연을 맺다보니 자연스레 박종현 주간님과 친분을 쌓게 되었다. 발표할 작품이 있을 때는 꼭 박종현 주간님께 인사 겸 전화를 걸었다.

　"박종현 주간님이십니까? 저 속초 김종영입니다."

　"반갑습니다. 김종영 선생님, 잘 계시지요?"

　작품으로 맺기 시작한 인연은 한두 가지가 아니다. 가장 큰 인연의 결실을 몇 가지 소개한다.

　내가 안사람과 한 학교인 강원도 고성군 송정초등학교 근무 때 일이다. 아동문예사에서 최초로 송정초등학교에서 〈제1회 해변아동문학 교실〉을 개최하였다.(1986.7.31~8.2) 오전 본교 어린이들과 아동문학가들의 문학 만남의 시간을 끝내고, 오후 해변에서 뜨거운 만남의 시간이 있었다. 학부모님들도 아동문학가들과 한자리를

귀
하
나.
박
종
현

하시면서 감자와 옥수수를 삶고, 감자전을 부치고, 삼겹살도 구워 대접해 주셨다. 박종현 주간님 및 참석하신 아동문학가들께서는 학부모님들의 따뜻한 정에 감탄을 금치 못했다. 몇 년 전 내 문학 인생 44년을 총정리하는 《아동문예》에 「삶과 문학」을 게재할 때,

"난 김종영 시인님을 생각하면 제일 먼저 떠오르는 것이 '제1회 해변아동문학교실'이에요. 그때 훈훈한 인정 아직도 잊지 않아요."

나도 그때가 참 그립다. 내 인생에 그때만큼 맛있는 술맛과 사람의 뜨거운 정을 느껴본 적이 없다.

1990년 강릉에서 한창 동화 창작에 빠져 있을 때였다. 나는 150매 정도의 중편동화를 발표하고자 아동문예사에 보냈다. 그런데 얼마 후 반송되었다. 장편으로 개작하여 보내달라는 부탁이었다. 나는 몇 달 동안 끙끙거린 끝에 장편동화를 보내게 되었다. 이 장편동화 「사랑의 종소리」가 《아동문예》지에 7부작으로 발표되었다.(1992.6~1992.12) 내가 처음 쓴 장편이었고, 아직도 써보지도, 재시도 못했다. 지금도 박종현 주간님께 진심으로 감사드린다.

1992년~1993년 아동문예사에서 두 권의 동화집과 한 권의 동시집을 발간하였다. 장편동화집 『사랑의 종소리』와 단편동화집 『무지개 운전사』 그리고 제3 동시집 『어머니 무릎』이었다. 이 인연으로 아동문예지에 발표된 동시 「모래알 하나」 외 4편으로 제31회 한국동시문학상을 수상하는 영광을 안았다.(2009.5.1. 아동문학의 날 수상) 그리고 2016년 11,12월호에 내 「삶과 문학」인 「우주를 품은 꿈나무」(p172~p195)와 작가 탐방 박종현 「문학마라톤으로 노을 속에 풍성한 창작」을(p196~p198) 발표하였다.

만나 뵌 적은 몇 번 안 되지만 문학 인연으로 깊은 정을 나눈 것

은 사실이다. 늘 구수한 전라도 사투리와 맛이 우러나오는 풋풋한 웃음을 잃지 않고, 전화 때마다 친형처럼 다정다감한 목소리로 반겨주던 분이셨다. 인연도 인간의 삶도 영원할 수 없듯이 때 이르게 하늘 가신 고 박종현 주간님! 한국아동문학을 든든한 반석에 올려놓고 가신 그 아동문학 사랑과 열정을 아동문학가는 모르는 분이 없으리라 믿는다.

선생님은 한국아동문학과 깊은 끈을 맺고 가셨다. 그 끈은 결코 끊어지지 않고, 그 튼튼하게 다져 놓고 간 《아동문예》는 사모님이신 안종완 주간님께서 이어받아 더욱 발전시키시리라 믿어 의심치 않는다. 비록 얼굴은 직접 뵐 수는 없지만 아동문학인 가슴에 그 정과 훈훈한 목소리와 인자하신 얼굴은 영원히 사라지지 않고 아동문학가들의 창작의 뜨거운 심장과 함께 숨 쉬며 살리라 믿는다. 부디 저승에 계셔도 세상 돌아보심을 잊지 않으시기를 빕니다. 편히 세상을 내려다보시며 쉬세요.

꿈에라도 만나면 그러실 것 같아

동시인 김 진 광

말보다 먼저
"하! 하! 하!" 웃어주었다.
전화를 받거나
혹 문학 모임에서 만나면 언제나…….

아동문예 출신이 아니더라도
지방에 멀리 살아도
지면을 선뜻 내주고
국어 선생이니 월평을 써보라고
격려해주고 용기를 주었다.

박종현 선생님 건강이 더 나빠지기 전에
아동문예 잡지 일하는 사람들을 초대했다.
동해바다를 보면서 아이가 되어 좋아했다
"평생에 가장 좋아! 행복해!" 하며
"하! 하! 하! 하! 하! 하!" 연신 웃었다.

건강이 더 나빠져서

말을 못 하기 전에,
사람을 못 알아보기 전에,
한 번 추억을 만들어 보고 싶었다.
한 번 추억을 만들어 주고 싶었다.

안종완 주간님을 통해 통화를 하면,
그때도 "하! 하! 하!"
말보다 먼저 웃어주었다.
몇 마디 밖에 통화를 할 수 없었지만
건강이 많이 나빠져서 더 이상은…….

하늘로 가실 때도 아주 편하게 가셨다고
가족들이 알려주었다.
아동잡지를 오래 하셔서
아동문학을 오래 하셔서
아이처럼 순수해져서
아이처럼 맑아져서
천국으로 가셨으리라.

"하! 하! 하! 하! 하! 하!
 나 고향 선산에서 잘 지내!"
꿈에라도 만나면 그러실 것 같아…….

풍경

화가 김 천 정

우리는 그날 저녁 광어와 우럭을 섞은 모듬 생선회를 둥그런 철판식탁 위에 올려놓고 둘러앉았습니다.

생선은 두툼하게 썰어 달라 미리 부탁을 했었지요.

박종현 주간님, 안종완 사모님, 문삼석 선생님, 진영희 선생님, 박옥주 편집장님, 그리고 나.

이렇게 여섯 사람이 쌍문동 시장 근처 회집에 둘러앉았습니다.

막걸리를 주문하고, 진선생을 위해 청하를 주문하고, 미지근한 물로 헹군 유리컵과 카스맥주를 편집장을 위해 주문했습니다.

사모님이 구물구물거리는 산낙지도 특별 주문했습니다.

이렇게 생선회 안주를 놓고 각자 술잔을 들고 행복한 시간 속으로 들어갔습니다.

안종완 사모님은 상추잎에 회를 얹어서 박주간님의 입에 넣어 드리고, 주간님은 귀찮다 하시면서도 덥석 받아 드셨지요.

문선생님은 술잔에 추억을 담아 주간님과의 긴 우정을 나누시고,

진영희선생은 햇반으로 회초밥을 만드는 센스를 발휘하셨고,

박옥주편집장은 편집실의 잔일을 카스거품으로 삭이고 계셨고,

말재주가 없는 나는 술판 위로 날아다니는 대화를 잡느라 귀를

158

키우고 있었습니다.

한 잔, 두 잔, 술잔을 비울수록 박주간님의 목소리가 커집니다.
회집 안을 울립니다.

"어, 허허허허!"
"귀하!"
"워메, 어찌야쓰까잉!"

어느 날의 풍경입니다.

아, 세상 저켠에 탑은 쌓이고
- 고 박종현 주간님 영전에

연변 시인 **김 현 순**

초토의 향기 딛고 꽃으로 다가서는
시간의 그림자에 별빛 묻어 있다.
시공 하늘에 걸어놓은 무지개 벗겨
이름 석 자 감싸 쥐고, 맨발로 계단 딛는
잎잎의 나붓거림……,
그 속살거림이 기억의 이랑마다에
뿌리 내린다.

오로라의 에너지 날개 펼쳐
우주 덮을 때
쌍문동 문예마을에서 지펴 올린 동심의 향기
지구를 안고 유라시아 대륙에
입 맞춰 주고
두고 가는 마음엔 회한(悔恨) 없다는
이슬들의 열창, 승천하는 눈동자에
보석 갈아 신기루 덧칠해 준다.

파도 이는 난바다

갈매기들 울음소리 감아쥐고 서성이는
먼 먼 해안선, 그 너머에
어르신님의 명함으로 솟아오르는
태초의 아침
지도(地圖)가 가슴을 연다.

싹트는 풍경(風磬)의 메모리에
나풀 춤추는 햇살들의 메아리
역사의 페이지마다에 굽이굽이
노래되어 출렁거리고
예술의 궁전 용마루에 등대로 명멸하는
못 잊을 님의 거룩한 업적이여!

온 누리 너른 들에 씨앗 되어
봄 부르며
어르신님 거룩하신 그 문전에
오늘도 까치는 놀빛 물고
새아침, 불 밝혀 운다.

나에게 있어 박종현 선생은……

동시인 **남 진 원**

돌아보건대, 박종현 주간이 광주에서 《아동문예》 창간호를 낼 무렵을 전후한 기간은 매우 중대한 시기였음을 알 수 있었다. 이 시기는 우리의 아동문학에 일대 발흥의 싹이 트고 있었기 때문이었다.

1920년대 방정환의 《어린이》 발행을 필두로 하여 강소천, 윤석중, 이원수, 최계락 등이 아동문학의 깊이를 더해왔다. 이후 유경환, 이영호, 박경용, 이상현, 김원기 등이 동시의 시적 형상화에 힘쓴 결과 1960년대까지 동시의 영역이 크게 확장되기에 이르렀음은 주지의 사실이다.

162

1970년대에 들어서서 획기적인 것은 전문 아동문학지의 창간이었다. 1976년 광주에서 시작한 월간 《아동문예》는 서울로 자리를 옮겨 현재까지 이어지고 있으며, 한국동시와 동화의 근간을 이루고 있다. 이동문학이 발전과 팽창과 깊이를 더하게 하는 역할을 한 사람이 아동문예사 박종현 주간이었음은 모르는 사람이 없다. 그 공로는 아동문학사에 길이 남을 일이다.

내게 있어 박종현 주간은 큰형님 같은 분이다.

1976년에 나는 《교육자료》와 《새교실》에 각각 3회 시 추천을 완료한 이후, 아동문예에 동시 4편을 보냈다. 아동문예사에서 2회이상 추천이 완료되어야 하는 규정을 깨고 1977년 2월호에 단 1회로 나는 추천이 완료되었다. 원로시인이며 아동문학가인 박경용 선생께서 교육자료에서 이미 작품을 추천하였기에 그 능력을 인정하셨기 때문이었다. 박종현 주간의 배려와 박경용 선생님에 대한고마움은 늘 불꽃같은 빛으로 내 가슴속에 피어나고 있다.

나는 간간이 서울에서 연말 송년회를 하는 아동문학인 모임에최도규 형과 같이 참석하였다. 저녁 자리에서 "남진원?" 하고 나를큰 소리로 부르는 목소리를 자주 들었다. 그 목소리의 주인공이 박종현 주간이셨다. '얼마나 반가웠으면 여러 좌중에서 큰 목소리로불렀을까' 하고 생각하면 더욱 돌아가신 박종현 주간이 그리워진다.

상복(賞福)도 없는 내가 '한국동시문학상'이란 큰 상을 수상할 수있었던 것도, 생각해 보면 박종현 주간 덕분이었다. 박종현 주간에대해서는 잊을 수 없이 고마운 것들이 많다. 그 중의 하나가 '아동문예'지를 지금까지 계속 받아 볼 수 있는 것이다. 나는 한창 젊을때에 문학을 위해 안정된 직업인 교직을 박차고 나왔다. 예상했던일이었지만 생활은 말이 아니었다. 월간지 문학잡지 하나 제대로구독할 수 없는 경제적인 어려움에 처했다. 그걸 알고 박종현 주간은 지금까지도 아무런 대가 없이 아동문예지를 보내주신다. 내가 죽어서도 잊을 수 없는 고마움이다.

박종현 주간, 참으로 든든하고 믿음직스런 큰 형님이었다. 박종현 주간은 내가 글을 쓰며 생명을 다하는 날까지 잊을 수 없는 인자하고 고마운 사람으로 기억되는 분이다. 그러기에 나는 오늘도 내 마음속엔 좋은 문학 형님이 계신다는 생각에 행복할 따름이다.

한국아동문학의 텃밭을 마련한 분

동시인 **노원호**

지난(2020년) 3월은 참으로 슬픈 나날이었다. 코로나19로 세상 모든 곳이 문을 꼭꼭 닫아두었던 때에 박종현 선생이 세상을 떠났다는 소식을 들었다.

'이거 어떻게 하지? 문상을 가서 사진 얼굴이라도 봬야 하는데 가도 될까? 서로가 불편하면 어쩌지?' 하고 고민 고민을 하다 결국은 마음속으로 명복을 빌기로 했다. 그러는 순간 선생이 떠난 날 뵙지도 못한다는 서러움에 그만 가슴 깊숙이 눈물이 고이기 시작했다.

박종현 선생과는 특별한 인연이 있다. 내가 문단에 갓 등단(조선일보 신춘문예 당선, 1975년)한 이듬해에 원고 청탁이 왔다. 경북 청도 조그만 시골 초등학교에서 교편을 잡고 있을 때였다. 광주에서 《아동문예》(1976년)를 창간하니 동시를 몇 편 보내달라는 내용이었다. 갓 등단한 신인에게 청탁서를 보내주어 너무 고마운 마음에 작품을 보내드렸다. 이듬해(1977년) 나는 서울로 직장을 옮기고도 계속 연락을 주고받았다. 몇 년 있다가 아동문예도 서울 인사동으로 자리를 옮긴다는 소식을 듣고 매우 반가웠다. 문예지를 내는 일이 무척 어려운 상황이었기 때문에 서울로 입성을 한다니 반갑지 않을 수가 없었다. 그 무렵 나는 조선일보사 '소년조선일보' 기자로

귀
하
나,
박
종
현

근무하고 있어서 인사동 사무실과 가까워 자주 들릴 수 있었다. 박종현 선생은 그럴 때마다 환한 웃음으로 맞아주셨다.

당시는 문예지보다는 어린이를 위주로 한 잡지가 몇 개 있었지만, 아동문학 작품을 발표할 지면이 턱없이 부족하였다. 다행히 같은 해에 《아동문학평론》이 계간으로 창간된 데다가 《아동문예》가 월간으로 창간되어 발표 지면이 갑작스레 많아진 느낌이었다. 아동문학가들은 작품을 발표할 지면이 많아졌다고 모두가 즐거워하는 분위기였다. 그 뒤 『아동문예』는 점점 발전된 모습으로 다양한 기획 작품을 싣기도 하고, 아동문학 발전을 위해서 그 터전을 꾸준히 마련해주고 있었다.

몇 년 뒤, 편집실도 인사동에서 지금의 사무실이 있는 도봉구 쌍문동으로 자리를 옮겼다. 나도 초창기에는 쌍문동 사무실에 자주 들러 박종현 선생과 이런저런 얘기를 나누기도 하고 간간이 식사도 함께했다. 그럴 때마다 선생은 항상 따스한 마음으로 대해주셨다. 늘 남을 위해 인자한 모습을 보이면서 얼굴에 웃음을 잃지 않았다. 나는 1990년대 초까지는 아동문예 편집동인으로도 함께했다. 일곱 명의 동인이 가끔 만나서 선생과 얘기를 나누기도 했지만, 그럴 때마다 남의 얘기에 귀를 기울여주는 모습이 참 인상적이었다.

1983년 1월 어느 날이었다. 편집실 주변 찻집에서 박종현 선생과 차를 마셨다.

"노선생, 요즘 어떤 작품을 쓰고 있나요?"

하면서 툭 질문을 던지셨다.

나는 쓰고 있는 작품이 없어서 당황했다. 써 놓은 작품은 없지만, 고향에 대한 〈산문동시〉를 쓰고 싶어서 구상 중에 있다고 했다. 그 말이 떨어지자마자 '우리 아동문예에 연재하면 어떨까요?' 하고 말씀하셨다. 걱정이 되었지만 그렇게 하자고 약속을 했다. 내가 어렸을 때 생활했던 농촌의 삶을 소재로 해서 작품을 쓰기로 했다. 1983년 5월부터 1984년 5월호까지「고향, 그 고향에」란 제목으로 매달 4편씩 모두 52편의 산문동시를 실었다. 연재를 끝내자마자 연작 산문시집『고향, 그 고향에』(열화당, 1984년)를 책으로 출간하기도 했다. 지금 생각해 봐도 박종현 선생이 아니었다면 이 작품이 어떻게 세상에 태어났을까 하는 생각이 든다. 그 책의 후기에 이런 내용이 들어 있다.

'고향은 어머니의 품속처럼 따스하고 그립다. 고향의 산과 들이 그렇고, 강물이 그렇고, 미루나무 숲이 그렇고, 마을 사람들의 인정이 그렇다. 푸르름이 짙은 논둑길이며, 감꽃 무더기로 떨어진 시골 마당이며, 가을하늘 머리에 이고 빨갛게 물든 사과밭이며, 이 모두가 고향을 잊지 못하게 하는 나의 꿈밭이다. 여기에 실린 52편의 고향을 주제로 한 연작 산문시는 잊혀져가는 내 고향의 하늘과 땅을 떠올려 본 작품들이다.'

박종현 선생도 작품을 실으면서 '고향 하늘이 그립다'는 말씀을 가끔 하셨다. 그 말씀이 아직도 생생히 떠올라 생각이 더욱 난다. 누가 뭐래도 박종현 선생은 한국아동문학의 텃밭을 마련한 분이다. 이제 하늘나라로 가셨지만, 그 먼 곳에서 아름다운 별이 되어 한국아동문학을 위해 찬란한 빛을 비추고 있으리라는 생각이 든다.

천둥소리

동화작가 **류 근 원**

서른 살 무렵 동화작가로 등단했다. 1984년 등단을 해서 90년 대 초반까지 나름 열심히 썼다. 그러다가 어느 순간 매너리즘과 슬 럼프에 빠져들고 말았다.

'사춘기처럼 지나가겠지, 더 잘 쓰기 위한 열병 같은 시간, 바로 지나가겠지.'

너무 안이하게 생각을 했다. 해가 거듭될수록 슬럼프의 늪은 깊 어져만 갔고, 그 늪은 인정사정없이 나를 왜소하게 만들었다.

10년의 세월이었다. 그 10년의 끝 무렵엔 창작에의 절필이라는 막다른 생각까지 하게 되었다. 내 이름은 문단에서 사라졌고 철저 하게 문단과 등을 지며 살게 되었다. 혹독한 세월이었다. 그사이 교사에서 교감으로 승진을 했다. 승진 때문에 창작을 멀리한 것은 지금 생각해도 절대 아니었다.

2004년 2월 중순이었다. 교감 집무실의 전화벨이 울렸다.

"나, 박종현. 류근원 선생, 그동안 뭣 하고 있었어? 아무 소리 말고 동화 한 편 보내."

숨이 콕 막혀왔다. 깜짝 놀랐다. 무슨 말을 해야 할지 허둥대는 동안 전화는 끊어졌다. 한동안 수화기를 놓지 못했다. 머릿속이 하 얘지며 주간님의 목소리가 천둥소리처럼 온몸을 흔들어 놓는 것이었다. 며칠 동안 그 천둥소리는 환청이 되어 가슴 속까지 뒤집어 놓았다.

이 기회를 놓치면 영원히 동화를 못 쓸 것 같은 예감이 들었다. 며칠 동안 가까운 바닷가를 거닐며 구상을 하기 시작했다. 어려운 일이었다. 10년이 넘도록 작품 발표를 못한 자화상이 주마등처럼 지나가곤 했다. 철저하게 잊혀진 나를 되찾고 싶었다. 그렇게 해서 탄생된 것이 단편 「가위바위보」였다. 2004년 아동문예 4월호에 동화가 실렸다. 그때에는 사진과 함께 작가의 '동화를 쓰는 마음'란이 있었다. 나는 절실했다. 이렇게 썼다.

'10여 년을 말없음표로 지냈다. ……. 이제 훌훌 털고 느낌표로 다시 일어서야겠다.'

5월호에 임신행 선생님의 '이달의 동화 · 동화작가'란에 평이 실렸다.

'오랜만에 만나는 류근원 씨의 「가위바위보」는 ~중략~, 슬픔을 알맞은 낱말과 낱말의 비유를 가지고 재미있고 그윽하게 그리움의 메시지를 전파하려는 신묘한 마력을 지녔다고 하겠다.'

임신행 선생님의 평도 내가 다시 일어설 수 있는 힘이 되었다. 그러나 무엇인가 찜찜한 기분이 들었다. 오래전에 「가위바위보」를 어딘가에 발표한 느낌이 자꾸 드는 것이었다. 아동문학평론이었다. 아동문학평론을 샅샅이 뒤졌다. 찜찜한 기분은 사실로 드러나고 말았다. 1989년 아동문학평론 51호에 실린 것이었다. 그 원고와는 많이 달랐지만 또 슬럼프에 빠질 위기였다.

'안 돼. 그렇게 철저하게 문학과 잊혀진 10년의 세월, 절대 놓쳐선 안 된다.'

다시 일어섰다. 주간님의 천둥소리 같았던 그 소리가 나를 일어서게 만들었다. 열심히 노력하고 부지런히 썼다.

2006년 아동문예 6월호에 중편 「베트콩의 첫사랑」을, 2008년 5·6월호에 중편 「기적소리」를 발표했다. 2010년 3·4월호엔 단편 「뱃고동 소리」를 발표했다. 중편 「기적소리」와 「베트콩의 첫사랑」은 후에 『어느 날, 그 애가 왔다』와 『세상에서 가장 슬픈 만남』으로 장편동화로 출간되었다. 2010년 단편 「뱃고동 소리」로 32회 '한국동화문학상'을 수상했다. 장편동화집 『어느 날 그 애가 왔다』는 2012년 제9회 '한국문협작가상'을 받게 되었다. 그때 주간님의 천둥소리가 아니었으면 이루어질 수 없던 일이었다. 그 후에도 창작이 제대로 되지 않아 답답할 때면 주간님의 천둥소리를 생각하며 집필을 했다. 지금도 그 소리를 듣는다. 큰 위로가 되고 힘이 되고 있다.

지난해 2019년 12월 11일, 아동문예 사무실을 찾았다. 휠체어를 탄 주간님의 야윈 모습에 콧날이 시큰했다.

"주간님, 류근원입니다. 저 알아보시겠어요?"

내 손을 잡아주며 고개를 끄덕여주셨다. 불현듯 사진을 찍고 싶은 마음이 간절했다. 주간님과 아동문예 가족들, 함께 사진을 찍었다. 그리고 석 달 후, 주간님은 먼 길을 떠나셨다. 내 휴대폰에 그때 찍은 사진이 오롯이 저장되어 있다. 지금도 구상이 제대로 되지 않을 때는 주간님의 천둥소리를 자꾸 생각한다. 돌아가시기 전에는 천둥소리로 들렸다. 그러나 지금은 천둥소리가 아닌 잔잔한 웃음소리로 들려온다.

"류 선생. 잘 쓸 수 있어."

어느새 그때 잡아주었던 그 손길이 다가와 내 손을 잡아주신다.

주위의 사람들이 가끔 "당신 인생에 가장 잘한 게 무엇이냐?"고 물어오면, 나는 자신 있게 "동화작가가 된 게 가장 잘한 일이다." 라고 말한다. 그렇게 말할 수 있도록 만들어 준 바탕엔 고인이 되신 주간님의 그 천둥소리가 들어있다. 천둥소리는 핸드폰에 담겨 있는 주간님의 사진을 꺼내 보게 만든다.

문학의 세계로 나오게 해주신 고 박종현 선생님!

동시인 **문 병 선**

2020년이 코로나19와 함께 저물어 갑니다. 그리고 고 박종현 선생님의 1주기가 다가옵니다. 먼저 숙연한 마음으로 선생님의 명복과 안식을 기원하며, 삼가 추모의 마음을 바칩니다.

지난 11월, 우편으로 날아든 '고 박종현 선생 추모 문집 원고 청탁서'를 받아들고 많이 망설였습니다. 내가 선생님을 온전히 보내드렸느냐는 자책과 함께, 대한민국의 수많은 명망 있는 문학인들이 선생님과 인연을 맺어왔을 텐데……. 나도 그 일원이긴 하지만, 내가 과연 추모의 글을 쓸 만한 자격이 있는 문학인인지 하는 스스로를 돌아보는 시간이기도 했기 때문입니다.

내가 고 박종현 선생님의 존함을 접하게 된 시기는 정확하지는 않지만, 1970년대 말이 아닐까 생각됩니다. 기록으로 보면, 나는 1987년 2월 '영암 달문학동인회'를 조직하여 활동(창립 회장)하였고, 그 이전 시기에 '영암문학동인회'에서 활동하면서 고향마을의 학교에서 근무하고 계셨던 황일현 작가(동화, 소설)님으로부터 '아동문예'를 건네받아 동화에 관심을 갖기 시작했기 때문입니다. 당시 내가 1976년 3월 교직에 입문하였을 때는 수필, 꽁트 등의 글을 쓰고 있었는데, 영암문학동인회에서 만났던 황일현 작가님께서 내게 '동화를 써보면 어떻겠느냐'는 제안을 주시며, 건네준 책이 '아동문예'였습니다. 마침 그해 5월에는 역사적인 《아동문예》가 창간된 때이기도 합니다.

그렇게 나는 '아동문예'를 통해 동화에 대한 관심을 키웠고, 꾸준히 습작을 하면서 매년 신춘문예 때만 되면 마음을 졸이기도 하였습니다. 그러나 매번 낙선이었지만, 때로는 중앙지, 지방지의 최종 심사평에 내 동화작품이 거론되기도 하면서 동화작가의 꿈을 차마 버리지 못하였습니다.

그러던 중 나는 1992년 3월에 근무지를 경기도로 옮기면서 서울로 이사를 하게 되었는데, 그해 아동문예 10월호에 동화 '개수아비'가 '제50회 아동문예작품상'에 당선되면서 문단에 얼굴을 내밀게 되었습니다. 이때부터가 고 박종현 선생님과 본격적인 인연의 시작이었다고 할 수 있겠지요. 그렇게 시작된 인연으로 나는 아동문예작가회, 아동문학시대, 동화문학시대, 아동문학사랑회, 한국문인협회 등에 가입하고 활동하게 되면서 문학의 세상으로 나오게 되었습니다.

그때부터 나는 여기저기 작품들을 발표하는 기회를 갖게 되었고, 동인들과 함께 동화책도 내기도 하였고, 제7회 '우수 창작동화 20'에 작품이 선정(2000년, 대교출판)되어 출간되기도 하였습니다. 마침 나의 근무지가 경기도이다보니, 선생님께서는 사모님이신 안종완 주간님과도 가까이서 교직생활을 하는 나를 참 따뜻하게 대해주셨습니다. 특히 '아동문학사랑회'를 통해 관계가 깊어졌다고 생각됩니다.

그러나 깊어진 관계만큼 나의 작품세계는 한동안 큰 진전이 없었습니다. 2003년 전문직 시험을 거쳐 장학사로 전직을 하면서부터 작품 발표가 뜸해졌고, 그 뒤 교직에서 나의 역할이 점점 커지면서 '작가는 작품으로 말한다'는 당연한 말이 점점 멀어져만 갔다고 생각됩니다. 언젠가 선생님께서는 퇴직을 하고 쉬고 있는 나에게 직접 전화를 주셔서 '이제 동화책도 한 권 내야 할 것 아니냐'고 하셨는데, 그럴 거라고 약속은 드렸지만 아직까지도 동화책은 세상에 나오지 못하고 있습니다.

코로나19로 어수선한 세상이어서 선생님의 부음도 직접 접하지 못하였는데, 광주로 내려가 계신 백민 작가(동시)께서 전화를 주셔서 한참 뒤에야 알게 되었습니다. 지나간 일은 좋은 일이든 궂은일이든 모두 한바탕 꿈이라는 말씀이 생각납니다. 선생님께서는 하늘나라에서도 '아동문예'와 '작가회'를 걱정하고 계시겠지요.

고 박종현 선생님! 선생님께서는 이 땅에 아동문학의 지평을 넓히는 일에 평생을 바쳐오셨습니다. '아동문예'와 '작가회'를 당신의 몸처럼 하나 되어 호령하셨습니다. 이어지는 일들은 남은 사람들의 몫이 되겠지요. 선생님만큼은 안 되겠지만, 그 자양분으로 성장해온 수많은 사람들, 또 길러낸 수많은 인재들이 곳곳에서 별처럼 반짝이고 있습니다. 이제 모든 것 내려놓으시고, 걱정 없는 하늘나라에서 편안하시길 빕니다. 선생님, 감사합니다.

첫 동시집 출판하고 부석사를 함께 오른 인연

동시인 박 근 칠

　지난해 3월 어느 날 박종현 이사장이 작고했다는 소식을 접했다. 코로나19가 한창 대구 경북에서 시작되어 서울까지 번져가는 시기였다. 문상도 못가고 사모님 안종완 선생님께 부의만 전하며 전화로 조의를 표하곤 마음 아파한 것이 엊그제 같기만 하다. 그런데 1주기가 돌아온다고 추모문집에 들어갈 글을 써달라는 청탁을 추모문집 발간 위원장으로부터 받고 등산 박종현 선생과 나와의 인연을 떠올려 보았다.

　1983년 초가을에 나는 첫 동시집 출판을 하기 위해 고심 중 은사인 이재철 교수님으로부터 박종현 선생을 소개받았다. 원고를 정리하여 서울 인사동에 있는 《아동문예》 사무실을 찾아 만남이 처음 이뤄졌고, 편집 구성과 삽화 논의 등을 하고 동시집 출판이 진행되었다. 나의 첫 동시집 『엄마의 팔베개』가 출간되어 11월 15일에 세상에 빛을 보게 되었다. 그래서 12월 3일 저녁시간에 영주 예식장 2층에서 출판기념회를 한국문협영주지부 주관으로 열게 되었다.

　그 자리에 서울에서 이재철 교수와 박종현 주간이 참석하여 축사를 해주었는데, 이 자리에 아동문예 현 편집국장 박옥주 동시인과 단국대 학생인 이현주 현 동화작가가 동행을 하였다.

그때 나의 동시집 삽화를 그려준 최준식 화백의 표지화를 정성스럽게 액자에 담아 출판기념회 선물로 가져와 나에게 주어 그것을 오랫동안 거실에 걸어 보관하기도 했었다

출판기념회 후에 저녁식사와 주연을 마치고 그 당시 삼화장여관에서 영주문협과 아동문학소백동인회 임원 몇이서 정담과 문학에 대한 여러 가지 이야기를 나눈 기억이 떠오른다.

그때 나는 영주문인협회와 아동문학소백동인회 임원을 맡아 활동하고 있어 영주의 문인들과 자주 만남을 가졌고 아동문학가 이동식, 임익수, 오두섭, 서효석, 김동억 등과 아주 가까이하면서 글짓기지도와 문학 활동을 함께 열심히 하고 있었다.

우리가 여관방에서 아동문학에 대해 이야기를 나누는 가운데 아동문예 박종현 주간은 "아동문예는 어린이들의 정서함양은 물론 아동문학가들 작품 발표의 장을 마련하기 위해 온 가족이 함께 읽는 아동문학 전문잡지를 발행하고 있습니다. 그리고 저도 지방인 광주에 있다가 서울로 자리를 옮겨왔습니다. 영주 어린이들에게 아동문예 권장도 해주시고 작가들의 작품도 우리 잡지에 싣도록 좋은 동시, 동화 작품을 많이 보내주십시오. 동시·동화집도 출판하고 있으니 많이 이용해 주시기 바랍니다."란 내용을 전라도 사투리로 말씀했던 생각이 난다.

그 다음 날 우리 일행은 신라시대 의상대사가 세운 유서 깊은 부석사를 구경하면서 창건설화와 무량수전 배흘림기둥에 대해 내가 설명을 하였다. 그리고 이곳이 아동문학가 윤석중, 김성도 선생님을 고문으로 모시고 김동극 초대회장이 아동문학소백동인회가 창립한 사실도 소개해 드린 사실이 오래전 일이지만 기억이 난다.

위암 수술을 하시고도 수통에는 홍삼액과 마주앙을 챙겨 다니시는 애주가 이재철 교수님, 백병원 의사가 술을 끊지 못하겠다는 교수님을 위해 알칼리성인 마주앙만 허락하여 여행시에는 늘 이 술을 지참하시고 다니신다는 애기도 그 자리에서 박주간에게 들었다.

그날 열차로 서울로 올라가는 영주역 대합실에서 "박선생, 이박사님 술이 조금밖에 없네."
하는 말에 가까운 가게에 들려 마주앙을 찾았지만 그 때만 해도 영주엔 그 술이 귀한지 구하지 못해 성질이 비슷한 술을 사서 챙겨드렸다. 그런데 제천쯤 가서 술이 떨어진 바람에 새로 산 술병 뚜껑을 열어 술맛을 본 이교수님이 마음에 안 드는 술이라고 마주앙을 사오라고 일행들에게 야단을 차면서 기차를 세우라고 한 에피소드를 박종현 주간이 전화로 하는 말을 들으면서 함께 웃었던 일도 있다.

언젠가 서울에 아동문학세미나에 참석했다가 나와 김동억, 서효석 세 사람이 아동문예사를 방문하였더니 도봉동 한양아파트 댁까지 우리를 데려가 점심대접까지 받은 일도 기억난다.

그리고 내가 언젠가 서울에 갔다가 박주간을 방문하고 점심을 같이 했는데, 점심 값을 내려는 나를 잡고 "소백산 박시인, 영주 시골에서 서울에 온 사람이 돈을 내겠다고? 허허……." 웃으시면서 한사코 만류하던 그 인정 많던 박주간 모습이 떠오른다.

2002년 5월 1일 '아동문학의 날'을 제정하여 박종현 제정위원장이 나를 실행위원회 위원장으로 위촉하였다. 지금까지도 영주에서는 해마다 아동문학소백동인회 주관으로 기념식과 동시낭송대회를 하여 그 전통을 이어오는데, 올해도 '제19회 꿈나무 어린이 동시낭송대회'를 영주초등학교에서 열었다. 아동문예사에서는 동시, 동화집을 어린이들에게 선물로 보내주었다.

박종현 시인은 만날 때마다 인생은 여행이고 기행이란 말을 자주하며 아침엔 시를 찾아 나선다고 했다. 산의 마음이 거기에 있으니 시인의 마음도 거기에 있다고 산과 이야기하기 위해 산을 찾아 간다며 집 가까이 있는 도봉산에 자주 오른다고 하셨던 말이 생각난다.

산을 오르는 박종현 시인을 떠올려 도봉산에 대해 쓴 시 중에서 「도봉산 시인」을 읊조리며, 박종현 시인이 하늘나라에서 고이 잠들어 안식하길 기원해 본다.

내가 사는 아파트에서
아무리 시를 써도
나는 시인이 아니지.

도봉산 속 오솔길에서
고향 풀잎을 밟아야
그제야 나는 시인이 되지.

도봉산 속 오솔길에서
푸른 숲 속을 걸어야
그제야 좋은 시인이 되지.

임, 보고 싶다

동시인 박 길 순

임은 가셨습니다.
우리를 두고 가셨습니다.

임은
우리랑 책을 만들고
우리랑 술 한 잔 하고
우리랑 웃어야 하는데
임은 가셨군요.

임은
지금 어디에 계시나요?
도봉산 바위에 쉬고 계시나요?
고향 마을 논둑길을 달리나요?.
책 더미 속에 잠이 드셨나요?.

임이 그리워,
도봉산을 누벼도
임은 없습니다.

임이 그리워,

쌍문동을 걸어 봐도

임은 없습니다.

임이 그리워,

임의 글을 읽어도

임은 없습니다.

임이시여,

가시다가 힘들면

다시 돌아오셔요.

힘이 안 들어도

다시 돌아오셔요.

제발요!

임을 존경하는

수백수천의

눈물을 어찌하시고,

먼저 길을 재촉하셨나요?

누가 부르셨나요?

누가 등을 밀었나요?

누구도 가는 세월은 붙잡을 수 없다지만,

조금만 더 계시다가 벗들과 함께 가시지요.

왜 먼저 가셨나요?

맥주 석 잔이면 행복해하셨는데
누가 마주 보고
바위 얼굴로 웃어주나요?

임은
한국 아동문학의 터를 닦고,
주춧돌을 놓고,
집을 완성하셨습니다.
한국 아동문학의 꽃을 피웠습니다.
임이 한국 아동문학이고,
한국 아동문학이 임입니다.

임은 가셨습니다.
우리를 두고 가셨습니다.
우리는 눈물로 임의 일 주년을 맞이합니다.
펑펑펑 울어도,
가슴을 쿵쿵쿵 두드려도,
임은 우리 곁에 없습니다.

임은 가셨지만,
임은 우리 가슴에 남았습니다.

임, 보고 싶습니다.

– 박종현님을 처음 뵈온 것이 1990년대, 지금까지 서울, 충북, 세미나 등 문학 만남에서 30여 년을 함께 하였습니다. 그런데 막상 돌아가셨다는 소식을 접한 것은 이미 석 달이나 지난 뒤였습니다. 참 많이 울었고, 인사도 못 드려 죄송하였습니다.

특히 2005년『동시가 맘을 울려요』와 2014년『마음이 꽃 핀 동시』를 박종현님께서 발간해 주셨습니다. 감사합니다.

지금도 믿어지지 않아 가슴이 멍멍해 졸필이지만 한구석에 남기고 싶습니다.

무등無等과 도봉道峰을 사랑한 시인

동화작가 **박 상 재**

내가 등산(等山) 박종현 선생님을 처음 뵌 날은 지금으로부터 40년 전인 1981년 12월 12일이다. 그날은 토요일이었는데 월간 아동문예 신인상 당선자들의 시상식을 하는 날이었다. 나는 동화부문에 「하늘로 가는 꽃마차」가 이준연 선생님 심사로 당선되었다. 나는 상을 받기 위해 전주에서 고속버스를 타고 상경하였다. 장소는 중림동 가톨릭출판사 만나회관이었다. 강남고속터미널에서 내려 시내버스를 잘못 타는 바람에 시상식에 조금 늦게 도착하였다.

그날 이준연 선생님도 뵙고, 박홍근 선생님, 김원석, 이동렬 선생님도 만난 기억이 새롭다. 그로부터 2년 후 1983년 〈새벗〉 문학상 장편동화 부문에 『원숭이 마카카』가 당선되었다는 소식을 맨 처음 알려준 이가 박종현 선생님이다.

"박상재 작가! 이번에 새벗문학상 장편 동화 응모했죠? 당선되었어요. 축하합니다."

수화기에서 기뻐하며 외치던 선생님의 목소리가 지금도 귀에 쟁쟁하다. 아마도 심사위원이었던 박홍근 선생님이나 박경용 선생님한테 전해 듣고 반가운 나머지 내게 얼른 귀띔을 해준 것이리라. 그렇게 해서 정작 〈새벗〉사로부터 공식 통보를 받기도 전에 기쁜 소식을 알게 된 것이다.

나는 다시 1984년 한국일보 신춘문예 동화부문에 당선(이재철, 어효선 심사)되어 당선자들은 1월 4일 문화부로 오라는 연락을 받고 서울에 오게 되었다. 그 때 인사동 사거리 4층에 있던 비좁은 아동문예 사무실을 찾아 박종현 선생님을 다시 뵐 수 있었다. 그 후 2월 7일 대학로에서 있었던 새벗문학상 시상식에서도 선생님이 찾아와 축하해 주었다.

1984년 3월 내가 근무지 학교를 서울로 옮기고 나서부터는 가끔 인사동 사무실 근처에서 선생님을 만나기도 하고, 행사가 있을 때 뵙기도 했었다. 그런 모임 중 기억에 남는 것은 여주 신륵사로 아동문예 출신 작가들이 나들이를 갔을 때이다. 나는 가족들과 함께 갔는데 그때 박홍근 선생님도 동행하여 즐거운 추억을 쌓았던 사진도 간직하고 있다. 나는 1990년 전후로 《아동문예》 출신 '한국아동문예작가회' 사무국장으로, '아동문학시대' 동인으로 활동하며 선생님과 더 가까이 할 수 있었다.

2009년 12월 12일 나의 등단 30주년 기념 출판기념회를 한글회관에서 차렸다. 그때 상재한 기념문집 『동화의 숲 환상의 샘』 축시에 「큰 그릇에 큰 깃발로」 -박상재 작가 문학활동 30년에- 라는 시에서 "오는 듯 가는 듯 마음 주고 정주어/ 사회 솜씨 항상 다양하고 돋보여서/ 문학상 시상식, 출판기념회 진행하고/ 아름다운 모습 칙칙폭폭 달리리라"(부분)라고 축하해 주었다. 그러면서 붙임글을 통해 나와의 인연을 이렇게 덧붙였다.

"박상재 작가와의 인연도 이런 과정에서 많이 만났고, 허물없이

---

1) 『동화의 숲 환상의 샘』(청동거울, 2009, 10~11쪽)

지냈기에 큰 그릇, 큰 깃발의 작가라고 말하고 싶다. 중국 공항에서 만났어도 참석한 곳은 서로 달라 악수만 하고 헤어질 때, 행사 표시를 한 깃발을 든 박상재 작가의 모습을 지금도 생생하게 기억하고 있다.

선생님은 산을 좋아하고 그 품에서 사는 동물 친구들을 무척 좋아했다. 『반짝반짝 돋보기안경』, 『무지갯빛 참 예쁘구나』, 『깡충 달리는 아기 토끼』, 『너무나 예쁜 하얀 사슴』, 『뚝딱 뚝 만든 오두막집』, 『비오는 날 당당한 꼬마』 등 여섯 권의 동화시집에 많은 동물들이 등장하는 것만 봐도 알 수 있다.

2020년 3월 14일 아침, 갓피어난 산수유꽃에 소소리 바람이 꽃샘을 부리던 날 갑작스런 비보에 내 마음속 꽃망울이 우수수 떨어져 내렸다. 선생님이 태어난 구례 산동마을에도 산수유가 피어나고, 산생님이 자라난 화순 산기슭에는 노란 생강나무꽃이 한창 피어나던 날의 일이다.

등산(等山) 선생님의 부음 소식을 받고 도봉구 쌍문동 한일병원 장례식장을 황급히 찾았을 때 정용원 이준관 박성배 선생이 선생님과의 추억을 이야기하고 있었다. 코로나 때문에 부고를 하지 않고, 몇몇 지인들에게만 귀뜸했다는 것이다.

산을 좋아하여 학창시절 화순과 광주에 걸쳐 있는 무등산(無等山)을 자주 오르고, 그 무등산을 좋아하여 호도 等山이라 한 선생님!. 서울 생활에 적응할 무렵 도봉산 가까이 삶의 터전을 잡았지만, 과로로 쓰러졌다 회복한 후 도봉산 등산(登山)을 즐겨하던 等山 선생님!

하늘 나라 그 곳에도 서석대 · 입석대 · 광석대처럼 기암 절경이

있는 무등 같은 산이 있는지 묻고 싶다. 그 곳에도 자운봉(紫雲峰)·
만장봉(萬丈峰)·선인봉(仙人峰)·오봉(五峰)처럼 선생님이 즐겨 오르
내리던 도봉(道峰) 같은 산이 있는지도 묻고 싶다. 부디『사랑의 꽃
밭』에서『손자들의 숨바꼭질』도 보고, 하늘나라 천국의 계단을 시
나브로 오르내리며 편히 쉬시기를 기도한다.

박종현 선생님의 판타지 세계를 봅니다

동화작가 **박 성 배**

제가 박종현 선생님을 만난 것은 큰 행운이었습니다. 1978년도에 신춘문예 동화로 나오자마자 박종현 선생님께 발탁되다시피 《아동문예》에 동화를 발표했습니다. 그 중 상을 받은 몇 단편동화도 있고, 대한민국문학상을 받은 장편동화도 있습니다. 거의 20년이 넘게 동화월평을 담당하기도 했습니다. 한국문인협회에서 부이사장으로 있으면서 아동문학분과 회장을 연임하신 박종현 선생님과 함께 일하기까지 40년이 넘는 인연을 이어왔습니다.

돌이켜보면 박종현 선생님은 판타지의 세계에서 사셨습니다. 아동문학이 숨 쉬는 공기는 '판타지'입니다 박종현 선생님의 작품들은 온통 판타지 세계입니다.

〈오늘 나는/ 동시 한 편 못 쓰면서/ 내 마음은 하얀 새〉

동시 「하얀 새」처럼 작품을 창작하는 박종현 선생님 본인이 사는 세계가 바로 판타지 세계였습니다. 동시와 동화는 물론 다수의 환상동화와 동화시는 살아 움직이는 판타지 세계였습니다. 판타지 세계에 사는 문인은 참 순수합니다. 선생님도 '순수' 그 자체였습니다. 그러다보니 술수가 많은 현실 세계와 맞지 않아 외로워 보일 때가 있었습니다. 선생님은 타협보다는 그 외로움을 즐겼습니다.

행사를 할 때도 부담을 가질까 봐 초대장을 보내지 않고, 전화도 하지 않았습니다. 참여해 주시면 고맙고, 못 오시면 그럴 만한 사정이 있을 거라며 물 흐르듯 자연스럽게 넘기셨습니다. 1976년 5월 이후 지금까지 국내 최장수 아동문학 전문지로 《아동문예》 발간을 이어오신 것도 현실적인 손익계산을 했더라면 불가능했을 것입니다. 월간지로 펴내다가 격월간지로 축소하는 과정에서도 별도움도 못 드리면서 '한국 아동문학을 지켜온 아동문예' 운운하며 계간지보다는 격월간지로 유지되기를 간청했었는데, 뒷감당도 못 하면서 입만 산 참으로 현실적인 행동이었습니다. 《아동문예》가 440회가 넘는 긴 뿌리를 박고 숲을 이룬 모습을 보면서, 모든 기적적인 일들은 현실을 보는 것이 아니라 판타지적인 꿈을 보는 것임을 깨닫습니다.

박종현 선생님이 작품 제목에나 내용에 자주 쓰는 낱말 몇 개가 있습니다.

「아침을 위하여」, 「아침에 피는 꽃」, 「아침 새」 등 '아침'이라는 낱말을 자주 사용하셨지요.

「꽃 파는 아이」, 「꽃구름 아기구름」, 「5월은 꽃으로 피어」 등 '꽃'이라는 낱말도 많이 사용하셨지요

「바람이 된 아이들」, 「바람의 고향」, 「바람 때문이다」 등 바람'이라는 낱말도 참 좋아하셨지요

무등산을 배경으로 한 「꽃밭 · 1 · 2 · 3」, 「도봉산」 연작시, 「산에 오르면」 등 '산'을 좋아하여 자주 오르고 작품으로도 많이 남기셨지요.

「대추나무집 아이」, 「별을 그리는 아이」, 「산골 아이」, 「아이의 기도」 등 '아이'라는 낱말을 참 많이 사용하셨지요.

이런 낱말들은 순수하고 맑지만 현실이 막을 수 없는 자연적인 힘을 가진 낱말들입니다 욕심은 없지만 모든 걸 가진 낱말들입니다. 평생 이런 낱말들과 살 수 있으셨던 것은 판타지 세계에서 올곧게 사셨기 때문입니다.

여기에 하나 더, 후배이건 신인이건 대화할 때 사용하시던 '귀하'라는 낱말입니다.

"귀하, 잘 지냈어?"

그렇습니다. 선생님과의 대화는 마치 편지글을 읽는 듯했습니다. 만나는 사람 누구에게나 '귀하'라는 존칭어로 편지글을 마무리하듯 대화하셨지요.

'아침', '꽃', '바람', '산', '아이', '귀하'

박종현 선생님의 이미지를 그릴 수 있는 맑은 낱말들입니다.

박종현 선생님, 판타지 세계에서 자주 뵙겠습니다.

엄마가 섬 그늘에

동시인 박 옥 주

2020년 3월 14일 오후 3시!

체온이 식어가는 양볼, 슬픔을 삼키며 쓰다듬는다. 마치 엄마가 아기를 잠재우듯 떨리는 목소리로 자장가를 불러본다.

'엄마가 섬 그늘에 굴 따러 가면……'

큰오빠의 평안한 얼굴을 보니 이미 엄마 아빠를 만날 준비를 다 했나보다.

매일 저녁 8시, 생전의 습관처럼 "어무니" 하면 "오야!" 하며 하늘의 엄마와 손전화로 통신하고 있어 품에 안을 준비를 하고 엄마가 마중 나오고 있는지도 모른다.

큰오빠와 아동문예, 그리고 나!

1976년 5월! 광주 서석동 어느 디근자 전세방에서 아동문학이라는 성운의 작은 태양, 《아동문예》가 태어났다. 나는 그 빛에 이끌리며, 태양의 중력에 빨려 들어갔다.

매달 밀가루 풀을 누렇게 쑤어 쪽마루에서 봉투를 붙이고, 발송비를 빌리러 다닐 때마다 나는 종종걸음으로 아버지한테 달려가 떼를 썼다.

그럴 때마다 아버지는 10남매의 맏이인 큰오빠를 아버지로 생각하라며 나를 다독이며 다시 돌려보내셨다.

아버지를 원망하면서 태양계 운동을 이어가고 있던 중, 1981년 9월! 아동문예가 더 큰 우주, 서울로 날아갔다. 더부살이가 끝난 것 같았다. 눈발을 보며 강중강중 강아지처럼 뛰고 싶었다.

아동문예라는, 오빠라는, 태양의 중력에서 해방되어 잠시 잊고 있었다. 그러나 나는 아동문예가 있는 곳 인사동 사거리 동일빌딩 401호! 블랙홀에 다시 빨려 들어갔다.

그 당시 시골뜨기가 서울로 올라오던 날이 다시금 생각난다.

광주고속버스와 지하철, 그리고 종각에서 내려 눈부신 화신백화점과 공평빌딩을 지나 오빠처럼 꾸미지 않은 인사동 사거리 동일빌딩 4층을 찾아 쭈뼛거리며 그 속으로 들어서던 날이다.

서울특별시 인사동에 첫발을 디디던 나의 어리바리했던 첫날!

고개만 좌우로 돌리면 다 들어오는 사무실과 내가 오랫동안 기거했던 방, 두 방을 나란히 두고 날밤 새워 컴퓨터로 일을 배우면서 반짝이는 작가들을 뵙던 날의 기억들이 그림처럼 눈앞에 어른거린다.

나룻배 같은 신발을 벗어놓고 들어오던 키다리 선생님!

낮은 천장 때문에 고개를 기역자로 꺾어서 들어오던 선생님!

지방 사투리와 함께 까무잡잡한 얼굴의 정겹던 선생님!

아르바이트를 하다 작가가 되고 또는 출판사를 경영하는 선생님!

손 글씨 가득한 원고뭉치와 대지들!

타닥타닥 사진식자기를 두드리던 소리들!

편집된 대지를 들고 선생님을 뵈러 다니던 날들!

신발이 닳도록 충무로와 을지로를 누비던 날들!

밤을 새며 일하다 쪽잠 자던 사무실과 맞닿은 내 작은 방!

인사동 사거리 그곳에서 나는 아름다운 작품을 쓰는 작가들을 만나면서 삶을 치유할 수 있는 희망을 꿈꾸었다.

1988년 아동문예는 쌍문동으로 거처를 옮겼다.

권위를 모르던 오빠는 경영뿐만 아니라 사무실의 모든 자질구레한 일을 도맡아하였다. 재활용 정리, 이면지 정리, 쓸 만한 봉투 모으기 등을 하는 동안 나는 맡은 일을 하는 데 주력하였다.

2020년 새해가 밝아오던 어느 날, 아동문예를 위해 몸 다 태우고 사위어가는 몸을 이끌고 사무실에 들어서며 "옥주야, 나는 이곳에서 죽을란다."라며 다정하게 이름 불러주던 날이 생각난다.

아동문예를 자신보다 더 아끼며 혼신의 힘을 기울였던 오빠는 건강이 나빠지기 시작하면서 보는 사람마다 수도 없이 편집장이라 부르고 식구들까지도 편집장으로 불렀던 오빠였기에 "옥주야" 하고 이름 부르던 날 무언지 모르게 뭉클거림이 차올랐다.

나에게 삶의 원천인 아동문학이라는 우주를 알려주고, 그 우주 속에 안착할 수 있도록 빛을 보내는 태양, 박종현 오빠다. 아버지의 말씀처럼 박종현 큰오빠는 박옥주의 아버지 같았다. 그리고 나에게는 태양이었고, 나는 태양계를 벗어나지 않고 돌며 아동문학의 빛을 받아 자랐다.

나에게 자리 잡은 빛 자국들은 문신처럼 사라지지 않는다. 그것은 큰오빠와 아동문예라는 태양(우주)이 있어서다.

큰오빠! 이제는 아픔과 힘듦에서 벗어나 엄마의 섬 그늘에서 평안하시길 빕니다.

101원의 추억

큰 오빠는 한 달에 한 번 동생들에게 용돈을 주었지

100원은 저금
1원은 점방 가기
빛났던 1원은 건빵이 24개, 비과가 12개, 알사탕이 16개

줄줄이 신발 꿰차고 점방으로 달리던 날 우리는 바람을 가르는
우사인볼트

동전도, 어깨도 저물어가는 지금
은색의 오빠를 보며 시간을 길게 비추고 있다

아동문학의 큰 숲, 박종현 선생

동시인 박 일

부산 '방파제'에서 만났었다. 《열린아동문학》(2013년 봄호)에 작품을 같이 발표한 것이 계기였었다. 특별한 원고료라며 특별하게 만나고 싶은 선생님을 만나게 하는 행운을 주었다. 그때만 해도 고성 '동시동화나무의 숲'의 역할을 '방파제'가 했었다.

선생님은 전라도 표준어를 잘 구사하신다. 그 억양도 강하시다. 어떤 땐 알아듣지도 못한다. 고향이 전남 구례이고, 광주사범학교를 나와서 초등학교 교사를 했고, 서울 생활도 했으니까 표준어에 가깝게 교정할 기회도 있었으리라. 그러나 고향의 언어를 견지했다. 그게 얼마나 정겨운가. 살아온 삶의 방식을 가식하지 않고, 다듬지 않고, 가진 그대로 보여주는 것이니까.

꽤 저돌적 삶이었다. 초등학교 교사로서의 삶을 팽개친 것은 평면적 삶을 살지 않겠다는 의지 아니겠는가. 그런 무모함이 《아동문예》라는 잡지도 만들 수 있었으리라. 또한 추천이나 당선의 과정을 거부하고 동시집 『빨강 자동차』(1965년 향문사)를 발간하면서 등단한다.

《아동문예》가 창간된 것은 1976년 5월 1일, 104쪽 분량에 값은 400원이었다. 그 달 말 《아동문학평론》이 창간되었다. 이 두 잡지는 아동문학의 확산과 역동적 에너지를 가동하면서 아동문단에 지

194

대한 영향을 끼친다. 그러나 발간 성격이나 노선은 아주 달랐다.

아동문예는 동시, 동화 등 작품을 위주로 아동문학의 유의미한 확산에 기여하면서 서민의 손을 잡았고, 『아동문학평론』은 아동문학 연구를 통하여 장르 기반을 튼튼하게 하려는 학문적 성격이 강했다.

아동문예는 광주에서 발간되면서 볼륨도 약했고, 인쇄 기술도 거칠고 촌스러워 꾀죄죄했다. 이에 비하여 『아동문학평론』은 문학박사이신 이재철 선생이 중심에 섰고, 책의 두께도 제법 컸고, 한자어도 사용하였으며, 인쇄나 편집도 세련되었고, 작가 탐구 등 굵직굵직한 평론들이 실렸었다. 그러나 가장 큰 차이는 월간(현재 격월간)과 계간이었다. 현재(2020년 12월 기준) 《아동문예》는 통권 443호, 《아동문학평론》은 통권 177호다.

아동문예는 잡초처럼 강했다. 자빠질듯하면서도 굽히지 않았다. 오직 선생님의 아동문학에 대한 사랑과 땀과 열정과 집념과 고집이 만들어낸 잡지였다. 그러니까 고난의 가시밭길이었다. 자신의 뼈가 부스러지는 고통을 감내했을 것이다. 나는 그 과정을 지켜보면서 그것이 아동문예의 근성이었다는 생각을 하면서 내심 박수를 보내곤 했었다.

3월 중순, 광양 매화마을의 바람은 꽤 차가웠지만 매화꽃의 기품을 느끼며 마을을 한 바퀴 돌고 있을 때였다. 카톡~. 차영미 선생이 안부를 묻는 줄 알았다.

'박종현 선생님 오늘(14일) 오후 3시 40분 자택에서 소천하셨습니다.'
라고 적혀있는 게 아닌가.

순간, 가슴이 먹먹해지는 것이었다. 평소 제 도리를 다하지 못했을 때 때늦은 후회가 아픔과 고통을 더 강하게 한다든가. 가슴 깊이에서부터 북받치듯 아픔이 느껴졌다. 제대로 예를 갖추지 못한 것들과 아동문예에 더 많은 애정을 보내지 못한 것이 어떤 죄의 무게처럼 가슴을 찔렀다.

'명복을 빕니다. 아동문학의 큰 산을 만들어내신 선생님의 큰 뜻을 돌아보면서 새삼 북받침을 느낍니다.'라는 댓글('한국동시문학회' 카페)도 북받침 그것이었다.

가끔 선생님이 생각날 때 『박종현 동시 선집』(2015년, 지만지)을 펼쳐보곤 한다.

선생님은 어디에 계실까? 그러고 보니 이미 『구름 위의 집』을 지어 놓으셨다.

'노래하는 구름 위
은하수는 시냇물

하늘에다 가득
나의 집을 그리자.

라고 했었다. 어쩌면 「하얀 새」가 되어 날아오른 것은 아닐까?

내 마음은 하얀 새
파란 하늘에서
하얀 날개를 달고

구름으로 흐르고, ……

했으니까.

그러면서 '바람의 노래'와 '하늘의 소리'를 듣고(『도봉산 그림자』) 계실 것 같았다.

노을은 선생님이 서 계신 곳이다.

시인의 마음은
노을로 타고 있습니다.
저녁마다 빨간 노을로
타고 있는 하늘입니다.'(『시인의 마음』)

라고 했었다.

박종현 선생님! 정말 빈주먹으로 아동문학의 큰 숲을 가꾸셨다.

돌아볼수록 거룩해진다. 이제는 하얀 새가 되어 날아갔을 하늘 나라에서 바람의 노래와 하늘의 소리를 들으며, 편안하게 지내면 좋겠다. 무서리 없는 무지개 같은 세상이면 금상첨화일 텐데……. 거칠고 무거웠던 삶의 짐도 내려놓으시겠지.

박종현 선생님을 그리며

동화작가 **박 재 형**

박종현 선생님!

천국의 계단에 앉아 지상의 문우들과 아동문예 출신 작가들, 사랑하는 가족들의 애가를 듣고 계신지요?

평생 씨앗을 뿌리고 싹을 틔워 이미 청소년을 거쳐 장년의 자리에 있는 《아동문예》 발간 걱정에 아직도 마음을 졸이고 계신 건 아닌지요? 우연한 자리에서 선생님의 부음을 듣고, 아니라고, 그럴 리가 없다고 부정에 부정을 하고 박옥주 선생님께 전화를 했더니 정말 돌아가셨다고 해서 참 난감했습니다. 조문도 못 갔는데. 주무시듯이 편안하게 영면을 하셨다는 사모님의 이야기를 들으며 그동안 병마와 싸우면서도 신앙을 지키고, 아동문예를 발간한 기쁨으로 편안히 천국으로 가셨을 거라고 믿어봅니다.

1983년 12월 인사동에서 처음 뵈었을 때의 감격을 잊지 못합니다.

등단의 기쁨을 안고 상경한 저에게 응모를 잘 했다고 격려해주셨지요. 제주에서 피난살이를 한 장수철 선생님의 추천을 받게 해주셨는데, 이제 두 분 다 하느님 곁으로 가셨네요. 우연히 아동문예를 보고 응모를 했었는데, 당선의 기쁨을 저에게 안겨주셔서 이제 등단 37년을 맞았습니다. 덕택에 한국동화문단의 한 귀퉁이를 차지할 수 있었습니다. 해마다 한두 편의 동화와 주제넘게 평론을 《아동문예》에 실을 수 있었던 것은 선생님의 배려였지요.

참, 책에 님이라고 쓰지 말고 주간이라고 써달라는 이야기를 했던 것도 기억이 나고, 제주에 내려오셔서 아동문학 행사를 했던 것들이랑 제주여행을 했던 것도 기억이 납니다. 버스 안에서 농담으로 "性生活이 어떠냐?"는 물음에 "聖生活을 잘 해서 성당에 잘 다니고 있다."고 재치 있게 받아넘기시던 말씀도 생각이 납니다. 참, 벌써 고인이 된 김종두 선생님과 사범학교 단짝이라며 우정을 풀어놓던 일도 새롭습니다. 이제 김종두 선생님이랑 작고한 많은 문인들과 농담 따먹기도 하시며 즐겁게 지내시리라 믿습니다. '도깨비 나라의 시'나 '아침을 위하여'를 낭송하면서 도봉산을 기억하며 천국 정원을 걸어 다니고 계실 듯합니다.

바다 건너 탐라국에 산다는 핑계로 자주 찾아뵙지 못했습니다. 병마와 싸우면서도 천주님을 향한 믿음으로 흔들리지 않으시고, 이겨내신다는 말을 사모님으로부터 들었는데 그렇게 빨리 가실 줄 몰랐습니다.

이제 병마에서 벗어나 홀가분하게 천국의 정원으로 걷고 있을 주간님, 아동문예 발간으로, 바쁜 중에도 주옥같은 동시를 쓰시던 열정으로 천국을 아름답게 만들고 계시리라 믿습니다. 천국출판사에서 책을 만드시느라 애쓰시는 건 아니겠지요. 아동문예 때문에 떠난 교단을 그리워하면서 천국학교에서 어린 영혼들에게 동화를 들려주시는 모습을 그려봅니다.

사랑합니다. 박종현 선생님.

나 박종현

동시인 **박 정 식**

전화가 오면
술술 외워진 번호 029950073

"나, 박종현!"

요즘 뭐 하는지
소식
궁금하시단다.

전화가 오면
깜짝 반가운 아동문예 주간실,

"나, 박종현!"

재밌는 책 나왔는데
곧
보내주시겠단다.

전화가 오면
다정한 모습 겸손하게

"나, 박종현!"

좋은 작품 좋은 원고
항상
기다리신단다.

전화가 오면
'네 선생님……' 인사말 건네기도 전에 친구처럼

"나, 박종현!"

고 따스한 목소리
이젠
어디서 들을까?

아버지의 방

동화작가 **박 정 한**

젊은 아버지의 방에는
고단하신 부모님과
귀여운 아홉 동생들과
어린 링컨이 살고 있었다

서석동 아버지의 방에는
빽빽한 원고지와
끝없는 이야기가 있었고
호기심 많은 아이와
서부영화 속 존웨인이
멋지게 웃고 있었다

미아동 아버지의 방에는
구름마저 바쁜 하늘과
하루를 이틀처럼 사는 아내가 있었고
온 방을 채운 라일락 향기와
두꺼워진 아동문예가 있었다

도봉산 자락이 보이는
아버지의 방에는
농담을 좋아하고
발전을 좋아하고
매운탕과 막걸리를 좋아하는
아버지가 있었고
기억을 버리고
어린 시절로 돌아가는
아버지가 있었다

지금 그 곳
아버지의 방에는
조용한 유럽 어느 나라의
호텔 스위트룸처럼 꾸며져 있고
말하지 않아도
든든하게 지켜주시는
고마운 분들이 함께 있다.

또 다른 방으로 가면
대가족이 모인 식탁에
막 지은 밥을 푸는 어머니와
음식을 올려놓는 젊은 아내와
명랑하게 웃고 있는
아이들이 있다

영원히 '빨강 자동차'를 타고 계실 선생님

동화작가 **배 익 천**

어릴 때 한 번도 꿈꿔본 적이 없는 잡지 만드는 일이 평생의 일이 되어 버렸다. 나는 1979년 유월, 풋풋한 나이인 스물아홉 살에 잡지를 만들기 위해 부산 MBC에 입사했다.

1979년은 유엔이 정한 '세계 아동의 해'였다. '어린이에게 꿈을, 청년에게 이상을, 집집마다 보람을'이 사시였던 부산 MBC는 그간 민방의 효시사로서 청년에게 이상을, 집집마다 보람을 심어주었지만, 어린이에게 꿈을 심어주지 못했다는 생각에 그 해, 어린이 잡지를 창간하게 되는데 바로 《어린이문예》였다.

부산 MBC 부설 '가야문화연구소'에서 발행하는 어린이문예는 PD로 일하던 시인 이수익 선생이 사무국장을 맡고 동시인 조유로, 선용, 동화작가 김문홍 선생이 편집을 맡기로 했는데, 김문홍 선생이 학교에 머무는 바람에 경북에서 7년 차 교사로 있던 내가 동화작가 정진채 선생의 소개로 얼떨결에, 정말 아무것도 모르고, 눈이 퉁퉁 붓도록 책상에 엎드려 우는 60명이 넘는 4학년 아이들을 팽개치고 부산으로 왔다. 토요일에 면접 보고 월요일에 출근했으니 참 한심한 공무원이고 교사였다.

《어깨동무》, 《새벗》, 《소년중앙》, 《소년》 등 어린이 잡지와 순수 문학지로는 1976년에 창간한 월간 《아동문예》와 같은 해 창간한 계간 《아동문학평론》이 있던 때 창간한 월간 어린이문예는 이들 두 부류의 중간 형태의 잡지였다. 매호 동화 세 편, 동시 여섯 편을 싣는 어린이문예가 아동문학가들에게 인기 있었던 것은 아동, 성인 문예지 중 최고의 원고료 때문이다. 지금도 한 해 한 번 나오는 어린이문예의 원고료는 동시 편당 10만 원, 동화 편당 20만 원이다.

지금의 《열린아동문학》까지 잡지 만든 세월이 40년을 훌쩍 넘겼다. 그동안 부산 MBC와 홍종관, 박미숙 부부의 따뜻한 언덕이 있어 참 부잣집 아들처럼 세월 모르고 책만 만들어 왔지만, 되돌아보면 《아동문예》와 《아동문학평론》을 창간하신 박종현·이재철 선생님이 참 대단하고 우러러 보인다. 그래서 나는 몇 해 전까지만 해도 정부에서 주는 지원금은 아예 생각하지도 않았다.

《아동문예》, 서희환 선생의 제호와 이한중, 이경규, 김승연, 김천정 선생 등의 표지화로 월간, 격월간으로 이어오는 아동문예는 우리나라 아동문학의 큰 산맥임을 누구도 부정할 수 없다. 그리고 그 산맥의 어느 편안하고 따뜻한 산등성이에 동시인 박종현 선생이 '빨강 자동차'를 타고 누워 계신다. 그 자동차는 등대일 수도 있고, 소방차일 수도 있고, 구급차의 경광등일 수도 있다. 그리고 선생님의 그 우뚝한 아동문학 정신은 경남 고성군 대가면 연지리 '동시동화나무의 숲'에 한 그루 우람한 소나무로 살아 계신다.

나는 선생님의 부음을 듣자마자 선생님 나무 곁으로 가 묵념하고 가까이 있는 동백과 진달래꽃을 꺾어 페트병에 꽂았다. 3월의 동백꽃이 어찌 그리 선명하고 우아할 수가 있을까? 갑자기 온 숲이 환해지며 마음이 따뜻해졌다.

"배 선생 잘 돼가요?"

여쭐 일이 있어 전화할 때마다 들려주시던 낮지만 묵직한 그 목소리가 아직도 귀에 생생한데 벌써 그리운 목소리가 되었다.

선생님, 박종현 선생님.

좋은 세상에서 편히 쉬십시오. 선생님 나무 곁에는 유난히 더덕꽃이 많이 피지요. 그 향기, 선생님 향기인 양 깊이 오래오래 간직하겠습니다.

언제나 꽃 피고 맑은 바람 속

동화작가 백 승 자

주간님,

지난해 3월, 참으로 어수선하고 불안한 시국에 황망히 먼 길 떠나시고 어느새 1주기가 다가옵니다.

한평생 목숨처럼 사랑하고 가꾸신 《아동문예》를 두고, 사랑하는 가족 친지와 문우들 두고 애틋한 발걸음 어찌 옮기셨는지요?

마침내 그 나라에서는 평안하신지요?

생전의 주간님을 추억하자니 울컥 눈시울부터 뜨거워집니다.

감사함을 제대로 표현하지 못한 적도 있고, 저 사는 일 바쁘다고 한동안 안부조차 여쭙지 못하고 지낸 무심함도 죄송하기만 합니다.

제가 《아동문예》로 1988년에 등단하여 주간님과의 인연도 그만큼 멀리 흘러온 세월이니까요. 처음부터 끝까지 호칭을 바꾸지 못하는 건, 제게는 무조건 따뜻한 '주간님'으로 남으셨기 때문입니다.

어느 해 여름이던가요.

주간님과 사모님과 몇몇 작가가 함께 여수의 '청소년문학교실'에 다녀온 기억이 납니다. 서울에서 밤기차를 타고 새벽에 여수에 내려 향일암 일출 먼저 보고 행사장으로 갔지요.

그때만 해도 부끄럼 많고 말주변 없던 제게는 파격적인 활동이었답니다.

그래서 먼 길 오가며 나눈 정담들, 일출 앞에서의 기도, 여수 깻돌 선생님들과의 인연 등으로 퍽 뜻깊은 여행이었답니다.

"귀하도 나이가 들어가니 낯가림은 그만하고 좋은 글벗도 사귀라고."

나중에 그 행사에 저를 동참시킨 뜻을 말씀해 주셨어요.

아무리 까마득한 문단 후배라도 말을 놓는 법 없이 따뜻하게 대하시던 주간님의 화법 그대로였지요.

이제 그리운 이름이 되신 박종현 주간님…….

어쩌면 아동문예 역사만으로도 주간님을 상징하고 대변할 수 있겠다 싶은 생각이 듭니다.

하지만 남기신 편편의 작품 속 밝고 여린 동심이 주간님 속내가 아니었을까요?

　……
　집안은 따뜻하고 편안했어요.
　하얀 아기 곰은 웃기만 하고
　꼬마는 당당하고 의젓했어요.

주간님의 동화시 「비 오는 날 당당한 꼬마」의 마지막 연이 금방 외워지더라고 말씀드렸을 때 유쾌하게 웃으셨어요.

주간님, 한평생 기도로 예비하신 행복한 나라에서 부디 영면하십시오.

따뜻하고 편안한 집안에서 당당하고 의젓한 꼬마 마음으로, 언제나 꽃 피고 맑은 바람 지나는 그곳에서…….

박종현 문우를 생각하며

동화작가 **백 시 억**

1978년 6월 하순, 나는 중앙일보 편집국과 출판국에서 기자로 일하다가 농협중앙회 소속 농민신문사로 일터를 옮겼다. 새농민이라는 잡지에서 편집일을 맡았다. 발령장엔 편집역이라고 되어있었고 직원들은 나를 과장님이라고 불렀다.

그런데, 농민들을 독자로 삼은 《새농민》 잡지에 부록으로 《어린이 새농민》이 함께 발간되고 있었다. 4*6판(세로19cm, 가로13cm) 작은 판형에 60페이지밖에 안 되는 어린이 수첩같은 책이었다. 그런데 자세히 들여다보니 어린이들에겐 재미있고 유익한 꼬마 잡지였다.

매달 나오는 어린이 새농민엔 동시 한 편, 동화 한 편, 위인이야기, 농사 상식, 과학 지식, 관광 명소, 고적지 등이 들어 있었다.

더 흥미있는 건 아동문예 주간이 꼭 전화해서 아무개 신인 아동문인의 작품 한 편을 보내니 어린이 새농민에 좀 실어달라는 부탁이었다. 매우 겸손한 말씨였다. 호남 사투리에 구수한 음성이었다. 호감이 가는 말씨여서 사무실에 자주 들르는 박홍근 선생님께 여쭤봤다.

"아! 박주간, 열심이지, 후배들 키워주느라 수고 많아!"

하도 고마운 분이라 아동문예 사무실을 방문했다. 인사동 골목

211

MBC 건물 옆에 있었다.

"오매! 이르케 직접 오시여라!"

박주간은 자기를 낮추며 환대해 주었다. 나이는 내가 한 살 위였으나 문단 대선배연 하며 뽐내지 않아 좋았다.

그날 이후 박홍근 선생님은 우리 새농민에 오셨다가 광화문 교총 이영호 선생을 만난 후에, 아동문예사로 가곤 하셨다. 그리고 저녁엔 종로 〈삼미〉집으로 우리를 불러내곤 하셨다.

박홍근 선생님은 박종현 주간을 극진히 아껴 가톨릭 교회로 인도하셨다. 세례 때 '대부'로 서주시기까지 하셨다.

맥주를 즐기시던 박홍근 선생님은 박주간을 향해서 늘 '요한, 요한!' 하고 부르시곤 하셨다.

그렇게 어울리던 어느 날, 박주간은 나에게 그동안 써놓은 동화들이 한 스무 편쯤 되면 책으로 내줄 테니 원고뭉치를 보내달라고 하는 거였다.

이튿날 술이 깨어 어제 일을 되짚어 보았다. '출판비는 얼마나 되는데 나보고 돈을 내라는 거 아닌가?' 알쏭달쏭했다.

며칠 후에 박홍근 선생님이 사무실에 오셨을 때 여쭤보았다. 출판비는 아동문예사가 부담한다는 말인지 잘 모르겠어요.

"아! 박주간이 그런 말을 했나?"

박홍근 선생님도 고개를 갸우뚱하시며 내가 맨 정신으로 물어볼게 하셨다.

며칠 후 박홍근 선생님이 오셔서 별로 놀라지도 않으시며 말씀하셨다.

"동화가 스무 편 넘어? 박주간이 출판비용 대겠대."

이렇게 박종현 형이 선심을 베풀어 나는 별 어려움도 없이 첫 동화집을 일찍이 쉽게 내놓았다.

권태문 형은 '백국장, 진짜 박주간이 돈 안 받고 책 내줬어?' 하며 고개를 갸우뚱했을 정도였다.

박주간은 동시작가였으나 동시집 외에 『대추나무집 아이』, 『꽃 파는 아이』 등 동화집도 출간했다.

뇌졸중에 장폐색 수술을 받고도 꿋꿋이 다시 일어나서 매일 도봉산을 오르내리고 《아동문예》를 발간하면서 문단육영에도 큰 빛을 낸 문우였다.

웃음소리가 메아리 되어

동시인 서 향 숙

맑은 미소
말없이 지그시 바라보는 눈빛.

선생님이 떠난 이곳은
깜깜한 광야입니다.
거친 손이 입을 막고
어둠이 눈을 가리는
빈 들에서
아동문학의 씨앗을 심었던 선생님!

한 치 앞을 내다볼 수 없는
눈보라 속을 걸어와서
돌무더기 거친 비탈을
묵묵히 일궈내신 선생님!

자라난 나무들이,
파릇파릇한 풀잎들이
선생님을 부릅니다.

저 너머로 흘러가는 구름처럼
어찌하여
홀연히 우리 곁을 떠나셨습니까?

걷잡을 수 없는 슬픔에
무심한 하늘을
원망할 수밖에 없습니다.

선생님이 떠난 이곳은
어둡고 춥지만
선생님의 맑은 눈빛
청아한 웃음소리는
메아리 되어 울립니다.

천 번 만 번 심혈을 다해 키워낸
아동문예의 들판 위로
날아오르는
수많은 불새들을 봅니다.

어둠을 살라먹고
활활 타오르는
아이들의 꿈이 여기 있습니다.

부디 아름다운 세상에서
영면하십시오.

선생님의 아름다운 말씀

동화작가 소 중 애

"소선생, 작품 많이 있지요? 책 냅시다."

박종현 선생님이 말씀하셨다. 1983년이었다.

새파란 신인이었던 나는 그 말씀이 너무나 아름답고 고맙게 들렸다. 생각하면 생각할수록 아름다운 말이었다.

"소선생, 작품 많이 있지요? 책 냅시다."

나에게는 원고가 많았다. 등단의 길을 몰라 교사들이 보던 교육 자료에 계속 원고를 실렸던 것이다. 선생님은 초등학교 교사를 하시다가 그만 두고 서울로 올라와 《아동문예》 출판사를 차리셨다. 그래서 선생님은 내게 원고가 많음을 아셨던 것이다.

"예. 선생님. 그럴게요."

기억은 나지 않지만 내 말은 떨려 나왔을 것이다. 맥박이 엄청나게 뛰었던 기억이 있으니 분명 그랬을 것이다.

『개미도 노래를 부른다』

자비 출판 4,000부였다.

내가 근무하던 학교 학생 수가 3천명이 넘고 아버지 근무 학교 역시 학생수가 4천 명이 넘었다. 언니가 근무하던 학교도 학생 수가 4천 명 가까웠으니 출판 부수 계산은 잘한 셈이다. 신인시절의 건방으로 재미있고 감동적인 내 창작 동화책을 구입하지 않을 리가 없으니 곧 재판을 찍을 것이라 생각했었다.

4,000부의 책을 싣고 온 트럭을 보고 뒤로 넘어질 듯 놀랐던 기억도 또렷하다. 4,000부의 책이 그렇게 많은 줄 몰랐다. 단칸방에 다 쌓지 못해 교실 뒤에도 쌓아 놓았고 아버지가 계신 교장 관사에도 쌓아 놓았다.

이재철 박사님이 선생님에게 쓴소리를 하셨다고 들었다.

"아무 것도 모르는 신인이 책을 4,000부 찍겠다고 하면 말릴 것이지 어떻게 그걸 다 찍어줘요?"

선생님은 그 말에 자극 받아 책을 100부 더 찍어 보내 주셨다.

책은 팔리지 않았다.

나쁜 경험은 없다. 나는 대한민국 아동문학 선배님 모두에게 책을 발송하기 시작했다. 동학년 선생님들이 주소 쓰는 것을 도와 주셨다.

책을 다 보내니 대한민국에 하나뿐인 내 이름과 함께 문단의 선배님이 나를 기억해 주셨다. 이 일로 세월이 지나면서 두고두고 선배님들에게 많은 도움을 받는 계기가 되었다.

선생님은 두 번째로 아름다운 말씀을 하셨다.

"아동문예에 동화 연재를 해 주세요."

와우!

이 또한 생각할수록 빙긋빙긋 웃음이 나오는 고맙고 즐겁고 아름다운 말씀이었다. 그때 《아동문예》는 월간지였는데 나는 한 번도 마감 날짜를 어긴 적이 없다. 그렇게 신이 나서 열심히 썼다. 아기거북이가 알에서 깨어나 엄마가 있는 거북이 섬으로 가는 험난한 모험을 그린 『거북이행진곡』이었다.

연재가 끝나자 『거북이 행진곡』은 책으로 출판되었다.

그리고 선생님 목소리로 들은 것은 아니지만 심장이 터질 것 같은 아름다운 말을 또 들었다.

부산에서 걸려온 전화 한 통이 그것이었다.

"『거북이 행진곡』이 〈해강아동문학상〉을 받게 되었습니다."

문단 초년생 시절 날 기쁘고 행복하게 만들었던 것은 다 선생님 말씀이었고 선생님 덕분이었다.

나는 지금 이 글을 바다를 바라보며 쓰고 있다. 선생님은 이 서쪽 바다에도 몇 번 오셨었는데…….

우리 충남아동문학회 연간집도 선생님이 만들어 주셨는데…….

밀려오는 파도를 보고 있으니 선생님이 바다만큼 보고 싶고 그립다.

더 많이 우리 곁에 계셨으면 좋았을 텐데…….

…….

선생님, 편히 잘 계시죠?

처음 받은 문학상

동화작가 송 재 찬

서점에 가도 창작동화를 구하기 어렵던 시절, 나는 교육잡지의 동화추천 심사평과 신춘문예 심사평을 스승으로 삼아 동화 공부를 했고 다행히 동아일보 신춘문예에 당선되었다. 그 즈음 만난 게 광주에서 내던 얇은 《아동문예》였다. 얼마나 고맙고 반가운 잡지였는지 모른다. 읽을거리가 턱없이 부족했던 나는 아동문예의 모든 작품을 빨아들이듯 읽었고 그 기운이 박종현 선생님에게 전해졌는지 작품 청탁이 날아왔다. 그 당시 아동문예의 편집은 과히 파격적이었다. 30장을 넘기 어려웠던 단편들이 40~50정도까지 수용되었고 7,80장 정도의 작품들도 마다하지 않았다. 나는 50장 정도의 「안개와 들꽃」을 발표했고 그 작품으로 아동문예가 주는 한국동화문학상을 받았다. 안개와 들꽃 – 한국동화문학상을 생각하면 지금도 나는 목덜미가 뜨거워진다.

당시 나는 경상도 산골에서 교편을 잡으며 신혼살림을 시작했는데 전화가 없는 마을이어서 우편으로 수상 소식과 보도용 증명사진을 보내달라는 연락을 받았다. 나는 고맙다는 인사도 할 줄 모른 채 달랑 사진만 보냈다.

문학상을 받아 본 적도 없었을 뿐 아니라 다른 사람이 상을 받는 자리에 가본 적도 없었기 때문에 문학상 시상식이 어떻게 진행

되며 뒤풀이가 뭔지도 모르고 있었다. 당시 나는 월간 《문학사상》을 정기구독하고 있었는데 거기서 이상문학상을 받으면 수상소감 '답사'를 한다는 것을 알게 있었다. 나는 아무런 준비 없이 답사만을 원고지에 써 달달 외며 아내 앞에서 연습했다.

마침내 나는 아내와 함께 광주 고속버스터미널에 내렸다. 클래식 음악이 흐르는 광주고속버스터미널이 나에겐 인상 깊게 남아있다. '역시 예향이구나.' 하는 생각이 들었다.

우리는 터미널 근처에 여관을 잡았다.

"여보, 여기서 기다리면 상 받고 맛있는 거 사 가지고 올게."

아내는 빨리 오라고 당부했고 나는 고개를 끄덕였다. 뒤풀이가 있는 줄도 그게 뭔지 뭔지도 몰랐기 때문에 그렇게 할 수 있었다.

광주 약사회관에서 시상식이 시작되었는데 나는 처음부터 죽을 쑤었다. 내성적인 나는 사람들 앞에 나서자 집에서 달달 외운 답사가 하나도 생각나지 않았다. 지금 같으면 써서라도 했을 텐데 앞에 나가면 다 〈말〉로 해야 하는 줄 알았던 것이다.

시작하다 막혀서 다시 시작하고 또 막히고… 얼굴은 빨개지고 혀는 자꾸 말렸다. 천신만고 끝에 수상 소감이 아닌 수상 소감을 끝내고 들어와 앉았는데 그 자리에서 2차 여흥이 시작되었다.

'아내가 기다릴 텐데….'

광주 회원들의 흥겨운 노래도 귀에 들어오지 않고 맛있는 음식에도 손이 가지 않았다. 밤이 이슥해져갔지만 자리는 끝날 기미가 보이지 않았다. 나는 할 수 없이 박종현 주간에게 아내가 혼자 여관에서 기다리고 있다는 사정을 털어 놓았다.

박주간의 놀란 눈빛이 지금도 눈에 선하다. 나중에, 내가 어느 정도 문단 행사에 눈에 뜨였을 때 그 이야기를 술자리에서 했더니 박주간은 껄껄 웃으며 그 때 이야기를 더 꺼냈다.

"상을 준다고 했는데 오겠다는 소식도 없다가 나타난 사람이 바로 송재찬이었어. 올지 말지 참 걱정했어."

나는 그렇게 아동문예와 인연을 맺으며 문단 경력을 쌓아갔다. 〈나를 주인공으로 한 자전 이야기〉 시리즈에 첫 주자로 나서기도 했고, 5인(김병규, 박성배. 박명희, 이상교, 송재찬) 연작인『햇빛처럼 풀처럼』을 함께 하기도 했다. 두 번째 5인 연작 동화『태양을 향해 달리는 기차』는 김학선. 강원희, 박상재, 조한순, 최영재가 바톤을 이어받아 화제의 주인공이 되기도 했다.

박종현 주간은 이동문예를 통해 다양한 실험으로 우리 아동문단을 풍성하게 가꾸어 주었다.

내가 소년동아일보에 장편 연재를 자신 있게 시작할 수 있었던 것도 아동문예에 장편「유채꽃 피는 고향」을 마친 후여서 장편에 대한 연습(?)을 한 후였기 때문이다.

또 하나 잊지 못할 추억은 아동문예 해변 학교이다. 추진력이 뛰어났던 박종현 주간 덕분에 나는 전국의 아름다운 해변에서 별을 볼 수 있었고 밤바다의 해조음을 가슴에 쌓을 수 있게 되었다. 너무 아름다운 젊은 날의 추억을《아동문예》와 박종현 주간과 함께 한 것은 큰 축복이 아닐 수 없다

검소하고 우직한 어른

동화작가 신 건 자

쌍문동 문예마을에 들어서면 소나무 숲 바위같이 우직한 남자 어른이

"귀하 어서 와요. 허허허!" 투박스런 손을 내밀며 반겨주셨다.

이 어른이 한국 아동문학출판계의 큰 별로 일컬어지는 「도서출판 아동문예 대표」 '박종현' 님이시다.

박종현 님은 남쪽 두메산골 10남매의 장남으로 태어나셨다고 한다. 그래서인지 책임감도 강하고 우직하며 검소하셨다.

한국의 도서출판사 대부분이 반짝 모습을 보였다가 경영난에 부딪혀 사라짐이 일쑤인데, 님은 1976년 《아동문예》를 창간하여 2020년에 이르기까지 44년이란 긴 세월을 쉬지 않고 월간, 격월 간으로 국내 최장수 아동문학전문지인 《아동문예》를 발간하여 왔다. 그런 분이 타계하시다니, 아동문예출신 작가뿐 아니라 아동문예를 사랑하는 국내외 많은 작가들에게 청천벽력 같은 소식이 아닐 수 없다.

빈소에 앉아 그분 업적을 기리며 지난날을 회상해 본다.

이승직(동화작가)님이 아동문예사당회 회장이던 2010년대였다.

일 년에 두서너 번 모임을 갖은 회원들이 "근사한 음식점에서

222

맛난 거 먹어요." 하면

"그래요? 갑시다." 하시며 앞장서 가신 곳이 충무로 대한극장 맞은편 '대림정'이나, 쌍문역 길가 '채랑'이었다. 님은 이곳에서 값 싼 모듬 찌개나 샤브샤브를 먹자고 하셨다. 대접하는 유사회원에 게 부담이 될까 봐 비싼 요리를 마다하시고 환한 얼굴로 자리에 앉 으셨다.

"에게? 더 비싸고 더 맛있는 거 먹어요." 투정 부리는 회원들 말 을 못 들으신 척

"이렇게 먹는 것도 훌륭하지, 어서들 앉아서 들어봐요."

시범까지 보여 주시며 맛나게 드시던 모습이 가슴을 적신다.

또 한 번은 아동문예사에 들른 나를 반갑게 맞으시며 새로 나온 동화책 한 권을 주셨다.

"감사합니다. 집에 가서 잘 보겠습니다."

공손히 인사를 하고 받은 책을 새 봉투에 담으려는 순간,

"새 봉투는 놔두고 헌 봉투에 담아가요."

정색을 띤 묵직하고 엄격한 저음이 내 귀를 때렸다. 깜짝 놀란 나는 그때 알았다. 님이 엄청 검소한 분이며 티끌조차 아끼는 절약 꾼이란 걸! 그러니까 경영난을 물리치며 40년이 넘도록 아동문예 사를 쉬지 않고 이끌어 오셨다는 걸.

나는 헌 봉투도 아깝다는 생각을 하며 알몸의 책을 핸드백에 담 아들고 돌아왔다.

내가 님을 처음 뵌 건 2003년 5월이다. 43년간의 교직을 접고 정년퇴임을 하게 된 나는 퇴임 후 무얼 할까 고심하고 있었다. 그

때 동화를 잘 쓰는 후배 P가

'동화 두 편만 써가지고 따라오세요. 즐겁고 안락하게 기댈 곳, 퇴직 후에도 아이들을 많이 만날 수 있는 곳으로 안내할게요.' 했다. 솔깃해진 나는 퇴임 3개월을 앞두고 동화 두 편을 진땀나게 써 들고 후배를 따라 나섰다. 따라간 곳에서 투박하고 무뚝뚝한 남자 어른을 만났다. 그 어른이 박종현 님이셨다.

후배는 그 어른께 나를 소개하며 스스럼없이 담소했지만 첫 대면인 나는 잔뜩 겁을 먹고 눈도 마주치지 못했다. 그런 나에게 남자 어른이 굵은 목소리로 무뚝뚝하게 말했다.

"어디 써온 글 좀 봅시다."

떨며 내민 글을 그분이 받아 읽는 내내 나는 가슴이 조였다. 한참 후

"됐소. 아동문예와 한 가족이 돼 봅시다."

그 목소리가 떨고 있는 나에게 천둥소리보다 더 크게 울렸다.

그렇게 나는 동화작가가 됐고, 그 분(박종현 님)이 이끄는 아동문예의 가족이 되었다. 그 후 20여 년간 보아온 그 분은 회원을 감싸고 격려하고 추켜세워 주는 속이 따뜻하고 의리 있고 순박한 분이었다. 그러면서도 때때로 꾸중과 채찍을 가하는 엄한 아버지 같은 분이셨다.

회원들이 써 낸 글 하나하나 샅샅이 살펴보시고, 헌 종이 한 장까지 허투루 버리시는 일 없이 성실과 근검절약을 몸소 보여주셨다.

늦은 나이에 동화작가로 등단한 나는 선배작가들 보다 몇 배로 노력해도 모자랄 판이다, 그런데도 나태해지고 방황기가 꿈틀 댈

때가 있다. 그러면 어김없이 알아채시고

"뭐해요? 빨리 원고 써서 보내지 않고." 불호령이셨다.

그 이끌림에 납작 엎드려 동화를 썼지만 기대만큼 여물지 못하는 나를 지켜보고 추어주고 격려해 주시던 분! 그 격려에 힘을 얻고 한 걸음 한걸음 전진을 다지고 있는데 떠나시다니! 어깨가 축 늘어지고 앞이 캄캄하다.

40여년 역사를 굳건히 다져 일본에서도 알아준다는 'KOREA 아동문예'

그 곳을 큰 바위처럼 묵묵히 지키고 계셨기에 고향집에 계신 부모님처럼 생각하며 얼마나 내 마음이 든든하고 뿌듯했는데….

영정사진조차 간편복 차림인 그 분을 올려다보며 손 모아 정중히 머리 숙인다.

발걸음마다 은총이었네

동시인 **안 종 완**

"어이~"
부르는 소리 있어 눈을 뜹니다.
아무도 없습니다.
온 세상이 텅 비어 있습니다.
떠난 사람은 알 수 없는,
오직 남아있는 사람만이 아는
비밀스런 시 · 공간에 갇혀 있습니다.

– 더 이상 숨지 마라.
　더 이상 기죽지 마라.
　더 이상 너를 다그치지 마라.
　일어나 가운데에 서라.
　가운데에 서서 손을 뻗어라.
　예수님께서 곳곳에서 기적을 베풀 것이다.

이 말씀에 마음이 꿰뚫려 일어섭니다.

돌이켜 보면

박종현 사도요한과 함께
숨 가쁘게 달려온 53년의 삶,
기적 아닌 것이 없습니다.

감싸줄 포대기 하나 없이
《아동문예》, 갓난아기의 탄생
91년도 뇌출혈 수술 후 퇴원할 때
"박종현, 천억을 주고도 못 살 목숨이여!" 수술 의사 말처럼
삶과 죽음을 오가다 우뚝 일어선 일,
중국성지 순례길 중 사흘 만에 의식을 찾아 귀국한 일,
장 유착 수술 후 자주 병원을 드나들었지만
치료과정은 언제나 좋고 좋아
퇴원은 집이 아닌 사무실로 했던 일…,
이 모두가 기적이었습니다.

매주 일요일, 함께 도봉산을 오르고,
바닷가를 거닐며 아동문예를 구상하고,
청소년 문학교실, 아동문학심포지엄, 아동문예 시상식,
전국을 순회하며 어린이들과 작가와의 만남.
문인 해외 연수, 해외 문학 기행,
바쁘지만 기쁘게 살았으니
감사할 뿐입니다.

위험한 고비 잘 넘기고,

가난했어도 가난한 줄 모르고
밤새워 일할 때 피곤한 줄 모르는 것, 이 모두
필자와 독자인 여러 아동문학가님들의 도움받아
《아동문예》 결호 없이 이어온 덕분이니
감사할 뿐입니다.

함께 살아온 날들, 내 힘에 버거워 숨이 찼지만
'수고한다.' '고맙다.' 말 한 마디 없던 분.
43년의 교직을 마감한 『아름다운 길』 퇴직문집에
'그대와 나, 약속했지. 명랑하게' 16연의 장시 중 한 연

월간 아동문예 출판 세계문예 다듬고
싱싱한 걸음으로 도봉산을 오르며
다시 찾아가는 길, 항상 아름다운 길.
그대와 나, 약속했지. 명랑하게.

이 시로 나는 충분히 위로를 받았으니
감사할 뿐입니다.

2015년
뇌출혈 후유증으로 온 알츠하이머
두렵고, 떨렸으나 곧,
"이제 좀 쉬어라."는 뜻으로 받아들였었지요.

시간이 지남에 따라
약속장소 어긋나 길에서 찾아 헤맬 때,
어눌해진 언어로 대화가 잘 안 될 때,
약을 거부할 때……,
어려움도 숱하게 많았지만
뇌출혈 이기고, 30년 더 살아,
《아동문예》 장년으로 키웠으니
어떤 일도 감사할 뿐입니다.

'걸어야 산다.' '걸어야 산다.'에 발맞춰
우이천을 매일 걷고, 지하철도 계단으로 오르내리고
꼬옥 붙잡던 손이, 꽉 끼어야 하는 팔짱으로,
팔짱에서 겨드랑을 힘껏 받쳐야하는 걸음이었지만
떠나기 전날까지 우리는 해냈었지요.

떠나시기 엿새 전
"아이들과 함께 해야 한다. 누구라고 말 안 해도 같이 해야 한
다. 무엇이든지…."
편집장, 잡지, 커피 등 단어와 눈빛으로만 하던 대화가
긴 문장으로 이어진 적은 처음이었습니다.
어린이들 꿈을 키워 주려 일생을 바친 분의 유언이라 생각됩니다.

나흘 전에는
"선, 생, 님, 선, 생, 님! 박, 홍, 근, 선, 생, 님!"

처음 듣는 목소리였습니다. 정갈하게 가다듬은 높고 큰 목소리.
선생님을 마주보고 부르는 것 같았습니다.

대부이신 박홍근 선생님께서 하늘 길을 인도하셨다는 생각이
듭니다.

사흘 전
"쓸데없이 그러지 말고 즐겁게 살아야지.
나이가 많은 사람들이나, 젊은 사람들이나…."
"여기가 우리 집 O.K, 우리 방 O.K, 언제나 즐겁게…."

이틀 전
우리 부부를 위해서 이렇게 기도했었지요.
"전능하신 하느님,
저 안종완 테오도라와 박종현 사도요한을 부부로 맺어주시고,
보살펴주시니…."

큰소리로 또박또박 기도하는 소리 가만히 듣더니 등을 토닥토
닥 다독여주었습니다.

처음 있는 일이었습니다.
지친 몸과 마음이 사르르 녹았습니다.
내게 준 가장 큰 위로였습니다.

하루 전
늦은 오후 우이동 '명상의 집' 드라이브!
차 탈 때는 양쪽에서 부축하여 힘겹게 걸었었지요.

"하느님, 여기 이 순간까지 잘 이끌어주셔서 감사합니다."
차 안에서 정한과 셋이서 감사기도를 드렸습니다.

당일
11시에 신부님으로부터 병자성사 받고,
찬송가가 고요히 퍼지는 가운데 선종기도를 드렸습니다.
"여보, 박종현 요한! 사랑합니다.
제 잘못은 모두 용서하시고
빛을 따라가세요. 편안한 하늘나라로 가세요.
아동문예는 남아있는 우리가 잘 할 테니 걱정 말고 가세요."
알아들었다는 듯 세 번의 깊은 숨을 내뱉은 후,
지켜보는 세 사람도 모르게 이승에서의 마지막 숨을 거두셨지
요.
2020년 3월 14일 토요일 15시 30분.
30년 넘게 살아온 아파트 안방,
잠자던 요 위에서 잠자듯.
죽음을 준비하는 사람이라면
누구나 한결같이 바라는 모습으로 그렇게,
박종현 사도요한님은 우리 곁을 떠났습니다.

그리고 지금 이 순간엔
하늘나라에서 영원한 평화를 누리고 계시리라 믿습니다.
주님의 사랑과 자비는 언제나,
우리가 생각하는 것보다 훨씬 놀랍습니다.

'빨강 자동차' 타고 멀리 떠난 문우
- 고 박종현 사백 1주기에 부쳐

동시인 **엄 기 원**

이 시대를 살고 있는 우리 모두
잊을 수 없는 2020년!
3월 14일 우리 곁을 떠나
소천한 박종현 문우…

'코로나19'라는
해괴한 질병이
온 나라 온 세계를 뒤덮고 있어
사람마다 마스크로 얼굴 가리고
살아가는 게 싫은가?

훌훌이 떠나버린
등산 박종현 형!
당신은 참 선견지명이
뛰어난 사람이었소.

1976년 월간 《아동문예》를 창간하여
오늘에 이르면서 많은 작가, 시인들에게

동화를, 동요 동시를 쓰게 했고
자부심을 심어 주면서
한평생 외길을 걸어온
아동문학가의 선각자였소.

《아동문예》를 통하여 길러낸
수많은 아동문학가 제자들
문학상으로 격려하고
칭찬한 수많은 후배들…….

당신이 우리 곁에 있을 땐
그 큰 자취를
그 큰 고마움을
미처 생각지 못했는데
새삼 그 마음, 그 손길이
추모의 짧은 글 속에 살아나고 있소.

평화로운 하늘나라엔
'코로나'가 없지요?
당신을 기리는 1주기를 맞이해도
모임도 접고 이렇게
당신을 그리워할 뿐이오.

부족한 글로 몇 줄 추모의 마음 담아

귀하나, 박종현

그리운 얼굴 떠올리오.
명복을 빌면서…….

등산 박종현 형!

인사동엔 연둣빛 그리움이 있었다

동시인 **오 순 택**

박종현 선생을 생각하면 인사동 시절이 그리워집니다.

나는 그때 거의 매일 인사동에서 박종현 선생을 만났습니다.

그리 넓지도 않은 그분의 방엔 책과 원고지가 가득 차 있어 겨우 두어 사람 정도 앉을 수 있는 방이었습니다.

박종현 선생은 어느 날 등불 하나를 바람 부는 들녘에 내걸었습니다. 언제 꺼질지도 모르는 등불, 그러나 그 등불은 비바람에도 흔들림 없이 50여 년이 넘도록 오늘날까지 한국아동문단을 밝히고 있습니다.

광주에서 창간, 펴내고 있던 《아동문예》 잡지를 싸 들고 인사동에 정착했을 때, 많은 아동문학가들이 문지방이 닳도록 드나들던 시절, 나도 그중 한 사람이었습니다.

《아동문예》는 시를 쓰고 있던 나에게 동시의 길을 밝혀 준 등불 같은 것이었습니다. 모든 문학 장르를 다루는 종합문예지도 아닌 아동문학만을 위주로 한 순수문학 잡지를 펴낸다는 것은 감히 상상할 수도 없는 무모한 일이라는 걸 알면서도 박종현 선생은 순수만을 고집해 오면서 오늘날 한국아동문단을 이끌어 가고 있는 아동문학가를 많이 배출했습니다.

박종현 선생이 없었다면, 아니 《아동문예》라는 잡지가 없었다면 오늘날 한국아동문학이 이만큼 한국문단에서 빛을 발할 수 있었을까요?

아동문예의 인사동 시절, 많은 어려움이 있었던 걸 나는 잘 압니다. 어떤 때는 매일 인사동에서 박종현 선생을 만나 술을 마시고 커피를 마시며 속마음을 나누었지요.

세찬 바람을 맞고 자란 나무는 나이테의 색깔이 짙고, 추운 겨울을 견디고 핀 봄꽃이 더 아름답듯 아동문예는 오늘날 우리 곁에 그렇게 당당함을 보여주고 있습니다.

나는 눈 오는 겨울을 좋아합니다. 함박눈이 펑펑 내리거나 싸락눈이 사락사락 내리는 날엔 좋은 시를 즐겨 읽고 또 시를 씁니다. 그리고 눈과 시인을 대입시켜 시인의 실명으로 시를 쓰기도 했지요. 내가 만난 시인들을 시(詩)로 그리는 것은 행복한 작업이었지만 그러나 눈(雪) 속에 시인의 이미지를 녹아들게 한다는 것은 그리 쉬운 작업은 아니었습니다.

눈이 내리고 있었다.
인사동 네거리에도
그날
함박눈이 내리고 있었다.
전라도 사투리같이
눈은
좀 촌스러운 듯한

그의 어깨를 적셔주고 있었다.

그의 조그만 방도

눈의 향기에 젖고 있었다.

　　　　　－「박종현」 전문 (《월간문학》 1983년 1월호 발표)

눈 내리는 인사동을 배경으로 박종현 시인을 클로즈업한 시입니다.

그때 나는 전봉건 시인, 김춘수 시인, 유경환 시인, 홍신선 시인, 박제천시인 등 여러 시인을 눈과 접목시켜 실명(實名)으로 시를 썼습니다. 시가 발표될 때마다 문단의 반응이 좋았습니다.

나는 지금도 눈이 내리는 날은 인사동 시절의 박종현 선생을 떠올리곤 합니다.

그리움이란, 연둣빛처럼 가슴을 아련하게 적셔주는 그런 것인가 봅니다.

천국의 박형

재경 광사 12회 동창회장 **오 형 택**

박형
어떻게 이렇게 쉽게 세상을 떠나
하늘나라로 갔단 말인가?

자주 보고 싶었는데
영영 보지 못하게
섭섭히 떠났단 말인가?

박형은
일찍이 꿈을 안고
광주사범학교를 졸업
겨레의 스승이 되어
무지를 밀어내
삶의 질을 새롭게
변화시켰네.

정성 어린 가르침으로
진주처럼 보배로운

제자들을 길러 낸
참된 교육자였네.

뜻한 바 있어 아동문학 전문지
《아동문예》를 창간하여
한국아동문학을 개척하는데
일생을 몸 바쳐
아동문학의 금자탑을 세웠네.

자신을 불태우며
희생의 길을 걸으면서도
아쉬워하지 않고
이를 기쁨과 보람으로
간직하던,

그 고결한 인격
그 샘솟는 지혜
그 따뜻한 사랑
수많은 아동들의
문학 정서 교육에 이바지했네.

그 뜻은 어린 독자들이
잊지 않을 거네.
부디 하늘나라에서
편히 쉬시게.

하늘나라에서 《아동문예》를 만들고 계신가요?

동시인 옥 미 조

내가 박 선생을 처음 만난 것은 박 선생님께서 『빨강 자동차』라는 동시집을 펴내기 전인 여수 동초등학교 근무시절로 1964년도라 여겨집니다.

그러니깐 박 선생님을 알고 지낸지가 어느덧 56년이 되는군요.

나는 박 선생님이 광주로 가시더니 거기에서 교직을 접고 《아동문예》라는 아동문학 전문 잡지에 뛰어든 것을 보고 내심에는 반갑기도 하지만 그 단안에 대한 부러움도 있고 용기가 대단한 분인 줄 알았죠. 아동문예가 광주 가서 펴내지더니 곧 서울(인사동)으로, 도봉으로, 옮겨갔지요. 더욱 놀랐습니다.

미치지 않고도 이렇게 하지 못할 것입니다.

나는 지금까지 박 선생님이 만들어낸 《아동문예》 창간호부터 다 가지고 있어요.

한 번은 아마도 도봉으로 발간지를 옮기시기 전후라 여겨지지만 결본이 있다 해서 내가 갖고 있는 아동문예에서 그 결본 4권을 보여드렸지요, 기억하시나요?

지금 내게는 처음 펴낸 『빨강 자동차』가 2권 있어요.

그 무렵 평택의 박승일이 『꾀병』이라는 동시집을, 금산의 한상

수가 『풍선 먹은 사냥개』라는 동화집을 펴내었지요.

우리 교단 아동문학인들에게는 선망의 책을 선도적으로 펴낸 게지요.

얼마 전 한상수가 내게 그때 나온 『풍선 먹은 사냥개』가 한 권도 남은 게 없다고 내가 갖고 있는지 물었지요.

물론 나는 갖고 있지요. 안 갖고 있을 리 있겠어요.

내가 만든 순리 아동문학관에는 거의 모든 아동문학인들의 저서가 다 있으니까요.

박 선생.

나는 박 선생이 자신을 주간 또는 편집장이라 불러 달라 해도 박 선생으로 부르는게 좋아요.

이번에 이 글을 쓰면서 생각나는 게 있어요.

아동문학 박물관에서 선생님의 작품이 꽂혀 있는 그 자리에서 이중 몇 권의 책을 꺼내 왔어요.

『구름 위에 지은 집』(1980) 『아침을 위하여』(1987) 등이지만 이미 박 선생님께서는 구름 위 즉 하늘나라에 가셔서 그곳에서 아동문예를 만들 거라고 예언적인 말과 또 아침을 위하듯 미래안 목적 혜안을 가지고 계셨던 분 같아요.

박 선생님이 우리 집까지 찾아오신 날이 있었는데 그때를 기억하고 계신지요?

나는 목포 가면 최일환, 전주 가면 오영환에게 꼭꼭 전화하듯 서울 가는 날이 있을 때마다 박 선생님께도 전화라도 하지 않고 견

딜 수 없었음을 그만큼 떨어질 수 없는 끈끈한 끈이 아니겠소.

박 선생, 당신은 나와의 그 끈을 끊으시고 하늘나라로 가셨지요. 하늘나라에서도 《아동문예》를 만드시겠죠. 거기 가면 많은 동료들이 있겠군요. 자주 만나시겠죠.

김준경(김녹촌), 조성원, 김삼진, 허동인, 오영환, 최일환도 만났을 것이고요.

아동문예는 여러 권 하늘나라에서도 만드셨겠군요.

거기에서 나오는 아동문예는 이 땅에서처럼 만들어 내기가 그리 힘들지는 않겠지요. 이 나라는 동시 쇠퇴기를 만났어요.

아동의 심성을 곱게 키워주는 자양분 같은 책문화가 어느덧 전자책으로 바뀌었고 책을 읽지 않는 시대가 온 것이지요. 하늘나라에서 펴낸 《아동문예》가 우리 순리아동문학관에 꽂혀진다면 어떨까? 내 심정 이해하겠지요.

나는 박 선생이 아동문학사에서 펴낸 아동문학단행본 일체를 당신에게 부탁해 구했는데 책값을 무조건 반액으로 해 주신다며 모두를 구했지요.

242

그때 일을 기억합니까?

《아동문예》가 《아동문학평론》(이재철) 《아동문학》(김철수)와 서로 경쟁적으로 펴내었지요. 아동문예는 매년 경쟁적 아동문학잡지보다 더 훌륭한 작품을 실어주었던 걸로 독보적이며 한국의 아동문학 발전에 큰 공로를 끼쳤고 각종 시상제도를 두어 아동문학인은 격려자가 된 걸 고맙게 여겨요.

박 선생님

나는 내가 신춘문예의 등단하려고 해도 내가 기성작가라고 작품을 제외 시키고 있을 때 1980년도 아동문예사가 신인 문학상을 모집하기에 동시 15편을 가려 보낸 게 당시 유경환 심사위원장의 호의로 제1회 아동문예상을 받았고 그 다음해 「강뚝에서」라는 작품으로 제4회 아동문예작가상을 수상케 해주었지요.

그때 아동문예작가회 회장은 최만조 였는데 그 시상식 날 함께 찍은 기념사진을 보니 박 선생님이 더욱 그립군요.

박 선생, 나는 박 선생님이 돌아가신 줄 알지 못했는데 여러 지인들에게 돌아가신 게 정말이냐고 물은 적이 있어요. 그리고 내가 펴낸 책 중에서 박 선생님에 대해서는 『아동문학인의 편지』, 『아동문학인 소장도서』 등에 실려 있었어요. 『아동문학야사』에는 왜 글을 쓰지 않고 빠졌어요?

지금도 이상합니다.

엄기원, 신현득, 이영호 등이 소롯이 빠졌어요.

박일이 증거하듯 워낙 방대한 책이라서 펴내지 못할 것이라고 확신하고 그렇게 믿었나요? 결국 『아동문학야사』를 펴내고 말았지요만 그것이 우리나라 아동문학사의 빛이 되었지요.

우리 순리원이 존속하는 한 〈순리아동문학상〉을 제정해서 주고 있는 걸 아시지요.

순리아동문학상의 작품 고르기가 힘들었어요.

그럴 때는 박 선생님이 여러 상을 주는 그 뚝심을 내가 배운 탓인지 모르지요.

박 선생님이 알다시피 나는 거의 20년 동안, 아동문학과 결별하고 내 일에 골몰했었지요. 그동안 수많은 아동문학인이 태어났지만 그들은 나를 모르고 나도 그분들을 모르고 있기는 마찬가지지만 새로 내가 아동문학을 하고 있어요. 아동문학은 내게서 결코 떨어질 수 없는 것인지 모르겠어요.

박 선생 추모의 글 원고를 쓰자니 쓸 말이 많군요.

원고지 10장으로 제한하지 않았더라면 자꾸만 길어질 것 같아요. 박 선생 또 만납시다.

하늘나라에서도 《아동문예》를 만들고 계시겠지요.

만나거든 하늘나라에서 만든 하늘나라 아동문예를 내게 보여주십시오. 아마도 많은 분들이 이 땅에서 박 선생님을 사랑하여 존경을 보내고 있다오.

이 땅에서도 《아동문예》가 복간되길 비오.

지난 날 《새벗》이 복간되고 《사상계》가 복간되었는데, 《아동문예》도 복간되길 비오.

나도 박 선생처럼 아동문학을 사랑할게요. 기도해 주세요.

땅에서 하늘에 계신 박 선생에게 옥미조가 드림.

아기 천사 박종현 선생님

동시인 유 희 윤

저는 2000년도에 아동문예에서 첫 동시집을 냈지요.

그때 아동문예사가 우리 동네에 있다는 것도 처음으로 알고 아동문예 사장, 박종현 선생님도 처음으로 뵙게 되었지요. 박종현 선생님이 시인이신 것도 그때 처음 알았습니다. 가까운 곳에 계신데도 못난 신출내기는 자주 찾아뵐 엄두도 못 내고, 더러 뵙게 되어도 어렵기만해서 고개도 못 들었습니다.

'우리 동네에 아동문학 거장 한 분이 우뚝 서 계신다.'

'나도 그 분과 한동네에 살고 있다.'

든든하고 자랑스러운 마음만 머금고 지냈지요. 세월이 그렇게 달려가는 줄도 몰랐지요.

어느 핸가 도봉문학인협회에서 뵙게 된 박종현 선생님은 어딘가 달라 보였습니다. 어깨에 짊어진 무거운 짐이라도 내려놓은 듯 편안해 보이기도 하고 순한 아기 같기도 했어요. 전과 달리 사모님 안종완 선생님이 앞에서, 뒤에서 박종현 선생님을 보살피셨지요. 그 무렵부터 선생님은 아기천사가 되는 연습을 하신 것 같습니다.

죄송하지만 저는 그 몇몇 해가 참 좋았습니다. 선생님 손을 마음대로 잡아보고 한 상에 나란히 앉아 식사하며 농담도 해보고 정말 좋았습니다.

"유희윤 선생!"

반갑게 제 이름을 부르시고 악수를 청하실 때 손힘이 여전하셔서 가슴 쓸어내렸는데……. 순한 아기처럼 잘 계셔주려니 믿고 싶었는데…….

좋은 사람은 하늘에서 부른다지요?

2020년, 벌써 작년이네요. 내가 선생님을 만난 지 20년 만에 선생님은 아기천사가 되셨습니다. 돌아보니 안타깝고 죄송했던 일만 생각납니다.

선생님! 박종현 선생님! 뵙고 싶습니다.

다섯 개의 삽화

동시인 **윤 삼 현**

대한을 앞둔 1월 중순이다. 흰 눈이 소복히 내린 아침, 서재에 앉아 타계하신 박종현 한국아동문예작가회 전 이사장님을 떠올리고 있다. 돌이켜보니 80년대 초에 인연을 맺어 작고하신 작년까지 아동문학의 길을 서른 여섯 해 동안 함께 해온 셈이다. 《아동문예》지를 창간하여 한 번도 거르지 않고 꼬박꼬박 불굴의 정신으로 문예지를 출간해 오신 점이 결코 지워지지 않을 이사장님의 공적이 될 것이다. 잡지 한 권 없던 열악한 아동문학 마을에 아동문학의 씨를 뿌리시고 가꾸시면서 알뜰한 지면을 제공하는 등 버팀목 역할을 해오신 것, 아동문학인이라면 다 기억할 것이다. 박종현 이사장님을 추억하는 동안 내 마음 속에 다섯 개의 삽화가 그려지고 있다.

80년대는 암울하고 쓸쓸한 분위기였다. 특히나 광주의 시대적 분위기는 더욱 그랬다. 나는 고향 해남에서 교직생활을 하고 있었기 때문에 광주민주화 항쟁을 직접 겪지 못했다. 그러나 산 너머에서 바람이 불면 그 바람의 색깔이나 습기, 온도, 점착성 등이 피부에 스며들 듯 시골에서 광주의 상황을 충분히 미루어 짐작하고 있었다. 엄청난 사건을 겪은 광주를 하루라도 빨리 목격하고 싶었다. 교통이 통제되어 광주에 들어갈 수도 없었다. 막힌 도로가 다시 개

247

통이 되어 광주에 들렀을 때는 도시를 할퀸 자국들이 깨끗이 정리되고 상처자국이 감쪽같이 지워져 있었다. 광주에 빚을 진 듯 미안함이 목에 차올랐다. 묘한 부채를 떠안은 기분이었다.

이 무렵 신춘문예를 준비하고 있던 나는 82년 광주일보신춘문예 동시부문 「뻥튀기」가 김요섭 선생님 심사로, 83년 동아일보 신춘문예에서 「달이 그린 수채화」가 이재철 어효선 두 분 심사로 연거푸(連) 당선되었다. 전남아동문학가협회에서 회무를 맡고 있던 김목, 심윤섭 회원이 찾아와 축하와 함께 회를 설명하고 입회원서를 건넸다. 이 무렵 처음으로 《아동문예》지를 소개 받았다. 정기구독자가 되었고, 신인으로서 배우는 자세로 매달 손에 쥔 책에 실린 작품들을 탐독하였다. 잡지사의 대표가 박종현 이사장님이며 같은 전남아동문학가협회 회원이란 것도 처음 알았다. 매달 협회에서 월례회를 광주의 다방이나 음식점에서 가졌다. 시골에 있던 나는 가능한 매달 꼬박꼬박 참가하였다. 문단이란 것을 처음 경험하는 터라서 얼굴도 익혀야 했고, 작품 경향도 알아야 창작에 반영할 수 있다는 생각에서였다. 그때까지 박종현 이사장님을 뵙지 못했다. 잡지 출간에다, 복잡한 서울 생활 등으로 여유가 없으리란 막연한 짐작만 할 뿐이었다.

처음 이사장님을 뵌 것은 80년대 중반쯤 전남아동문학가협회 시상식 때였다. 금남로 가톨릭센터에서 시상식을 마치고 음식점으로 향할 때였다. 지역에서 아직 등단을 하지 못하고 있는 선배 분이 대뜸 따지듯 서울에서 내려온 박 이사장님을 원망하는 것이었다.

"다 등단절차를 밟았는데, 저만 아직 못 받고 있단 말씀이오. 신경 좀 써 주시면 될 것을, 그렇게 제 작품이 부족한가요?"

"등단을 말하기 전에 자신의 작품을 냉정하게 평가할 줄 알아야 하네. 부족하다고 생각하면 창작공부를 더 할 줄 알아야 해."

박 이사장님은 어깨에 걸친 가방을 열어보였다. 가방 안에는 《현대문학》지와 몇 권의 시집이 들어있었다.

"나도 여전히 공부를 하고 있어. 문학공부, 그거 끝이 없는 것이여."

불평을 늘어놓던 선배 분이 입을 다물었다. 박 이사장님 말씀이 백번 옳았다. 평생 천착하고 파고 들어가야 하는 것이 창작일 것이다. 이제 막 문단에 나와 병아리 걸음 내딛는 나로서도 꼬옥 새겨들을 말이었다.

80년대 중후반 나는《아동문예》지에 '새 생활 바른 글'이란 주제로 글쓰기 향상을 위한 작문법 글을 연재하였다. 나의 제안을 박이사장님께서 받아들이시고 지면을 마련해 주신 것이다. 문단 초년병이란 딱지가 남아있는 나로서는 부지런히 글을 써서 발표하는 것이 문단에 얼굴을 알리는 지름길이었다. 매월 원고지에 직접 쓴 원고를 마감일에 맞춰 서울로 보냈다. 그리고 연재를 다 마치자 박이사장님께서 단행본으로 내주시고 책도 상당량 보내주셨다. 해남 군내 학교, 광주교육대학교, 그리고 광주의 여러 학교에서 이 책을 교재로, 참고도서로 활용해 주었다. 아시아의 물개 '조오련' 선수에 이어 내가 '해남 군민의 상'을 받을 수 있도록 이 책자가 한몫 거들었다. '아동문예'에 감사드릴 일로 기억에 남아있다.

90년대는 한국아동문학 인구가 대폭 늘어나 성시를 이룬 연대였다. 아동문학의 본격 평론이 여러 매체에서 쓰이기 시작했고, 평론이 활성화됨으로써 아동 문단이 활기를 얻기 시작했다. 나는 《아동문예》지에 평론 '박목월 동시의 환상성과 초월의식'이란 작품을 응모하여 작품상을 받았다. 시상식이 성북구 도봉공원에서 열렸다. 일찍 도착한 나는 도봉공원을 찬찬히 둘러보았다. 그때 놀랍게도 눈에 번쩍 띈 것이 있었다. '김수영 시비'였다. 한국현대시사에서 빠뜨려서는 안 될 시인이 김수영 시인이다. 그는 후기모더니즘 계열, 혹은 리얼리즘 계열로 평가받으며 문명비판, 현실비판의 치열한 시의식으로 현대 한국시를 열어갔던 시인이다. 이날 김수영 시인과의 운명적 만남이 얼마 후 나의 박사논문의 주제 '김수영 시연구'로 나타났다. 도봉공원에서의 시상식이 단초가 되었던 것이다.

《아동문예》지(2017년 1.2월호)에 박 이사장님은 크게 성취했다고 생각할 만한 것도 없는 필자를 초청하여 「윤삼현의 삶과 문학」특집을 마련해 주셨다. 무려 30쪽에 해당하는 양이었다. '바다를 동경하던 눈빛 푸른 동심소년'이란 부제를 달아 소개된 특집은 나의 문학세계를 짚어본 소중한 계기를 마련해 주었다. 동시 동화 창작의 가열찬 에너지를 매달아주신 것이다.

2020년 이른 봄날 이사장님이 소천하셨다는 소식을 들었다. 아쉽고 안타깝고 뭔가 자꾸 죄송스럽고… 마냥 죄스런 마음이 목울대를 밀치고 치솟았다. 힘드실 때 찾아뵙지도 못한 점, 베푸신 은혜에 보답하지 못한 점이 가슴을 쳤다. 불과 몇 달 전 일이 떠올랐다. 2019년 겨울 어느 날, 이사장님께서 광주에 오셨다는 연락을 받았다. 산수동 '제주물항'에 도착하니 손동연, 정혜진, 박정식 시인이 도착해 있었다. 사모님과 함께 앉아계신 이사장님은 고단해

뵈시고 수척해 보이셨다. 우리는 저녁을 들고 다시 인근 찻집으로 옮겨 차를 들며 아동문예의 미래를 얘기하였다. 이사장님도 몇 마디 말씀을 하신 걸로 기억한다. 그러나 안종완 사모님께서 주로 말씀을 많이 하셨다. 아동문예의 탯자리는 광주다. 미리 예견하셨을까? 이날이 살아생전 마지막 고향 방문이었던 것이다.

"나, 박종현! 잘 있지요?"

낯익은 구수한 목소리가 들려온다. 한국아동문학의 밝은 앞날을 하늘나라에서 지켜보고 계실 이사장님, 편히 쉬시고 늘 소년처럼 살아가세요.

만약에 《아동문예》가 없었다면

동화작가 **윤 수 천**

1976년은 내게 잊을 수 없는 해다. 재수 끝에 조선일보 신춘문예를 통해 아동문학가로 첫 발을 내디딘 해이기 때문이다. 동시「항아리」가 윤석중 선생님의 손을 빌어 세상에 나왔다. 성격이 급한 나는 이에 만족하지 않고 첫 동시집을 세상에 내놓고 싶었다. 그간 써놓은 작품을 추린 후 마침 그해 5월에 첫 창간호를 낸 아동문학 전문지 《아동문예》에 전화를 걸었다. 그리고서 원고를 들고 광주로 내려갔다. 박종현 선생과의 첫 만남은 그렇게 해서 이뤄졌다. 그러니까 아동문예 첫 출판이 나의 첫 동시집『아기 넝쿨』이었던 셈이다.

두 번째 동시집『겨울 숲』을 《월간문학》에서 내고 나서 나는 방향을 틀어 동화를 쓰기로 마음을 정했다. 갑자기 이야기에 대한 강렬한 욕구가 치밀어 올라왔다. 해서 단숨에 쓴 첫 번째 동화「도둑과 달님」을 아동문예에 보냈고 박종현 선생은 두말없이 다음 달에 실어주었다. 동화 쓰기와 함께 박종현 선생과의 인연이 이어진 것이다.

박종현 선생은 참 편하게 사람을 대해줬다. 처음 만났음에도 이

웃 아저씨 같았다. 여기에 아동문학에 대한 열정 또한 대단하였다. 아동문학에 대한 사회적 관심이 희박한 시절인데다가 불모지나 다름없는 지방에서 아동 문예지를 창간한다는 게 쉽지 않았을 터인데 전혀 그런 기색이 보이지 않았다. 아니, 어찌 보면 아동문학에 넋을 홀라당 빼앗긴 정신 나간 사람처럼 보였다.

하긴 그렇지 않고서는 그 어려운 시기에 매월 아동문예를 내지 못했을 것이다. 독자라고 해 봤자 아동문학가가 대다수였고 그 숫자 또한 얼마 되지 않던 시대였다. 게다가 구독료를 받고 내는 게 아니라 일단 제작부터 하고 봤으니 경영도 어려웠을 것이다. 그럼에도 전화를 걸면 언제나 반가운 목소리였고 좋은 작품 쓰라는 격려의 말뿐이었다.

나는 《아동문예》를 통해 여러 작품을 발표하였다. 언뜻 생각나는 것만으로도 여러 편이 된다. 「도둑과 달님」, 「도깨비 마을의 황금산」, 「거북선 이야기」, 「자전거와 달」, 「무지개」 「잘 가! 고릴라」, 「로봇 은희」 등등.

나는 아동문예에서 주는 한국동화문학상도 받았다. 수상작은 「잘 가! 고릴라」였다. 이 동화는 〈섬아이〉에서 단행본으로 출판되기도 했다.

나는 가끔 생각해 본다. 《아동문예》가 아니었다면 어찌 됐을 것인가? 지금처럼 내가 이만큼이라도 작품을 쓸 수 있을까? 이런 생각이 들면 박종현 선생에 대한 고마움에 나도 모르게 고개가 숙여

진다. 정말 감사하고 또 감사하다!

　그렇다! 박종현 선생은 나에게 길 안내자였고, 든든한 후원자였다. 그리고 나아가 우리 한국 아동문학의 주춧돌이었다. 그 어려운 시절에 아동문학 전문지 《아동문예》를 창간하고 작가들로 하여금 좋은 작품을 쓰도록 힘을 불어넣어 준 덕분에 오늘의 아동문학이 있는 것이다.
　"박종현 선생님, 그립습니다!"

자랑스러운 당신

동시인 **윤 이 현**

'대한민국' 이라는 이 땅에,

《아동문예》라는 큰 나무 한 그루를,

뿌리 깊게 심어놓고 가신 박종현 사장님!

전라남도 광주의 말투를 남다르게,

정스럽게 쓰시던 당신!

자랑스러운 당신!

오래오래 기억될 것입니다.

부디 평안히 잠드소서.

255

귀
하
나,
박
종
현

박종현 선생님께

수필가 윤 채 원

선생님.

찬바람이 몸속 깊이 파고들어 자꾸만 옷깃을 여미게 되는 12월입니다. 오늘은 절기상으로는 대설이기도 하고요, 거리의 가로수들은 추운 겨울 잘 견디고 새봄을 맞이하기 위해 스스로 나목이 된 채 가지를 바람에 흔들려보며 굳건하게 자리를 지키고 있네요.

오늘은 혹시 눈이 내리지 않을까 싶어 공연히 하늘을 자주 올려다보았습니다.

올 한 해는 코로나19 팬데믹 여파로 많은 사람이 시간의 흐름을 실감하지 못한 채 살고 있습니다. 오늘 같은 날은 펑펑 눈이라도 내려 오래된 염려와 불안에서 생겨나는 우리의 피로감을 덮어주면 좋겠다는 생각이 들었습니다.

선생님.

눈 돌리던 곳곳마다 꽃향기가 가득하던 지난봄, 낯선 코로나19 바이러스가 밀려와 우리를 잔뜩 긴장하게 만들던 3월의 어느 날 선생님께서 홀연히 다시는 돌아올 수 없는 먼 길로 떠나셨다는 소식을 듣고 깜짝 놀랐습니다.

엉겁결에 선생님의 부고를 소속 단체에 전달했지만 믿을 수가 없었습니다. 왜냐하면 그 소식을 접하기 얼마 전에도 안종완 선생님과 오붓하게 산책하시는 모습을 보았고, 제가 근무하는 곳에도 두 분이 방문하셔서 앞마당에 나란히 앉아 꽃구경하며 담소하는 모습이 불과 며칠 전 일처럼 생각되었기 때문입니다.

아직도 전 쌍문역 근처 길을 걷다 보면 우연히 선생님을 만나게 될 것만 같고, 즐겨 다니시던 은행의 창구 앞에서도 선생님과 마주칠 것 같아요. 또한 어린이 도서로 둘러싸인 아동문예 사무실에 가면 여전히 책들을 뒤적거리며 열심히 일하고 계실 것만 같아요.

선생님,

저는 선생님을 2004년 지역문학단체인 '도봉문협'에서 처음 뵈었습니다. 당시는 문단에 갓 등단한 풋내기 문인 시절이라 아동문학계의 큰 산이셨던 선생님의 존재를 미처 알 수가 없었답니다. 행사장에서 그저 단체의 어르신으로 뵙고 인사드리면 늘 수줍은 아이처럼 조용히 미소 지으시던 선생님을 기억합니다.

그 후로 선생님께서 도봉문협 회장님으로 선출되시고 제가 사무국장이 되어 조금 더 가까운 곳에서 선생님을 모시게 되었지요. 선생님과 손발을 맞춰 문협의 업무를 하며 가까이서 뵌 선생님은 그저 소년처럼 순수한 모습만 가지고 계신 것은 아니었습니다.

깐깐하신 성격으로 작은 일이라도 꼼꼼하게 몇 번씩 확인하고 반복하며 일하시는 모습을 보고 존경스러웠습니다. 완벽해 보이는 일에도 더 세세하게 확인하시는 모습에 아주 가끔씩은 피로감을 느껴 선생님께 당차게 말씀을 드리기도 했답니다. 어린 친구가 투정 부리듯 이야기를 드려 기분을 언짢게 해 드렸던 생각이 나서 죄송스럽기도 합니다.

선생님께서도 신출내기에 한참 어린 사무국장이랑 일하시면서 답답한 적도 많으셨지요? 지금 생각하면 얼굴이 달아오를 정도로 부끄럽기도 합니다. 그래도 선생님께서 깐깐하게 사무행정을 알려 주셨기에 큰 자산이 되어 지금 일하는 것에도 큰 도움이 됩니다.

화가 나셨다가도 금방 풀리셨고, 아주 작은 일에도 늘 고맙다는 말씀으로 달래고 격려해 주셔서 고마웠습니다.

선생님.

선생님 생전에 제가 의논할 일이 있어 사무실에 방문하면 동시집이나 동화책 몇 권을 책꽂이에서 꺼내 건네며 앞으로는 아동문학이 문단의 주류가 될 거라고 말씀하시던 일이 생각이 납니다. 전 연령층이 즐기는 동심의 문학인 '동시'라는 것은 짧은 글이지만 사람과 사물에 생명을 주는 귀한 일이라고 저에게도 동시를 써보라고 자주 권해주셨습니다. 그 말씀을 듣고 몇 번 동시를 쓰려고 시도해 보았지만 제겐 쉽지 않은 일이었습니다.

선생님의 시집에서 만나는 다양한 시를 읽으면 선생님을 만나는 듯 반갑습니다. 도봉을 사랑하셔서 시속에서 도봉산과 북한산을 자주 만날 수 있어 친근함을 더합니다. 특히 '새들의 노래'라는 동시를 읽으면 선생님의 맑은 동심이 고스란히 느껴져서 저절로 미소가 지어지곤 합니다. 더 많은 사람들이 선생님의 동시를 읽고 저와 같은 마음이 되었으면 좋겠다는 생각이 들어 잠시 소개해보려고 합니다.

새들의 노래

새들은

새벽부터 일어나
이슬처럼 노래 부른다.

가장 아름다운 것을 위하여

가장 아름다운 것은
꽃이다.
바람이다.

아아, 새들의 날개이다.

새들은
푸른 하늘을
빗살처럼 날아오른다.

가장 진실한 것을 위하여

가장 진실한 것은
구름이다.
꿈이다.

아아, 새들의 마음이다.

선생님이 쓰신 위의 글을 통해서 진실되고 성실하셨던 선생님의 평소 모습을 다시 뵌 것 같아 마음이 가벼워집니다. 아직도 선생님의 부재가 믿어지지 않지만, 언제든지 어린아이의 순수함이 가득 묻어나는 글로 선생님을 마주할 수 있어서 참 다행이라고 생각합니다.

선생님이 먼 길로 떠나신 후, 많은 문인들이 선생님의 부재에 대해 안타까워하셨고, 문단의 큰 별이 지셨다고 슬퍼하셨답니다. 지금도 아동문학 역사에 길이 남을 빛나는 공적을 세우신 분이 박종현 선생님이라고 말씀하시는 것을 종종 듣습니다.

선생님이 살아계실 때는 저와는 장르가 다른 분야라 사실 선생님 속에 가득한 동심의 세계와 아동문학에 대한 애정의 크기를 가늠하지 못했던 것이 부끄럽기도 합니다. 하지만 이제라도 남겨주신 다양한 작품을 통해 많은 사람이 오래도록 선생님과 만날 수 있으니 감사한 일이라고 생각합니다.

시간은 발 빠르게 지나 선생님이 가신 지 어느새 1주년이 다가옵니다. 같은 세상에서 문학으로 선생님과 만나서 감사했습니다. 또한 가까이서 모실 수 있었던 그 기회가 있었음을 감사드립니다. 선생님이 그러셨던 것처럼 저 또한 인생을 살아가며 잃지 말아야 할 순수함으로 글에 생명을 불어넣어 단 한 사람에게라도 울림을 주는 후배가 되도록 애쓰겠습니다. 선생님, 문학은 시간과 공간을 초월해서 교제할 수 있는 위대한 도구라고 하지요.

저도 선생님처럼 자연의 아름다움과 일상에서 마주치는 평범함도 멋진 작품으로 꽃 피울 수 있도록 최선을 다하겠습니다. 계시는 그곳에서도 진실함과 순수함이 담긴 글도 지으시고 평안하시길 기도합니다.

생각나면 그냥 생각하기로

동시인 이 경 애

만날 수 없는 사람은 잊자,
전화 걸 수 없는 사람도 잊자,
편지 보낼 수 없는 사람도 잊자,
아무리 다짐해도 떠난 사람을 잊을 수 없다.
모습, 목소리, 좋아하던 것, 싫어하던 것
그 아무것도 잊을 수가 없다.

가슴에 무덤 하나 들여놓고 살다 보니
마음은 늘 영정 앞이다.
걸어온 길보다 걸어갈 길이 짧은 걸 알기에
이젠 애쓰지 않기로 했다.
생각나는 건 그냥 생각하기로 했다.

그래서
박종현 주간님도 잊지 않기로 했다.
빈소에 못가 내내 죄스러웠던 마음을 바꾸기로 했다.
마지막 만남일 줄 몰랐지만
지난해 늦가을 아동문예에서

함께 찍은 사진이 있으니 다행이라 여기기로 했다.
쌍문동에 가면 그 모습 그대로 계실 것 같으니
생각나면 언제든 그쪽으로 발길을 향하면 될 일이다.

내 책장에도 주간님의 손길이 남아 있다.
사인해서 보내주신 주간님의 작품집들.
등단과 함께 나란히 꽂힌 월간 아동문예부터
엊그제 받은 격월간 아동문예까지.
"함께"로 시작하는 21 동행시 동인지.
동시문학. 동화문학, 21 동행시의 합본 동인지들이
세월의 먼지와 함께 힘겨운 듯 서로 기대어 있다.

강원도 산골성당에 있던 아들의 부탁으로
신설 도서관 텅 빈 책꽂이를 천여 권으로 채워주신 일,
병원에 입원했을 때 환의 주머니에 넣어주신 위로금,
상실의 아픔을 겪은 이에게 만날 때마다 건네신 위안의 말씀,
손아랫사람에게도 "귀하"라 존중해 부르시던 목소리는
바로 엊그제 들은 듯 귀에 생생하다.

노래방에서 음정 박자 무관해도
우렁찬 목소리로 100점 잘 받는 노래 세 곡,
내 아버지도 좋아하신 '페르샤 왕자'
내 어머니도 좋아하신 '산장의 여인'
요즘도 TV 에 자주 나오는 주간님의 18번

'사랑의 미로'.

그 모든 게
눈에, 귀에, 마음에
하루에도 몇 번씩 떠오르니,
만날 수 없고
전화 걸 수 없고
편지 보낼 수 없으면
생각나는 대로 그냥 생각하기로 하자.

2020년 3월 어느 날,
저 높은 곳에서 이런 만남이 있지 않았을까?

"귀하가 이 기응애(경애) 큰아들이신가?"

나를 빛나게 해준 박종현 주간님

동화작가 **이 규 희**

1978년 등단을 하고도 동화가 뭔지 잘 모르고, 발표지면 또한 많지 않을 때였다. 그저 가끔 까마득한 문단 어른이신 이원수, 박홍근 선생님을 따라 술집 말석에 앉아, 그때는 잘 마시지도 못하던 술을 홀짝이다 돌아오는 게 일이었다. 박종현 선생님을 만난 것도 그 무렵이었다. 약간 허스키한 목소리에 전라도 사투리를 진하게 쓰던 선생님은 늘 정겨운 얼굴로 나를 맞아 주었다.

그렇게 세월이 흘러 1990년 크리스마스 무렵이었다. 나는 초등학교 졸업을 앞둔 딸과 함께 40여 일에 걸쳐 뉴욕, 로스앤젤레스, 시카고, 오클라흐마호를 돌아오는 미국 여행을 떠났다. 지금처럼 여행이 자유롭지 않던 때에 친구들과 친지가 있는 지역을 열흘씩 둘러보는 가슴 설레는 일정이었다. 그런데 뜻하지 않은 일이 생겼다. 내가 그 해 《아동문예》에 쓴 「악어와 악어새」라는 작품으로 '한국동화문학상'을 받게 되었다는 거였다. 내게는 등단 이후 처음으로 받는 문학상이라 뛸 듯이 기뻤지만 그 상을 받기 위해 도저히 한국으로 돌아갈 수가 없는 처지였다. 그때 안타까워하는 내게 박종현 선생님이 말씀하셨다. 마음 편히 여행하고 돌아와서 개인적으로 상을 받으라고.

박종현 선생님의 배려로 이듬해 1월 무사히 여행을 마치고 돌아와 상을 받게 되었는데 나는 그만 깜짝 놀랐다. 그저 〈아동문예〉 사무실에서 조촐하게 상을 받을 줄만 알았건만 선생님은 나를 위해 또 한 번의 시상식을 준비해 주신 거였다. 그것도 을지로 6가 국립의료원 안에 있던 '스칸디나비야'라는 고급 식당이었다. 그 당시 내노라하는 작가들이 출판기념회를 자주 하던 세련되고 멋진 식당으로 우리나라 뷔페식당 1호였다.

나와 가족, 친구들은 파티를 하는 마음으로 한껏 성장을 한 채 시상식장으로 갔다. 알고 보니 그날 신인상을 받고도 아기를 출산하느라 참석하지 못했던 목온균 작가와 함께였다. 그때는 몰랐는데 목온균 작가를 축하하러 온 이들이 바로 동화세상 1,2기 멤버들인 선안나, 이윤희, 백미숙 등등 쟁쟁한 후배들이었다.

그 후 이런저런 상을 수상하게 되었지만 '한국동화문학상'은 내게 첫 수상을 안겨주어서인지 지금도 그때 사진을 보면 저절로 입가에 웃음이 맴돈다.

생각해 보면 우리가 살아가는 동안에 그렇게 환하게 웃을 날이 얼마나 될까? 동화작가로써 아직 뿌리를 내리지 못하고, 내 작품에 대한 길을 찾지 못하고 있던 때에 '한국동화문학상'은 내게 큰 위로가 되었다.

'그래, 이규희, 앞으로 열심히 쓰면 되는 거야. 넌 좋은 작가가 될 거야.'라고 주눅이 들어있던 나를 스스로 다독여 준 상이니까.

하지만 그날 나를 축하하러 와주셨던 선생님들 중에 너무 많은 분들이 세상을 떠나셨다. 특유의 환한 웃음으로 자리를 빛내주신 박홍근 선생님을 비롯하여 나의 초등학교 5학년 때 담임이신 고성주 선생님, 권태문 선생님, 그리고 그 어느 때보다 나를 빛나게 해

주었던 박종현 주간님까지.

한 분 한 분 떠날 때마다 마음이 아픈 건, 그분들에게 받은 사랑이 너무 많은데 그 빚을 다 갚지 못했다는 죄책감 때문이었다. 특히 박종현 주간님은 내게 너무나 큰 지면을 할애해 준 분이라 더욱 감사한 마음이 든다. 1989년인가, 1990년이던가, 70년대 작가들을 주축으로 어린 시절을 소재로 한 자전동화를 한 달에 한 편씩 실을 때였는데 나에게도 청탁서가 날아온 거였다.

어린 시절, 단 한번도 행복했던 기억이 없는 나는 막막하기만 했다. 하지만 거절할 용기도 없었던 나는 작은 소반을 위에 원고지를 놓고 앉아 '아버지가 없는 나라'라는 제목을 썼다. 지금도 기억이 난다. 원고지 위에 제목을 쓰고 이름을 쓰고 '수희야, 애비한테 가자!'라는 첫 구절을 쓰기 시작해서 '기차는 점점 서울을 향해 달려갔다. 열세 살짜리, 내 꿈을 싣고서.'라는 끝 구절까지 단숨에 63매를 써 내려갔던 그날을. 마치 내가 쓴 게 아니라 어린 시절의 꼬마 이규희가 글을 쓴 기분이었다.

그 작품이 발표되자 여러 선후배들이 어린 시절의 이규희가 떠올라 눈시울을 붉혔노라며 놀라워하였다.

그 작품은 몇 년 후, 푸른책들 신형건 대표의 제안으로 다시 장편 '아버지가 없는 나라로 가고 싶다'로 태어나고, 나는 누가 뭐래도 지금까지 내가 쓴 작품 중에서 나의 대표작을 꼽으라고 하면 그 작품이라고 여기고 있다.

생각하면 내 안의 나를 끄집어낼 수 있는 용기를 주고, 내 어린 시절과 화해하도록 빌미를 준 건 바로 박종현 주간이었다. 그 고마움을 이제야 말을 하게 되어 그저 송구할 뿐이다.

266

척박한 문단에서 〈아동문예〉를 꽃피우며 평생을 아동문학을 위해 사시다 떠난 박종현 주간님께 꽃다발보다 더 아름다운 감사의 인사를 전한다.

추억의 강

동시인 이 봉 춘

잘 계시지요?
바람 없고 고요한 평화의 땅에
잘 계시리라 믿습니다.
엊그제 떠나신 것 같은데
벌써 일 년이 되었습니다.
세월은 참 빠르게도 흘러갑니다.
세월의 강가에서 몇 점 추억의 흔적을
띄워 보냅니다.

지금은 아득한 추억의 그림자
조대병원 가는 길
토끼탕 집이 생각납니다.
요즘같이 추운 날씨 더구나 코로나 때문에
마음까지 추운 날
아늑하고 훈훈했던 토끼탕 집
술잔을 주고받으며 무엇이 그리 재미있었던지
형님의 구수한 입담에
통금 시간이 되도록 떠들고 웃으며 마셨지요.

발이 넓으시고 입담 좋으셨던
형님 생각이 납니다.

장동 오거리 식당 잊을 수 없지요.
아주머니 소탈하고 인심 좋았던 그 집
이원수 선생님과 박홍근 선생님을 모시고
시간 가는 줄 모르고 얘기의 꽃을 피웠던 집
형님은 서울 사람들과도 인연이 많아
서울 사람들을 많이 소개해 주셨습니다.
광주 공원에서 찍은 사진 그리움으로 소중하게
간직하고 있습니다.

형님은 행사를 기획하고 추진하는 능력도
남다르게 뛰어났습니다.
모두를 즐겁게 하는 기획력
나주 세지에서 가족 모임을 잊을 수 없습니다.
무슨 낚시대회를 했는데
고기를 한 마리도 못 잡은 사람에게까지 상을
만들어 주었습니다. '무어 상' 고기 못 잡은
사람에게 까지 주는 상 모두를 즐겁게 하고 웃으며
잔치 분위기를 만들어 주었습니다.
지금도 웃음이 나오는 잊을 수 없는 추억입니다.

친목모임이나 연수회 행사를 기획하고

추진하는 적극성도 뛰어났습니다.
행사를 추진하는데 기관을 찾아다니며
협찬을 받는 일도 쉬운 일이 아닌데
형님은 척척 잘 해 내셨습니다.

도청 오거리 2층 식당 우리들 연수회 장소도
잊을 수 없는 추억의 한 장입니다.
증심사 가족 모임 등 많은 추억의 장을 남겨 놓고
형님은 가셨습니다.

어느 날 형님은 크고 넓은 세상을 향해
《아동문예》를 업고 서울로 가셨습니다.
서운한 마음 금할 수 없었으나
더 큰 발전을 위해 가시는 길에 박수를 보냈습니다.
다행히 서울로 가셔서 《아동문예》를 반석 위에
올려놓고 가시니 이제는 두 팔 벌려
큰 박수를 보내고 있습니다.

종현 형님 누구나 가는 길 조금 먼저
가셨다고 생각합니다.
광주의 하늘에도 자주 오셔서 후배들을
내려다보고 계시지나 않으신지요?

형님이 못다 하신 일 사모님과 가족들이

잘 하고 계시다고 들었습니다.
마음 놓으시고 평안히 잘 계셔도 되리라 생각합니다.

많은 추억의 장들이 생각 속에
가득했는데 몇 마디 밖에
못했습니다. 광주의 하늘에도 자주 오셔서
후배들에게도 좋은 글 많이 쓰도록
도와주시기 바랍니다.
종현 형님 그럼 안녕히 계십시오.
두 손 모아 명복을 빕니다.
감사합니다.

귀
하
나.
박
종
현

삼총사 시절이 그립습니다

동화작가 이 상 배

1980년 나는 동화출판공사 편집부에 근무했다. 당시 김요섭 선생님의 시집 『銀빛의 神』을 만들고 있었는데, 교정 관계로 선생님이 자주 오셨다. 마침 어린이를 위한 그림책 '새로 쓰고 새로 그린' 『그림나라100』 100권을 기획하였다. 우리나라 최초의 창작 그림책으로 문학인은 물론 각계각층의 저명인이 저자로 참여했다.

김요섭 선생님께 아동문학가 저자를 섭외할 수 있는 창구를 문의했더니 《아동문예》를 소개해 주었다. 차일피일 미루다가 《샘터》에 근무하는 정채봉 선생님을 찾아갔다. 유명 저자를 소개해 달라고 하였더니 퇴근 시간에 맞추어 박종현 선생님과 만나게 되었다.

셋이 첫 만난 날인데 술을 많이 마셨다. 그만큼 단번에 친해졌고, 마침 박종현 선생님과는 미아리 고개를 넘어가는 집 방향이 같았다. 2차로 공중전화로 고성주 선생님이 연결되어 그 집으로 쳐들어갔다. 선생님과 고성주 선생님은 이미 호형호제하는 사이였고, 거의 만날 술친구로 지내고 있었다.

두 사람 사이에 내가 한참 막내로 끼어들었다. 이때부터였다. 삼총사로 불릴 만큼 가깝게 만났다. 아동문예 사무실이 있던 인사동 낙원상가 쪽에 '낙원호프'가 있었다. 이곳이 아지트였다. 선생님은 생맥주를 즐겨 마셨다. 1차로 끝나지 않고 2차, 3차는 고성주

272

선생님 댁이었다.

어쩌다 술 얘기만 하게 되었지만, 그 시절은 퇴근 후 가장 큰 즐거움이고 낙이었다. 편집자로서 새로운 사람(아동문학가)과 만나는 것도 직업에 도움이 되었다. 그리고 무엇보다 내가 동화를 쓰게 된 계기가 되었다. 소설가가 되고 싶었던 길을 동화작가로 바꾸게 된 것이다.

1982년 아동문예신인상에 중편 「천년바람」이 당선되어 동화를 쓰기 시작했다. 그때의 아동문예는 모든 과거가 그랬듯이 참 순수한 가치를 지닌 문예지였다. 아동문예 사무실을 드나들면서 교정이나 편집에 답답함을 느낄 때 한 마디씩 조언하게 되었고, 단행본을 출간해보라고 기획안을 건네주기도 하였다.

1982년 〈써레〉 동인으로 활동하게 되었다. 시작은 이영 선생과 만나 씨앗이 되었지만 9명이 모이게 된 데는 선생님이 다리가 되어 주고 멍석을 깔아 주었다. 첫 모임에 참석하여 조언을 해주고, 이후 매번 모임에 꼭 참석해 후배들을 독려해 주었다.

선생님은 투박한 인상과는 달리 섬세하였다. 수지 계산 없이 오직 아동문학 작품을 한데 모아 '문예지'로 선보이는 것이 최고의 선이고 만족이었다.

아동문예가 평생 숙원이었기에 손에서 놓지 않았다. 몇 번의 건강 위기에서도 꺾이지 않는 뚝심으로 버티며 온몸과 정신을 다 바친 것이다. 그래서 그 뿌리는 깊고 열매는 아주 오래 갈 것이다.

선생님이 사투리로 자주 하는 말이 있다. "그라 안 해." 누군가 부정적으로 말하면 '그렇지 않으니 좋게 보고', 누군가 힘 떨어지는 소리 하면 '그렇지 않으니 힘 내.' 하는 말이다.

삼총사 그 시절, 젊은 편집자였던 나는 생맥주에 취해 이 자리 저 자리 오가며 떠들던 즐거운 시간이었다. 그만큼 늘 함께 했던 박종현 선생님, 그리고 고성주 선생님이 그리운 시간이다.

오늘, 그 별을 만났습니다

동시인 이 상 현

오늘,
나는 그 별을 보았습니다.

새로 생긴 별
반짝이며 가까이 다가왔습니다.

손을 흔들며
그 별이 문을 열고 나왔습니다.

2020년 3월 14일, 토요일
우리와 헤어진 뒤

시인은
별을 따라갔습니다.

우편번호와
새 주소는 하늘에 있습니다.

이제는 별이 되어
하늘을 펴 놓고 글을 씁니다.

가끔 달을 불러
함께 걷습니다.

별에 날아온 새들에게
시를 가르쳐 주기도 합니다.

휘파람을 불며, 우편배달부가 찾아가는
시인의 집은

수채화 같은 숲길
조용한 그 곳에 있습니다.

오늘,
나는 그 별을 만났습니다.

따스한 봄햇살로 다가오십시오

동시인 이 성 자

2020년 3월 14일, 휴대폰을 통해 아동문예의 박종현 선생님이 돌아가셨다는 연락을 받았습니다. 가슴이 툭 내려앉았지요. 아, 아동문학 밭의 큰 별 하나가 떨어지는구나, 생각했습니다. 문득 한국아동문학인협회 모임 때마다 뵈었던 선생님 모습이 떠올랐습니다. 언제나 웃는 얼굴로 대해주시던 모습 "이성자 선생, 광주에서 오셨지요? 아주 열심히 노력한다는 소식 듣고 있어요." 얼마나 다정한 목소리였던가요? 가까이 다가갈 수 없었지만 나를 기억하고 계시는 선생님이 한없이 고마웠습니다.

그런데 몇 년 전 총회 때 갑자기 수척해진 모습을 뵈었습니다. 어디가 안 좋으시냐고 묻지도 못하고 안타까웠던 순간이었지요. 총회가 끝나고 인사를 드리려했는데, 언제 가셨는지 모습이 보이지 않았습니다. 어려운 시기에 아동문예 잡지를 운영하시느라 너무 힘드셨을까? 아니면 어디가 많이 아프신 걸까? 적극적으로 다가서지 못했던 게 후회되어 광주로 내려오는 내내 마음이 무거웠습니다. 아동문예를 통한 등단자가 아니라서 모임 때면 가까이 다가가지 못했던 것이 못내 아쉽기만 했습니다. 《아동문예》 잡지 출신들의 끈끈한 우정이 늘 부러웠으니까요.

제게는 아픈 손가락인 둘째가 있습니다. 어렸을 때부터 병원을 오가며 지내야했던 둘째는 엄마인 나를 따라다니며 동시를 알게 되었고, 나중에는 매일 동시를 쓰며 시인이 되겠다고 했지요. 300 여 편의 동시가 모아지자 등단하고 싶다기에 《아동문예》의 문을 두드렸습니다. 솔직히 둘째가 아동문예에 등단해서 좋은 작가들과 어울리면 좋겠다는 생각이 들었던 것입니다. 발행인이셨던 박종현 선생님께 의논을 드렸더니 기쁜 마음으로 수락해주셨습니다. 10편의 작품을 정성스레 퇴고해서 신인상에 응모하게 되었지요. 결과 발표가 있기까지 긴장된 마음으로 전화를 기다리던 둘째를 바라보는데, 가슴이 먹먹했습니다. 한 달이 지난 어느 날 당선되었다는 연락을 받았습니다. 둘째가 드디어 등단의 영광을 안았습니다. '순수성에 기대를 한다'는 박종현, 문삼석 심사위원님의 심사평을 읽으며 얼마나 기뻤는지 모릅니다. 아동문예와 둘째의 인연으로 선생님께 가까이 다가갈 수 있는 좋은 기회를 얻은 셈이지요. 모임 때마다 둘째의 손을 잡고 일부러 선생님께 다가가서 고마운 인사를 하곤 하였습니다. 그런 선생님이 목련꽃 필 무렵 우리 곁을 영영 떠나고 말았습니다.

존경하는 선생님, 선생님은 살아생전 무려 44년이란 긴 세월 쉬지 않고 《아동문예》를 발행하셨습니다. 둘째처럼 아동문학이 하고 싶어 두리번거리는 예비 작가들에게 등단의 문을 활짝 열어주시는 참으로 고마운 분이셨습니다. 선생님이 만들어놓은 아동문학 밭에서 등단의 기쁨을 얻고, 작가가 된 많은 아동문학가들이 어깨에 날개를 달고 훨훨 날아다니며 활동하고 있습니다. 《아동문예》는 이제 온 가족이 함께 읽는 아동문학잡지로 거듭나게 되었습니다. 어디 그것뿐일까요? 깜박 잊고 구독료를 내지 않는데도 변함없이 잡지를 보내주시던 한결같은 그 마음 어찌 잊겠습니까? 문학 사업이라는 게 특별히 돈이 되는 사업도 아닐 텐데, 오직 《아동문예》를 우리나라 아동문학 전문지로 키워야겠다는 일념하나로 그 긴 세월을 견디셨을 것이라 생각됩니다. 힘들고 어려웠던 숱한 날들을 이겨내시느라 많이 고생하셨습니다. 선생님의 그 높은 공적은 우리나라 문학사에 영원히 빛날 것입니다.

그리운 박종현 선생님, 추모문집을 만든다는 소식을 마감 전에야 들었습니다. 원고청탁 역시 갑작스럽게 받게 된 것입니다. 그럼에도 불구하고 둘째와 함께 선생님을 향한 추모글을 지어 올립니다. 선생님을 잊지 못하고 그리워하는 아동문학가들 가슴에 하얀 목련꽃으로 피어나십시오.

가슴 밑바닥 동심을 어루만지는 따스한 봄 햇살로 다가오십시오.

동화같이 아름다웠던 세월의 추억

동화작가 이 영 두

　나는 1982년 「충청일보」 신춘문예 희곡이 당선되고, 《아동문학평론》 봄호에 동극이, 겨울호에서 동화를 추천받아 문단에 등단했다. 같은 해 동극집 『숲속의 아침』과, 83년 동화집 『무지개 뜨는 교실』을 출간했는데, 이를 계기로 80년대 이전까지 침체에 빠져있던 지역 아동문학 발전을 위해 충북에도 아동문학단체가 있어야 하지 않겠느냐는 문인들의 권유를 받게 되었다. 그리하여 1983년 〈충북숲속아동문학회〉를 창립, 회장을 맡아 활동해 오던 중 우연히 서울 종로구 인사동 한 건물 402호 《아동문예》를 찾게 되었다. 그래서 그 해 〈충북숲속아동문학〉 연간집 창간호 『해를 굴리는 아이들』을 발간하게 되었는데, 어려운 여건을 무릅쓰고 아동문학의 불모지에서 큰일 해냈다는 전국의 아동문학인들로부터 찬사와 박수가 쏟아졌다. 이는 오로지 박종현 주간님의 도움 때문이었는데, 그때부터 맺어진 인연이 먼 길 떠나실 때까지 변치 않는 우정의 세월로 함께 해왔다.

　〈충북숲속아동문학회〉 연간집 총 31집 가운데 4집을 제외한 27집을 아동문예에서 출간했다. 또한 1984년 10월 나의 두 번째 창작동화집 『고추잠자리』를 출간, 그 이듬해 제7회 〈현대아동문학상〉을 받게 함으로써, 충주 촌무지렁이를 일약 밤하늘별처럼 문단에 반짝이게 해준 분이 바로 박종현 주간이다.

　서재 책장을 보니 단편동화, 동극, 장편연재동화, 동화문학서평, 장편동화집, 동화작품 심사평, 동화문학서평 기타 등등이 게재되어 있는 《아동문예》지가 자그마치 빼곡하게 104권이나 꽂혀있어 주간님을 더욱 그립게 한다. 뿐만 아니라 나의 저서 34권 가운데 8권이 아동문예에서 출간되었다. 장편동화집 『고추잠자리』 제7회 〈현대아동문학상〉, 『겨울무지개』 한국문예진흥기금 100만원 지원 및 제4회 〈충북숲속아동문학상〉, 『곰배령 봉칠이』로 아동문예가 2014 세종도서문학나눔상을, 『누가 뭐래도 우리는 일등!』 충주 중원문화재단 원로예술가 지원금 300만 원, 동극집 『허수아비와 도깨비』 충북문예진흥기금 100만 원을 지원 받도록 심혈을 기울여 제작, 어린이들에게 꿈과 사랑을 피우게 했을 뿐만 아니라, 1998년 《아동문예》 9월호에 게재된 단편동화 「몽마르뜨 언덕의 아리랑」이 제21회 〈한국동화문학상〉을 받는 영광을 안겨주었고, 1985년 5월 《아동문예》와 《아동문학평론》이 공동 주최한 제2회 광주 '아동문학인 배구대회'에 충북숲속아동문학회 회원들을 이끌고 참석, 비록 게임에는 졌지만 나 자신은 개인 인기상 트로피를 높이 치켜올렸던 일도 큰 추억으로 남았을 뿐만 아니라, 어린이를 위한 어린이와 학부모들 문학강좌에 본인이 교장으로 재직했던 제천 청풍초교, 충주 노은초교를 찾아 문삼석, 최두호 시인과 함께 향긋한 문학의 씨를 뿌렸던 애틋한 일도 추억으로 남는다.

　또한 1996년부터 추진 해왔던 〈충북숲속아동문학회〉 고문이었고, 한국동요문학의 대가 권오순님의 충주댐 노래비 건립에 각계각층 후원에 따른 《아동문예》도 후원사로 참여 1997년 5월 10일

가장 아름답고 빛나는 권오순 〈구슬비 노래비〉가 탄생하는데 큰 힘을 보탬과 동시에 〈권오순 충주댐 백일장 및 유품전시회〉도 참석해 격려 하는 등 남다른 애정을 쏟아 주셨음에 〈충북숲속아동문학〉과 충북숲속아동문학인들의 마음속에 길이길이 남을 것이라 믿는다.

또한 아동문예를 통해 등단한 20여 명의 동화 동시 작가들은 중앙은 물론, 80년대 이전 침체되었던 충북아동문학을 충북숲속아동문학회를 중심으로 화려하게 활성화시켰음은 오로지 아동문예 박종현 주간님의 은덕이라 여겨 길이 잊을 수가 없을 것이다.

이 땅의 아동문학의 큰 별이신 박종현 발행 겸 주간님! 1976년에 《아동문예》를 창간하시고 저와는 1982년부터 인연을 맺어 저 개인의 문학 성장은 물론 충북의 아동문학 황무지를 일구어 새벽별처럼 반짝이게 해 주셨음은 어찌 그것이 우연이며 하찮은 일이라 하겠습니까? 코로나로 인해 또 지방이라 늦게 알아 먼 곳 가시는 길 배웅하지 못해 죄송스러울 뿐입니다.

끝으로 이 땅의 아동문학의 큰 별, 부디 하늘나라 밤하늘 별 밭에서도 가장 크게, 가장 예쁘게, 가장 반짝이는 왕별이 되시옵소서!

이영두, 삼가 명복을 빕니다.

사랑, 그리고 차

차문화박물관장 이 원 종

별똥별 되어 다시 만나다

동화작가 이 은 하

눈비 내리는 밤하늘에 별이 보일 리 없건만
한숨 가득한 현실 눈마저 감을 수 없으니
밤바다 같은 아득한 먼 곳 하염없이 바라본다.
힘겹게 날아오는 별을 마중 나가자.
차가운 밤 건너느라 꽁꽁 언 손을 녹여드리자.

암울할수록 상상의 나래는 빛을 발한다.
불안 속에 피어난 슬픈 환상은 이야기되어
먹먹한 가슴에 총총히 떠다니다가
반딧불 되어 조용히 날아든다.
사람들 눈 속에 빛을 뿌린다.
동화(童話)는 생각보다 많은 꿈을 낳았다.

갑자기 떠난 큰 별이 그리운 밤이다.
들판과 지붕 위, 화롯불과 주머니 속에도
수많은 이야기 조잘조잘 반짝일 수 있게
아동문학의 큰 마당을 만들어 주신 분,
세상에 동심이 마르지 않도록

달고 맛있는 시냇물 되어
마음 길 따라 졸졸 노래하며 흐를 수 있게
아동문학의 숲을 무성하게 가꾸어 주신 분.

친근한 웃음과 따뜻한 마음, 손길 닿지 않은 곳 없어
꽃과 나무, 새와 바람에도 별님의 이야기가 묻어 있다.
새파란 동심(童心)이 마음껏 뛰놀 수 있도록
평생을 다하여 일구신 《아동문예》
세찬 비바람이 눈앞을 가려도 반딧불 되살아나
눈빛으로 별빛으로 어둠을 밝히리라.
동심으로 만든 이야기들 파릇파릇 되살아나
먼 곳으로 떠난 별님 마중 나간다.
차갑게 언 손을 붙잡아 온기 나누고
못다 한 이야기도 밤새 나누면
따스한 초록별 하나 새로이 가슴에 뜬다.
파닥파닥 꼬리를 흔들면서 힘차게 떠오르더니
어린이 숲에 신비롭게 떨어지는 별똥별이 된다.

285

'아침을 위하여'를 읊으며

동시인 이 정 석

《아동문예》는
아동문학의 새벽을 닦았다.
그리하여 아침은
마알갛게 떠올랐다.

박종현은
인사동에서, 쌍문동에서
세상 동심의 창을 닦았다.
그리하여 아침은
새 빛으로 솟았다.

어린이들은
《아동문예》 작품을 읽으며
착한 마음을 닦았다.
그리하여 아침은
새 힘으로 넘쳤다.

《아동문예》와 함께 영원히 기억될 박종현 선생님

동시인 이 준 관

1976년 5월《아동문예》가 창간된 날은 우리 아동문학사에서 기념할 날이다. 나는 지금도 1976년 5월호《아동문예》창간호를 받아든 때의 가슴 두근거리던 설렘을 잊을 수 없다. 그 당시 아동문학가들은 작품을 써도 발표할 마땅한 지면이 없었다. 그래서《아동문예》창간은 더없이 반가운 소식이었다. 아동문예가 발간되기 전에 더러 아동문학지가 발간되곤 했지만 오래 버티지 못하고 사라졌다. 그러나 아동문예는 아동문학가들의 뜨거운 응원과 성원에 힘입어 지금까지 결호 없이 발간되고 있다. 오늘날 아동문학의 중흥을 이룬 것은 아동문예와 박종현 선생님의 공로가 크다.

2020년 3월 14일 박종현 선생님이 별세했다. 코로나임에도 불구하고 장례식장엔 많은 아동문학가들이 찾아와 고인을 추억하고 애도하였다. 별세하기 전 박종현 선생님이 투병 중이라는 소식을 전해 듣고 곧바로 전화를 했었다. 그러나 박종현 선생님은 그동안 여러 차례 수술을 받은 후유증으로 전화 통화가 어려울 정도로 심신이 약해져 있었다. 어렵게 전화가 연결되어 "저 이준관입니다" 하고 말씀드렸더니 평소의 그 다정다감한 목소리로 무어라고 말을 했는데 잘 알아들을 수는 없었다. 그것이 박종현 선생님과의 마지막 대화가 될 줄을 어찌 짐작이나 했으랴. 선생님의 영정 앞에서

"선생님, 아동문예 걱정 마시고 편히 쉬세요. 우리 아동문학가들이 모두 아동문예를 도와 선생님의 유지를 이어갈 것입니다."라고 말씀드리고 고인의 영정에 마지막 인사를 드렸다.

박종현 선생님과의 첫 만남은 서울 인사동의 아동문예 사무실에서였다. 1981년 광주를 떠나 아동문예는 서울 인사동 사거리 좁은 4층 방에 자리를 잡고 있었다. 아동문예에 내 동시「길을 가다」(1977년 4월호) 등 여러 작품을 발표했지만 만날 기회가 없었다. 그런 박종현 선생님을 만난 것은 아동문예가 서울로 사무실을 옮긴 후였다. 시골뜨기인 나로선 도통 복잡하기만 한 길을 물어 물어서 사무실을 찾아갔다. 계단을 올라갔더니 창고 같은 비좁은 방에 책들이 쌓여 있고 거기에 박종현 선생님이 앉아 있었다. 만면에 웃음을 띤 누구에게나 호감을 주는 서글서글하고 후덕한 인상에 구수한 전라도 사투리의 다정다감한 목소리가 인상적이었다. 박종현 선생님은 무척 바빠 보였다. 편집을 하랴, 전화를 받으랴, 눈코 뜰 새 없이 바빴다. 나 또한 모처럼 서울 나들이에 약속이 많아서 길게 대화를 나누지 못하고 헤어졌다.

1987년 아동문예에서 내 동시집『씀바귀꽃』이 나온 지 일 년 후에 나는 서울로 직장을 옮겼다. 서울로 이사를 했다는 소식을 듣고 전화를 주셨다. "서울로 왔으니 이제 자주 만납시다. 그리고 아동문예에도 좋은 글 많이 주세요." 하고 말했다. 그러나 나는 학교에 근무하고 박종현 선생님은 잡지 일로 항상 바빠서 자주 만날 기회가 없었다. 행사장에서 만날 때면 그 특유의 너털웃음과 전라도 사투리 어조가 남아 있는 구수한 목소리로 반갑게 맞이해 주었다. 박종현 선생님은 상대방이 무슨 말을 하든 허허 너털웃음으로 너그럽게 받아 주었다. 항상 남의 입장에서 생각을 하여 '뭐 그럴 수도 있지.' 하는 넓은 아량을 지니고 있었다.

그런 선생님과 오붓이 둘만의 대화를 나눌 기회가 있었다. 지방에서 아동문예에서 출간한 동시집 출판 기념회에 참석을 했다가 서울로 함께 기차를 타고 올라오게 되었다. 기차 식당 칸에서 맥주와 음료를 곁들여 마시며 담소를 나누었다. 광주에서 여러 일을 하면서 겪은 어려움도 말하고 아동문예를 출간하는 고충도 말했다. 내가 "대단하십니다. 아동문학에 큰 공헌을 했습니다." 했더니 "허허, 내가 뭐 대단한 일 한 게 있나요?" 하고 말했다. 박종현 선생님은 이처럼 자기를 내세우지 않고 항상 겸손하다. 역지사지할 줄 알고 남을 비방하거나 헐뜯지 않고 누구에게나 다정하게 대한다. 《아동문예》가 장수하고 아동문학가들의 푸근한 사랑방이 될 수 있었던 것도 박종현 선생님의 이런 인품 덕분이었다. 박종현 선생님은 가셨지만 선생님의 분신과 같은 《아동문예》가 있어서 늘 우리 곁에 살아 있을 것이다. 선생님이 우리 아동문학에 기여한 바가 크기에 더욱 선생님이 그리워진다.

못 부친 편지
– 40년, 그 생애의 전부

동시인 **이 창 건**

선생님!

선생님께서 소천하신지 벌써 1년입니다. 선생님의 소천 소식을 듣고 황망한 마음으로 빈소를 찾아 선생님을 하늘나라로 배웅해드렸습니다. 코로나 사태로 세상이 어수선하던 때 사랑하는 가족과 친지 그리고 평생을 바쳐 헌신하신 《아동문예》를 두고 떠나시고 싶지는 않으셨을 겁니다. 그러나 우리의 생명은 마음대로 할 수 없는 것이기에 하느님의 부르심을 감당할 수밖에는 없으셨을 겁니다. 선생님께서 애지중지 키워 오신 아동문예 40주년을 맞아 선생님께 드리고 싶은 못 부친 편지 한 통이 아직 제게 있어 민망한 마음으로 선생님 영전에 올려드립니다.

처음으로 돌아가고 싶을 때가 있습니다. 지금이 그렇습니다. 그것도 한 처음으로. 한 처음에 하느님께서 하늘과 땅을 지어 내셨던 때처럼 말입니다. 땅은 아직 모양을 갖추지 않고 아무 것도 생기지 않았는데, 어둠이 깊은 물 위에 뒤덮여 있었고 그 물 위에 하느님의 기운이 휘돌고 있었습니다. 하느님께서 "빛이 생겨라!" 하시자 빛이 생겼습니다. 그 빛이 하느님 보시기에 좋았습니다.

한 처음은 어느 때인지 궁금합니다. 태초라는 말로 그 시간을 생각해 보아도 도무지 머리에 잡히지 않습니다. 자꾸 돌아 생각해도 알 수가 없어 사전을 찾아보았더니 결국은 '하늘과 땅이 생겨났을 때'라고 되어 있습니다. 기가 막힙니다. 한 처음이라는 시간의 뜻을 이렇게 밖에 매길 수 없나하니 언어의 불완전성에 허탈감이 들었습니다. 만질 수도 없고 볼 수도 없으며 냄새도 맡을 수 없는 그런 시간을 우리는 마치 눈앞에 있는 것처럼 생각하고 삽니다. 시간을 해와 달로 나누고 하루하루로 쪼개고 분과 초로 만들어 그 소리를 들으며 그 흐름을 보며 삽니다. 그러고 보니 그 소리가, 그 흐름이, 지금이 되고 어제가 되고 내일이 되는 줄 몰랐습니다.

40년! 하느님께서도 소중하게 생각하는 시간입니다. 하느님께서 사랑하는 사람들에게 주시는 기억해야 할 시간입니다. '아동문학을 새롭게 창출해가는 마당' 《아동문예》가 창간 40년이 되었습니다. 감동이 무량합니다. 창간호 첫 페이지 「아기의 탄생」을 다시 읽습니다.

'갓난아기가 이 세상에 태어났습니다. 5월! 어린이 달에 탄생한 생명은 앞으로 이 세상에서 즐거움보다는 여러 가지 어려운 일이 많을 것입니다. 갓난아기는 씩씩하지도 않고 예쁘지도 않지만 귀중한 생명을 지녔습니다. 달마다 조금씩 건강해지고 조금씩 예뻐지도록 애쓰겠습니다.' – 앞부분

한 생명이 모성의 탯줄을 끊고 홀로 서고 걷고 살아갈 때, 40년은 축복의 시간입니다. 감사의 시간이며 은총의 시간입니다. 그러나 은총의 시간, 축복의 시간, 그 틈 사이사이 어찌 굴곡과 질곡의

시간이 없었겠습니까! 고난과 역경이 어찌 어깨를 짓누르고 가슴을 후비지 않았겠습니까! 깊은 아픔과 슬픔은 흘러가는 시간에 어떻게 맡겼겠습니까! 아동문학에 대한 믿음, 하느님에 대한 믿음! 믿음이 없이는 불가능했습니다.

《아동문예》40년의 시간을 진심으로 축하합니다. 우리 아동문학의 소중한 자원이며 자산이기 때문입니다. 우리 아동문학이 꼴을 갖추지 못하고 아무것도 생기지 않았을 때 한국아동문학의 하늘과 땅이 되었기 때문입니다. 우리 아동문학인들은《아동문예》가 한 처음, 창세기의 정신,「아기의 탄생」때로 돌아가 보시기에 좋은 그 꿈이 하늘까지 닿도록『아동문예 40년』의 시간을 사랑해야 합니다.『아동문예 40년』그 생애의 전부를 축하드립니다.

(2016년 4월 봄 이창건 삼가 드림)

어쩌란 말입니까? 인연의 끈을!

동시인 이 창 규

아동문예 큰 나무 아래에서 벌인 사업 일을 두고
말없이 그냥 가시면 우리는 어쩌란 말입니까!
한국아동문학의 선진적 길을 열어 안내자로 이끌어
주신 님과의 인연을 우리는 어쩌란 말입니까!
아동문학에 관한 사연을 작품으로 담아드릴 때마다
긍정적으로 받아 주셨던 많은 자료를 챙겨 보면서
베풀어 주신 산 같은 은덕 보답할 길 없으니
우리는 어쩌란 말입니까!
삼가 님의 명복을 빕니다.

293

　서울과 지방의 아동문학을 균형 있게 발전시키려는 인연의 끈
을 챙겨 봅니다.
　님과의 마지막 만남은 본인이 한국불교아동문학회장으로 활동
하던 2018년 겨울, 제35회 한국불교아동문학상 시상식에 초청, 참
여하여 만나게 되었는데 축사도 사양하시면서 조용히 지켜보시던
모습이 엊그제처럼 선하게 떠오릅니다.
　님과 맺은 정은 1970년대 초창기 《아동문예》로 등단하면서 지

금까지 이어 온 아동문예와 인연의 끈으로 맺어진 것이 본인에게 는 참으로 감동적이었습니다.

아동문예와 더불어 님은 한국아동문학의 좌표 설정과 길을 안내하여 나온 분이기에 앞으로 이 많은 과제를 같이 해결하여야 하는데도 홀연히 떠나가셨으니 우리는 이제 어쩌란 말입니까?

ㅇ 한국 아동문학인들과의 교류

지금은 서울이나 지방 문학이 평준화에 가깝게 되었다고 볼 수 있지만 당시 1960, 70년대는 아동문학의 태동기여서 아동문예를 중심으로 오가면서 베풀어 준 님의 정은 인연의 끈으로 남아 한국 아동문학의 저변확대와 후배들에게 이어져 더욱 빛나고 있습니다.

먼저 세미나 개최 활동이었습니다.

전국 아동문학 회원들과의 만남과 세미나 발표 내용에 관심을 가졌던 전국회원들이 참여하는 세미나 활동은 단체 활동 운영과 참여에 의미가 있었습니다. 특히 경남아동문학회 유치 세미나를 비롯하여 합동 행사를 할 때에는 회원들 모두가 열정적이어서 해마다 상시화하였습니다.

뿐만 아니라, 부산, 광주, 서울 아동문학회 '연합 배구대회'를 번갈아 개최하면서 친목을 도모한 일은 지금까지 잊을 수가 없는 일이 되었습니다.

그리고 작품 교류가 꾸준히 일어났습니다. 아동문예지 작품 발표와 더불어 전국 회원들의 작품집 발간이 계속되면서 회원 확보와 아동문예 등단 회원들의 아동문예지 단체 운영 또한 활발하여 백민 회장까지의 중심활동이 전성기를 맞은 듯 느껴졌습니다. 본인도 동시 작품집 세 권과 동화 작품집 두 권을 내면서 그 당시는 이천 권씩이면서 동시집 두 권은 재판까지 하였습니다.

ㅇ 한국아동문학의 날과 행사

중앙에서 개최하는 한국아동문학의 날 제정 행사에 제정위원으로 참석하여 경남아동문학회가 앞장서겠다는 각오로 해마다 5월 1일에는 경남도내 초등학교를 찾아가는 한국아동문학의 날 축제 행사를 성대하게 개최하면서 내실 있는 행사로 발전시켜 왔음은 아동문학인들에게나 어린이들에게 큰 선물이 되고 있다는 점입니다. 현재 경남아동문학회에서는 한국아동문학의 날을 의미 있게 보내게 하기 위하여 방과 후 활동 형태로 하루 종일 아동문학의 날 행사를 이어 오고 있습니다. 노래 합창, 백일장, 작품 발표, 아동문학가 사인회, 학교에 도서 기증 등으로 어린이를 위한 즐거운 날이 되도록 활동하고 있는 것이 특징입니다.

행사 결과는 화보 형식으로 아동문예지에 발표하는 것으로 해마다 거르지 않고 추진하고 있는 것입니다.

지금은 중단하였지만 문진 패 증정도 계속하여 한국아동문학의 날 행사의 공으로 인정하여 축제 의미를 부각한 점 빼어 놓을 수 없었던 행사였습니다.

ㅇ 작품발표 광장 제공과 인연

그 당시 '월간 아동문예'는 한국 아동문학가들의 발표 광장이었습니다.

아동문예 행사에 본회 회원들의 활동이 돋보이게 된 것은 회원들의 자아 내면을 담아 낸 창작품을 소중히 다루어 발표하도록 넉넉한 작품발표의 광장을 마련해 주게 된 것이라 생각하면서 님과 활발하였던 교제, 인연이었다고 봅니다. 회원 본인들에게는 내면을 작품으로 펼쳐 놓고 이야기할 수 있는 친구가 《아동문예》였다는 것입니다. 본인도 아동문예에서 1988년 88올림픽 기념으로 펴낸 '해처럼 나무처럼'으로 재판까지 내게 되었고, 2000년대 초『강아강아 낙동강아』,『하늘꽃 그 강물 꽃』을 동시에 두 권을 출간하면서 처음으로 작품마다 감상란을 담아 성인이나 어린이 누구나 읽어서 작품에 대한 이야기를 나눌 수 있도록 한 것에 의미를 두었던 것이 잊혀지지 않습니다.

그리고 님은 긍정적으로 회원님들의 의견을 청취하였고 받아드렸습니다. 세상을 미적으로 보고 동심으로 이끌어 낼 수 있었기 때문이라고 생각하였습니다.

님은 본인에게도 몇 가지 인연을 맺어 놓고 잊지 못하게 하였습니다.

'아동문예 사단법인' 등기위원으로 님을 도우면서 아동문예 발전에 기여하도록 하였습니다. 그리고 기획위원 활동이 자긍심을 갖게 하여 아동문예 발전에 기여하게 되었습니다. 뿐만 아니라, 잡지가 아동문학 작품만으로는 재미나게 읽고 싶은 충동이 적게 일어난다는 점에 따라 기획란, 특집란을 두거나 작품 외에 읽을거리를 마련해 두는 것이라고 봅니다. 따라서 아동문예에 아동문학가들의 삶에서 빚어지는 문학적인 요소를 담아 낼 수 있는 '삶과 문학'란을 신설하자고 제안하여 일정한 기간 후에 단 권 책으로 내자는 의견까지 드렸습니다. 이 난을 통하여 아동문학가들의 고견을 안내하고 아동문학을 하는 후배들에게는 참고자료가 되게 이끌어 오게 한 내용들을 보고 공감할 수 있도록 하였는데 이제 홀연히 님이 떠났으니 안타까울 따름입니다.

이상으로 님은 '아동문예' 광장으로 회원들을 안내하여 창작의 욕을 불러일으키게 하면서 자긍심을 갖게 하였던 점 잊을 수가 없습니다.

그리고 아동문예 큰 나무 아래에서 님과 더불어 한국아동문학에 대한 많은 이야기를 나눌 수 있게 하였다는 것은 회언들에게 크나큰 보람이라 할 것입니다.

이제 님이 사랑하시던 '아동문예'지의 품에 편안히 영면하시기를 기도드립니다.

다시 한번 삼가 님의 명복을 빕니다.

아동문예의 큰 나무

큰 나무로 키워 낸
아동문예 박종현님은
아동문학의 어머니이다.

창작품 발표 광장을
만들어 회원들을 감싸 안은
열두 폭 치마 폭이다.

항상 외로운 길
앞장서서 밝혀 놓고 가신
아름다운 사랑의 실천가다.

박종현 선생님 !
이제는 모든 일 제쳐 놓고
영면으로 평안을 누리소서!

그곳에서 빙그레 웃으며 노래를 불러주십시오

동화작가 **임 신 행**

그는
한국 아동문학을 위해
무구한 영혼과
온몸으로 헌신한
훌륭한 아동문학가였다.

춥고 시린 겨울밤입니다.

자정을 막 벗어난 깊은 겨울밤입니다. 어두운 창밖은 전에 없던 지독한 독감이 떠돌고 있어 지구촌은 '범유행'으로 묘한 공포에 시달리고 있습니다. 무기를 들지 않고 보이지 않는 '코로나19'라는 괴물과 인류는 무서운 전쟁을 치르고 있습니다.

그립고 사무칩니다.

어둡고 어두운 겨울밤 사무치고 그리운 마음으로
박종현 선생! 박종현 선생하고 이름을 불러 봅니다.
참 막막하고 답답합니다.

새삼스럽게

'박종현 선생은 우리 곁에 없구나.' 하고 생각하니 빛고을 광주와 서울의 하늘이 먹구름으로 그득합니다.

이제는 비밀을 숨기거나 진실하지 못하면 살아남지를 못합니다. 박종현 선생께서도 잘 알다시피 이 시대는 AI 시대요, '스마트폰' 시대입니다. 유치원 어린이로부터 100세 어르신들까지 '스마트휴대전화기'를 지니고 삽니다. 제가 박종현 선생이 한 일들을 말하면 고개를 갸우뚱할 분이 있을 것 같아 우선 〈한국향토문화전자대전〉에 등재되어 있는 것을 간추려 퍼다가 놓습니다.

○ 창간 경위

《아동문예》는 1976년 5월 시인 박종현을 중심으로, 온 가족이 인류의 중심인 가족, 이 땅의 온 가족이 함께 읽는 아동문학 전문지를 표방하고 창간되었다. 동심 사회를 건설하고 아동문학 예술을 전문으로 다루며 아동과 어른이 함께 읽는 문학잡지로 성장하고자 하였다.

○ 변천과 현황

《아동문예》는 창간호부터 2006년 12월호까지 월간으로 발행되다가 재정적인 요인으로 2007년 1월호부터 격월간으로 바꾸어 2020년 12월 현재에 이르기까지 통호 제443호를 발행하였다. 또한 약 60여 년의 기간 많은 아동문학가들을 배출해 왔다. 창간한 이래 많은 작가가 투고하였으며, 일부는 평단에서 문학평론을 하고 있다. 등록일은 1976년 3월 10일이며 발행 부수는

1,500부이다.

○ 의의와 평가

우리나라 문인들은 문학잡지를 통해 문단에 데뷔하는 경우가
많다. 《아동문예》는 동시·동화 작가들에게 등용문의 역할을 충실
히 해 왔으며, 동시와 동화 작품만을 게재하는 아동문학 전문 잡지
로 우뚝 서 있다.

‒ [네이버 지식백과] (한국향토문화전자대전)

아동문학가인 박종현 선생을 언급하려면 경남아동문학회 창간
호부터 실마리를 풀어내지 않으면 안 됩니다. 삽화로 경남 아동문
학의 창간호인 『하얀 찔레꽃들』을 삽화로 불려다 놓습니다. 유심한
눈으로 목차나 편집 후기를 살펴보면 한국 아동문학의 단면이 보
이고 거기에는 박종현 선생이 이 땅의 어린이들을 얼마나 사랑하
는 마음과 치열한 열정이 엿보일 것입니다.

그때만 해도 책은 서울을 중심으로 하여 얼굴을 내었지만, 그쪽
이 아닌 지방에서 출판했으나 보기가 좀 민망했었습니다. 그런 취
약점을 안 박종현 선생은 감히 출판사를 세우고 아동문학 그것도
월간 아동문학 잡지를 만들어 냈습니다.

작금에도 아동문학은 폄하되어 있지만, 그 무렵 아동문학의 자
리는 참으로 변변하지 못했습니다. 아동문학의 문화적 여건이 말
로는 다 할 수 없이 취약했었습니다.

그런데도 박종현 선생은 월간 《아동문예》를 광주에서 서울로 이

전 해 한국 아동문학을 위해 참으로 말없이 버티어 왔습니다.

박종현 선생이 한 업적은 누구나 흉내를 낼 수 있는 일들이 아닙니다. 저는 출판업은 제1의 교육자라는데 높은 신뢰를 지니고 있습니다, 교육자들보다 한 걸음 앞서서 그 나라의 국민이 읽을 교양서적은 물론 여러 가지 지식을 책으로 출간해 안겨 주니 말입니다.

이 땅에 아동문학의 날을 누가 제정했습니까? 박종현 선생이 마중물이 되어 '아동문학의 강' 아니 '동심의 강'이 되어 도도히 흘러가고 있습니다. 어언 제19회를 맞이하여 경남과 경북에서 행사를 치렀습니다. 물론 박종현 선생이 우리 곁에 있을 때처럼 늘 박종현 선생의 뒤에서 동시인인 부인 안종완 발행인과, 오누이며 동시인인 박옥주 주간이 동화집, 동시집을 넉넉히 선물로 보내주어 참가한 어린이들과 학부모들과 주최 학교에 나눠 드렸습니다. 이는 세계 어디에도 존재하지 않는 흐뭇하고 귀한 행사입니다.

"동심으로 살면 세상이 아름다워집니다."

'동심의 강'은 아동문학을, 다시 말하면 동심을 더 가깝게 동심을 통하여 이 험한 격랑의 세상을 헤쳐 나가자는 순수한 그 순결한 마음이 본심으로 깔려 있습니다. 동심을 바탕으로 하여 훌륭한 작품을 남긴 분들이 세계 곳곳에 엄존하고 있습니다. 아동문학의 어른과 어린이가 다 같이 함께 부르는 노래도 세세 천년 세세 만년 박종현 선생을 그리워하며 부를 것입니다. 해마다 오월이 오면 박종현 선생도 그곳에서 빙그레 웃으며 노래해 주십시오.

　사무치게 그리운 박종현 선생!
　부디 그곳에서도 이 땅의 아동문학을 살펴 주소서.
　우리 곁을 떠난 지 1년이 되어 애통하고 섭섭한 마음을 달랠 길
없어 임신행이 몇 자 올렸나이다.

아동문학의 큰어른

동화작가 임 옥 순

"아동문예 박종현입니다. 임옥순 선생님이십니까?"

"예."

"축하합니다. 동화작가 박홍근 선생님이 심사하셨는데 당선되셨습니다. 당선 소감을 빨리 쓰셔서 등기우편으로 보내주십시오. 앞으로 좋은 작가가 되시고요."

교내 방송을 듣고 교무실로 단숨에 달려가 수화기를 받아 들었을 때 들려왔던 박 주간님의 따뜻하면서도 굵직한 음성이 지금도 귓가에서 생생하게 맴돌고 있다.

또한 1988년 5월 21일 토요일, 수원 상공회의소에서 필자의 첫 작품집 『아프면서 크는 아이』 출판기념회가 경기문인협회 주최로 200여 명이 모여 아주 성대하게 열렸다. 그때 박종현 주간님과 박홍근 선생님이 오셔서 축사와 작품 평을 해 주었다. 이때 한 달 사이에 『아프면서 크는 아이』는 재판까지 찍었다. 그래서 그해 여름 방학 때 박명희 선배작가와 같이 서울에 올라간 일이 있다. 박종현 주간님과 심사해주신 박홍근 대선배작가님에게 고마운 인사를 드리기 위해서였다.

그런데 쌍문동 골목 안쪽에 있는 아동문예 출판사를 방문하고 깜짝 놀랐다. 산더미처럼 쌓인 비좁은 사무실엔 몇 명의 직원과 그 옆칸 한쪽에서 작업복 차림으로 편집 일을 하다가 박종현 주간님이 일손을 멈추고 활짝 웃어주시는 게 아닌가!

우리나라 아동문학계의 거장이신 박 주간님의 소박한 성품은 그날 점심 식사 자리에서도 나타났다. 좋은 음식을 대접하려는 필자의 노력은 헛수고가 되고 말았다. 만원을 좀 넘긴 식사와 맥주 두 병을 주문하시며 추가 주문을 못 하게 끝까지 고집(?)하신 것이다. 꼭 집안의 가장처럼 가족에게 뭐든지 아껴 쓰는 습관을 갖도록 몸소 실천하시는 그런 모습이 아직도 필자의 머릿속에 남아 있다. 그리고 돌아올 때 아동문학에 관한 여러 작가의 작품집을 한 보따리 안겨 주며 독서와 습작을 게을리하지 않도록 몇 번씩 강조하였다.

'작가는 오직 작품으로 말할 뿐'이라며 끊임없이 정진하는 작가만이 문단에서 오래도록 살아남는 길이라고 하였다. 그러면서 자주 서울에 올라오지 말고 그 시간에 작품을 쓰고 독서를 많이 하라는 따뜻한 격려의 말씀을 해 주셨다. 마치 가족에게 훈수 주시는 큰 어른 같으셨다.

박 주간님을 떠올릴 때면 아직도 엊그제 일처럼 그 기억이 생생하다. 그래서 필자는 그 말씀을 오래오래 간직하고 싶다.

박 주간님은 필자가 창작활동에 소홀해지면 잊지 않고 전화로 안부를 묻거나 더욱 정진할 것을 주문하였다. 그리고 아동문예에 게재할 원고 청탁도 잊지 않으셨다. 그런데 우리 곁에서 떠나 영면하신 지 벌써 1주기가 되다니 절로 옷깃을 여미며 추모하는 마음이 더욱 커진다.

《아동문예》를 통하여 문단에 입문한 지 벌써 36년째가 되었다. 그동안 열세 권의 동화책이 출간되었다. 박 주간님은 아무리 바빠도 가편집된 필자의 글을 몇 차례씩 우편으로 보내어 교정을 보게 한 뒤에 인쇄에 들어갔다. 어찌나 꼼꼼하게 교정을 보셨는지 모른다.

그런데 2007년부터 경제적인 어려움 때문에 아동문예지가 격월간으로 발행되고 있다. 평생 《아동문예》를 통하여 등단한 작가들을 가족처럼 아껴주시며 어려운 인쇄소 살림을 살뜰하게 하시어 출신 작가들의 꿈을 펼치게 하신 정말 고마우신 큰 분이다. 특히 우리나라 문단에서 아동문학의 위상을 높여 주셨고, 7백여 명의 출신 작가들이 여러 곳에서 창작활동을 잘할 수 있도록 이끌어 주신 그분의 아동문학 사랑을 기억하면서 더 좋은 작품을 쓰도록 노력해야겠다고 다짐한다.

그리고 오랫동안 좋은 동화를 써보려고 달려왔으니 앞으로 더욱 향기롭고 아름다운 동화를 써서 독자들에게 더 많이, 가까이 다가서고 싶다. 이 길만이 가족처럼 아동문학의 길에 매진하도록 이끌어 주신 고 박종현 주간님께 보답하는 길이라고 믿기 때문이다.

부디 편히, 높은 하늘에서 지켜보시기 바랍니다.

배려와 감사

동시인 **전 병 호**

　국민동요 「구슬비」의 저자 권오순 시인의 첫 동시집 제호도 『구슬비』다. 첫 동시집을 펴낸 때가 1983년 4월, 권오순 시인이 대중가요 '울고 넘는 박달재'로 유명한 박달재 아래에 있는 구름골, 충북 제원군 백운면 평동리에 살게 되신지 4년째 되는 해였다.

　권오순 시인은 1919년 황해도 해주에서 태어났다. 우리말과 우리글을 다듬어 아름다운 시를 쓰는 것이 애국이라는 마음으로 작품을 쓰고 열심히 발표해 오던 시인은 일본 제국주의가 한글 철폐를 단행하자 항거하는 의미로 절필했다. 그 후 1949년 시인은 공산당의 감시와 탄압을 피해 남으로 내려왔다. 6.25 직후 시인은 성모자애병원에서 7년간 전쟁고아들을 돌보는 보모로 살았다. 그 후 시인은 재속 수녀가 되었으며 집필활동에 전념하기 위해 1979년 서울을 떠나 충북 제천의 구름골로 내려왔다. 시인은 구름골에서 제2의 전성기를 맞이했다고 할 만큼 활발하게 작품 활동을 펼쳤다.

　시인은 64세에 첫 동시집 『구슬비』를 펴냈다. 얼마나 기쁘고 감격스러우셨을까. 그러나 시인이 주신 첫 동시집 『구슬비』를 받아든 나는 실망하지 않을 수 없었다. 문고판보다 조금 크고 국판보다 작은, 무엇이라고 해야 할지 모를 그런 애매한 판형이었는데 인쇄와

제본은 물론 활자와 컷과 지질이 조악하기 이를 데 없었다. 심하게 말하면 1960년대 시골 인쇄소에서 영수증 찍듯 찍어낸 책이라고 할까? 도저히 제대로 된 책이라고 보아줄 수가 없었다. 이런 나의 마음을 알아차렸는지 권오순 시인도 동시집『구슬비』가 마음에 들지 않아 다시 펴내야겠다고 말씀하셨다. 얼마나 서운했으면 이런 말씀을 하실까 싶었다.

그 한 달 전쯤이다. 내가 찾아뵈었을 때 시인은 첫 동시집을 펴내게 되었다고 기뻐하셨다. 그런데 말씀을 들어보니 상황이 미묘했다. 얼마 전에 지방 방송국에서 권오순 시인이 사는 모습을 다큐멘터리로 찍어 방영했는데 그 다음날 서울에서 검정 고급 승용차를 몰고 출판사 사장이라는 사람이 찾아왔단다. 그가 정말로 신자인지 알 수 없으나 교회 옆 오두막에 찾아와서 권오순 시인의 손을 잡고 꿇어앉아 뜨겁게 기도를 하더란다. "주여! 권마리아가 부디 동시집을 펴낼 수 있게 은혜 베풀어 주시옵소서!" 하고 말이다. 기도하는 모습이 하도 열렬해서 감동한 권오순 시인은 그만 준비해온 동시집 원고를 넘겨주었단다. 그래서 내가 여쭈었다.

"출판사에서 내주는 것인가요?"

그때는 대부분 자비 출판을 하던 때였다. 나도 1986년에 첫 동시집을 펴냈는데 3년 적금을 든 돈으로 책을 펴냈다. 그런 때였다. 하지만 권오순 시인은 전 국민이 애창하는 동요「구슬비」를 지은 분이 아닌가. 더구나「구슬비」가 실린 첫 동시집이다. 출판사에서 내준다고 해도 조금도 이상한 일이 아니었다. 오히려 출판사에서 감사해야 할 일이 아닐까.

"글쎄, 잘 모르겠어요. 그런 이야기는 안 했어요. 계약서도 안

썼고요.”

내 물음에 시인은 이렇게 대답하셨다. 나 역시 그 부분을 명확하게 하지 않은 게 마음에 걸렸으나 그래도 그 출판사 사장이라는 사람을 믿고 싶었다. 권오순 시인도 그렇게 생각하시는 것 같았다.

그때 나는 박달재 너머 제천시 봉양면에 있는 학교에 근무하고 있었다. 한 달 후쯤 다시 권오순 시인을 찾아뵈었을 때는 이미 상황은 끝난 후였다. 무슨 말인가 하니, 내가 다녀가고 며칠 후에 출판사 사장이라는 사람이 동시집을 만들었다며 갖고 내려왔단다. 그리고 그는 권오순 시인에게 출판비를 내라고 했단다. 그것도 그때 시세로 두 배 정도의 금액을 말이다. 백운 천주교회 옆 빈 터에 교인들이 지어준 오두막에서 가족도 없이 혼자 사는 권오순 시인이 무슨 돈이 있겠는가. 결혼도 안 하셨으니 자녀도 없었다. 시인은 생활보호 대상자로 받아 모은 돈과 원고료 그리고 교인들의 작은 도움으로 겨우겨우 어렵게 해결을 했다고 하셨다. 그 말 듣고 나는 분해 씩씩거렸으나 어찌할 도리가 없었다. 책을 다시 펴내라고 한들 이미 돈을 받아간 사람이 말을 들을 것 같지 않았다. 그렇다고 사기를 쳤다고 할 수도 없었다. 계약서도 쓰지 않았으니 말이다. 권오순 시인도 역시 같은 생각인 것 같았다.

권오순 시인은 나에게 동시집을 다시 내고 싶으니 마음 놓고 맡길 수 있는 출판사를 소개해 달라고 하셨다. 그러면서 지금 갖고 있는 돈이 얼마라고 알려주셨다. 동시집을 내기에는 조금 부족한 돈이었다.

며칠 고민하던 나는 휴일 날 고속버스를 타고 상경하여 아동문예사로 박종현 주간님을 찾아 뵈었다. 박종현 주간님은 내 이야기를 듣고 한참 고민하시더니 내가 제시한 가격으로 책을 내주겠다고 하셨다. 그리고 원고료도 아낄 겸 발문을 직접 써주시겠다고 하셨다. 매우 만족할만한 조건이었다. 그래서 권오순 시인을 찾아뵙고 말씀 드렸더니 무척 좋아하셨다. 이렇게 해서 나온 것이 두 번째 동시집『새벽 숲 멧새소리』이다.『새벽 숲 멧새소리』는 양장본으로 편집, 제본, 지질 등 어느 것 하나 첫 동시집과 비교가 안 될 만큼 정성들여 만든 동시집이었다. 권오순 시인도 두 번째 동시집을 받아들고 매우 흡족해 하셨다. 그래서 문학회 회원들이 모여 격식을 갖춰 생애 최초로 출판기념회도 해드렸다.

지금도 권오순 시인의 동시집『새벽 숲 멧새소리』를 꺼내보면 잘 만든 책이라는 생각이 든다. 권오순 시인을 위해 소리 없이 베풀어 주신 박종현 주간님의 배려가 시간이 갈수록 더 빛이 나는 느낌이다. 아마 권오순 시인도 하늘나라에서 박종현 주간님을 만나뵈면 감사 인사를 드리지 않았을까 싶다. 생각해 보니 나도 그때 박종현 주간님께 감사 인사를 드리지 못했다. 어느덧 40여 년이 지났지만 더 늦기 전에 지금이라도 인사드려야겠다.

고맙습니다, 박종현 주간님!

박종현 선생님께

동시인 전 정 남

《아동문예》 아름답고 순수한 꿈을 그린 표지를 보니 선생님을 뵈옵는 듯합니다.

코로나19로 우리 모두 정신이 없을 때 황망히 우리 곁을 떠나신 지 어언 1년, 그래도 이 무서운 질병은 떠날 줄 모르고 우리를 괴롭히고 있습니다. 그래서 더 조용한 시간을 가지고 옛일을 회상하는 날이 많아졌습니다.

선생님과의 인연은 1980년대 제가 한국아동문학가협회에 일원이 되어 여름세미나에 자주 참석하면서 시작되었습니다.

《아동문예》지도 그즈음부터 만나게 되었고, 제 작품도 자주 아동문예에 실리게 되었습니다.

아이들의 순수한 동심을 위하여 아이들 마음을 따뜻하게 보살피어 바른 꿈을 키워나갈 수 있게 지침이 되어준 《아동문예》지가 더욱 좋았습니다.

그 후 제가 대구 아동문학회 총무일을 맡으면서 연중행사로 문집 발간하는 일이 가장 중요하여 책 만드는 어려움을 우연히 박 선생님께 의논하였더니 원고만 정리하여 아동문예사에 보내주면 다른 수고는 걱정 안 하게 해주시겠다기에 대구 아동문학회 연간집 발간과 아동문예사와의 인연은 제가 총무일을 맡은 10여 년 동안 계속되었습니다.

그때 대구아동문학회 연간집 제명이 「늘푸른 글밭」으로 시작되었습니다.

그 후 또 십수 년이 흘러 제가 우연히 분당에서 타향살이를 하였는데 그 타향살이의 어색함과 서글픔을 달래준 것이 '늘푸른 초등학교', '늘푸른 중학교', '늘푸른 문방구' 등등 '늘푸른'이라는 낱말의 간판을 만나 저절로 고향같이 스스럼없이 지내게 되었습니다. 얼마 후 '한국아동문예 작가회'에 우연히 참가하게 되어 그 때 '늘푸른' 이야기를 하였습니다.

어떻게 대구아동문학회의 책이름이 생소한 분당에서 이렇게 많이 쓰이고 있는지……

그때 회원 한 분이 분당에 장학사로 있으면서 신설학교 이름을 지을 때 「늘푸른 글밭」이라는 제목이 생각나서 '늘푸른' 이란 낱말이 너무 좋아 적극 추천하여 학교 이름을 결정하였다고 하셨습니다.

그래서 아동문예사와의 인연에 감사하였습니다.

박선생님의 어린이 사랑은 '아동문학의 날' 제정 선포로 (2002년 5월1일) 잘 나타납니다. 지금도 5월 1일은 아동문학의 날로 전국적으로 기리고 있습니다.

선생님께서는 신현득 선생님의 추천으로 '한국동시문학상'을 받게 해주셔서 늘 감사하고 있습니다.

선생님의 어린이 사랑은 자연을 좋아하고 순리에 따르면서 산을 좋아하시는 모습에서 늘 같이 느끼고 있었습니다. 산처럼 모든 것을 품어주시면서 늘 베풀어주시고 만나 뵈올 때마다 인자하셨습니다.

　마음 중에도/ 가장 너그러운 마음은/ 산의 마음입니다. (마음 1연)
　구름 한 자락/ 밀물지는 도봉산/ 고향의 아지랑이/ 하얗게 나부
낀다. (산자락 1연)

　선생님의 동시 구절을 읊으면서 선생님을 기립니다.
　우리 모두 선생님의 뜻을 따라 어린이의 순수한 마음을 살리려
는 동심과 시심을 잊지 않겠습니다.
　그리고, 아동문학의 발전과 어린이의 바른 성장을 위하여 선생
님께서 심혈을 기울인 《아동문예》지가 영원히 발전 할 수 있도록
기원하겠습니다.

귀
하
나.
박
종
현

"반갑다, 반가워" 두 손 잡아 주세요

동시인 정 두 리

인사동 네거리의 작은 건물 동일빌딩, 약속이 있어 그 길 주변을 지날 때면 유독 손질하지 않아서 변함이 없는 건물에 눈길이 머물게 된다.

그곳은 아주 오래전 아동문예의 사무실이 있던 곳이다.

건물 꺾어지는 계단을 따라 이리저리로 허리 굽히고 올라가면 4층 철학관, 지금도 철학관은 있다. 그 맞은편 작은 방에 박종현 주간님의 자리가 있었다.

처음 일반시로 등단했다가 좀 늦게 동시로 궤도 수정을 하여 길눈이 어둔 내게 가끔 만나게 되면 주간님은 잊지 않으시고 발표한 동시를 잘 읽었노라고, 시가 좋아졌다는 덕담까지 보태어 기운을 북돋아 주시곤 했다.

남도 특유의 말꼬리를 길게 빼는 사투리마저 정겨웠던 주간님, 그때부터 인사동 아동문예와의 크고 작은 인연은 시작이 되었다.

1985년 1월, 김복태 선생의 그림으로 출간된 나의 첫 동시집『꽃다발』에 대한 얘기는 주간님과의 인연으로는 빼놓을 수 없는 일이다.

아동문예에서 처음 시도한 변형국판의 사이즈, 김복태 선생의 밝고 따뜻한 그림이 어울려『꽃다발』은 한동안 동시집의 새로운 모습으로 자리잡았다.

첫 시집의 기대감. 지금도 처음 시집을 내는 후배를 보면 그때가 아름다운 추억으로 떠오른다. 딸아이의 반 친구들에게 일일이 사인을 했지만, 앞장에다 '유리안나와 그의 모든 벗에게'라고 적어 멋을 부리기도 했다.

원로 선생님은 동시집을 받으시곤 '동시집이 이렇게 화려해도 되나 싶다.'라는 우려의 말씀을 주시기도 했지만, 지금으로 보면 '뭐, 별로~'인 거 같은 데도……

그러나 그 당시로는 좀 튀었다. 주간님의 기획과 안목이 남달랐던 것은 첫 시집에 대한 나의 기대감을 읽으셨기 때문이었다고 여겨진다.

1988년 올림픽으로 온 나라가 들썩이던 해, 아동문예에서 출간된 5행 동시집『어머니의 눈물』의 그림 작가 다섯 분과 함께한 시화전. 돌아보면 이것도 다시 할 수 없는 일이라 생각된다.

『꽃다발』이후『어머니의 눈물』,『안녕, 눈새야』,『서로 간지럼 태우기』가 아동문예 박종현 주간님의 손길로 출간되었다.

아동문예 인사동 시절, 그곳에서 박홍근 선생님을 처음 뵈었고, 젊고 여리여리한 박옥주 편집자와 나누던 이야기며, 지금 쌍문동 시절과는 또 다른 따뜻함이 있었음을 기억한다.

아직도 내게는 친숙한 이름 박종현 주간님.

선생님이 우리 곁을 떠나신지 벌써 1년이 되었고, 추모의 글을 청탁받고 잠깐 애틋한 마음으로 책상 앞에 앉아 화살기도를 드렸다.

돌아가시기 얼마 전, 쌍문동에서 안종완 발행인, 박옥주 편집주간과 함께 만났을 때, 손을 잡으시며 "반갑다, 반가워" 하셨던 음성이 아직도 귓가에 남아 있는 듯하다.

오랜만에 나를 보시고 정말 반가워하시는 모습에는 그 연세에도 아무런 꾸밈이 없는 청년의 순수함이 드러나 보였다.

말년에 자주 아프시고, 모임에서 뵐 수가 없었지만, 아동문예라는 이름과 더불어 선생님은 언제나 제 곁에 계시는 분이셨고 지금도 그러하다.

우리 모두 가야 하는 곳으로 먼저 가신 주간님, 주간님은 그곳에서도 어린이와 아동문학을 생각하고 계실 것으로 믿는다. 어디서라도 그런 선생님의 모습을 찾기란 어렵지 않을 것이다.

그때도 "반갑다, 반가워" 두 손 잡아 주시지 않을까 싶다.

– 주간님, 누군가가 생각이 나면 그건 그분도 나를 생각하고 있는 것이라 들었습니다.

모두가 한마음으로 주간님을 생각하는 곳이 있습니다.

이곳으로 마음을 보내주시고, 귀 기울여 주세요. 함께이고 싶습니다.

아동문학 황무지를 개척한 박종현 선생님

동시인 **정 용 원**

박종현 선생님은 1938년 전남 구례에서 출생하여 화순에서 성장했으며 광주사범학교를 졸업한 후 교직에 있다가 뜻한 바 있어 아동문학 전문지 《아동문예》를 창간하여 한국 아동문학을 개척하는데 일생을 바쳤다.

나는 박종현 선생님을 누구보다 좋아하고 존경한다. 그는 한평생 천심을 노래한 동심문학가이면서 황무지였던 아동문학을 개척하고 반석 위에 올려놓았으며 훌륭한 교직 선배이기 때문이다. 친형님 같은 박종현 형을 이제 다시는 만날 수 없다는 게 너무나 슬프고 안타깝다.

이슬은/ 밤새워 풀잎을 닦는다./ 그리하여 아침은/ 마알갛게 떠오른다.

(박종현 시 「아침을 위하여」 중 일부)

산자수려한 구례에서 태어나 화순에서 자란 이슬 같은 박종현 시인은 어두운 세상을 맑게 닦아주는 아침 해가 되어 세상을 밝혀주었다. 이 시는 박시인의 대표작 중에 하나로 세계아동문학사전에 소개되어 있다.

손가락이 휘어져 책보를 못 풀어, 발가락이 부풀어도 걸음을 못 걸어, 이름도 서러운 문둥이 나라,(중략) 보리논 사이 이랑을 지나 마늘밭 사이 고랑을 타고, 찢어진 우산을 받고 녹산국민학교에 모이고 있었네.(하략)

박시인의 작품 중에서 「그날 소록도에 내린 비가 오늘 아침 우리 집 마당에도 내리고 있네」란 시다. 소록도 나환자들의 고통이 우리집 마당으로 암시되면서 가슴을 적시는 눈물겨운 내용으로 그의 시정신을 보여주는 특이한 작품이다.

박종현 시인과 나는 1976년도부터 인연을 맺었다. 그는 광주사범학교를 졸업하고 초등학교에 재직하다가 더 큰일을 하기 위하여 교직을 그만두고 순수 아동문학잡지 《아동문예》를 창간했다. 내 나이 33세. 서울 사립 상명초등학교 교사로 근무하고 있을 때였다.

1976년 어느 날, 박 선생님이 《아동문예》 창간호를 나에게 우송해 주셨다.

메마른 대지를 적셔주는 단비처럼 반갑고 기뻤다.

시골에서 70년대 보릿고개 그 어려운 시절에 만든 문예지라 볼륨도 없는 팜플렛 수준의 책자였지만 그 속에 담긴 아동문학가들의 작품은 진주 보석처럼 빛났다.

나는 그때, 등단을 하지 않은 아마추어로 겁 없이 여기저기 작품을 발표하고 있었다. 그런 나를 신현득, 유경환, 윤부현 선배님이 《아동문학평론》지에 동시 「백제의 쌀」을 추천하여 정식 등단을 시켜주었다. 그런데 박종현 선생은 출신 배경 같은 건 아랑곳하지 않고 나의 작품을 《아동문예》지에 실어주면서 책과 정겨운 편지를 수차례나 보내주었다. 나는 그 책이 너무나 값진 보배처럼 여겨져서 내 반 아이들과 문예부 어린이들에게 읽도록 권했다. 매 호마다 20~30권씩 주문하여 아이들에게 판매를 하고 송금을 해드렸다. 학부모들은 아무도 항의를 하지 않았다. 오히려 이런 동시, 동화를 자녀들에게 읽도록 배려해준 데 대한 감사 인사를 했다. 그 시대에는 좋은 책을 어린이들에게 추천하고 구독을 권유해도 별 문제가 되지 않았기 때문에 계속해서 《아동문예》를 보급하는데 힘썼다. 그러나 박선생님은 "너무 무리하지 말아요. 괜히 학교에서 오해를 받을 수도 있으니까요." 박선생님이 염려한대로 나는 동료교원들로부터는 곱지 않은 시선을 받았고 전두환 정권 찬탈의 제물이 되는 원인중의 하나가 되기도 했다.

박선생님은 《아동문예》지 출신도 아닌 사람이 아동문예를 더 아끼고 사랑한다고 하면서 고마워했다. 그 뒤, 박선생님이 서울로 일터를 옮기고 《아동문예》를 펴낸 후부터 한 달에 한두 번 만나서 막걸리를 마시며 문단 선후배의 끈끈한 인연을 맺었다. 그리고 아동문예지에 나의 시가 실리면 작품평을 해주셨고 신문이나 문예지에 작품이 발표되면 전화를 걸어서 작품평과 격려를 해 주기도 했다. 당시 수재들만 들어갈 수 있는 사범학교를 졸업하고 교직의 길을 걸어온 선배로서 학교 이야기와 인생담을 나누면서 거나하게 막걸리에 취해 문학과 생존투쟁이란 동병상련을 나누곤 했다.

박선생님은 나와 처음 만나 얼마동안은 나를 '귀하'라고 불렀다. 그러다 격의 없는 사이가 되자 아우님이라고 바꿔 불렀다. 그리고는 나의 인간관계 처신에 큰 가르침을 주었다. "어이, 아우님, 우리가 살아가면서 남의 흉을 보는 건 조금도 덕이 되지 않아요." 어쩌다 내가 남의 단점을 털어놓으면 허허허 웃으며 감정 상하지 않게 충고를 해 주셨다. 마치 친동생처럼 아끼고 돌봐주시던 모습이 눈에 선하다. 인자무적(仁者無敵)이라고 한다. 박선생님은 모든 사람들에게 덕(德)을 베풀고 살았기 때문에 적이 없다. 매사에 긍정적인 인생관을 갖고 좀처럼 화를 내지 않은 동안(童顔)을 대할 때마다 '저렇게 살아야 복을 받는구나!'라는 감동을 받았다. 전라도 경상도를 가리지 않고 작품으로 아동문학가를 배출했고 발표 지면에 골고루 안배하는 사랑을 베풀었다.

아동문예 사무실을 찾아가는 입구 근처의 채랑 식당에서 박 선생님과 가끔 식사를 했다. 내가 조금 비싼 음식을 주문하면 기어이 만원 이하의 음식과 막걸리 한 병만 시켰고 사무실 직원이 옆에서 식사를 해도 식대를 함께 부담하지 않도록 했다. 그런 박 선생님이 뇌질환으로 쓰러졌다. 식물인간처럼 수개월 누워 있다가 다시 깨어나셨다. 이 세상에 다시 태어난 이후에도 박선생님은 제2의 인생이라면서 건강회복에 신경을 쓰지 않고 계속 불사조와 같은 집념으로 아동문학에 생애를 걸다시피 일했다.

《아동문예》지가 올해 45돌을 맞으며 통권 444호를 내게 된 것은 기적이나 우연이 아니란 걸 누구나 인정하고 있다. 아동문예 발행 초창기에는 온갖 난관이 많았다. 그 가시밭길을 헤쳐오면서 수많은 아동문학인들을 발표의 광장으로 모이게 하고 세미나 개최, 우수 작품상 선정, 능력있는 평론가의 월평 등을 통해 아동문학의 활성화에 앞장서왔기에 오늘의 금자탑을 세울 수 있었다. '아동문예'지를 통하여 등단한 문인이 우리나라 아동문학계를 주름잡고 있는 것은 아동문학 역사에 길이 남을 빛나는 공적이다.

1991년 8월에 나의 동시집 『길이 있지요』를 아동문예에서 출간했다. 정선지 화가의 그림으로 예쁘게 내 준 덕분에 서점에서도 꽤 많이 판매되었다. 그 뒤 2011년 5월에 『넌 어느 별나라에서 왔니?』를 아동문예에서 김승연 화백의 그림을 받아 출간했는데 한국문학 백년상이란 영광스런 수상을 했다. 한국문협 정종명 이사장으로부터 한국문학백년상을 받고 이명박 대통령이 보낸 한국문인협회 창립 50주년 축하 화환 앞에서 기념촬영을 하기도 했다.

그리고 한국문협 주최 문인시화전에서 만나 작품 앞에서 사진을 찍었는데 우연하게도 박선생님과 내가 입은 여름 남방의 무늬가 똑같았다. 우리는 꼭 형제 같다고 하면서 함박 웃었다.

박 선생님이 쌓아놓은 아동문학 금자탑 앞에서 모두 고개를 숙이고 감사를 드린다.

몇 달 전, 박 선생님께서 건강이 매우 좋지 않다는 소식을 듣고 한 번 찾아가 뵈려고 마음을 먹었으나 바쁘다는 핑계로 차일피일 미루었다. 설마 그렇게 급히 별세하실 줄 몰랐다. 내가 전화로, "불사조 같은 우리 형님, 하루속히 완쾌하셔서 옛날처럼 막걸리 실컷 마시도록 곧 찾아뵙겠습니다."라고 말하자, "정회장, 국제PEN 일에다 문학신문 일로 고생하시지요? 한번 놀러오시오." 발음이 어눌하여 얼른 알아듣기 어려운 목소리였지만 인정이 가득 넘치는 말씀이었다.

한일병원 영안실에 찾아가서 영정 앞에 향을 피워놓고 눈시울을 적시며 용서를 빌었다. 박 선생님은 그런 나를 바라보며 "코로나 역병이 위험한데 왜 조문을 왔소? 아우님, 부디 아동문학 발전을 위해서 땀 흘려주시고, 우리 아동문예지에 좋은 글을 자주 발표해 주시오. 그리고 당신이 평소에 '아동문학' 명칭에 대한 오해와 일제 잔재를 벗어나려는 노력도 계속해 보세요. 나는 '아동문학'이라 하지 않고 《아동문예》라고 했지만, '동심문학'이란 명칭도 괜찮네요." 하면서 의미 깊은 미소를 짓는 것 같았다.

한평생 동안 이 나라 어린이를 위해 사랑을 실천하고 아동문학 발전에 몸 바친 박선생님께 생전에 한 번 더 뵙지 못한 게 후회스럽고 죄송하기 짝이 없다. 태어난 지역, 출신을 가리지 않고 아동문학계를 화합의 장으로 만들었으며 영호남화합에 앞장 선 1등 공신. 박종현 선생의 영전에 엎드려 감사드린다.

하늘나라에서 우리나라 아동문학 발전을 위해 지켜보고 도와주시리라.

박 선생님의 뒤를 이어 사모님인 안종완 시인 교장선생님과 아동문예 박옥주 시인 주간님께서 바통을 이어받아 훌륭한 아동문학 가님들과 함께 아동문예지의 전통을 이어갈 것이니 부디 천국 하느님 품안에서 편안하게 영면하시도록 명복을 빌고 빕니다.

《아동문예》를 창간하신 고 박종현 선생을 생각하며

동시인 **정 운 일**

지금도 쌍문동 아동문예마을에 가면 귀하하고 웃음 지으며 반겨줄 것만 같다. 귀하(貴下)는 윗사람이나 동년배사이에 상대방을 높여 부르는 말이다. 그런데 박종현 선생은 동년배 및 아랫사람 어느 누구를 가리지 않고 이러한 호칭으로 모든 사람들을 존경해 맞이했다. 6살 아래인 필자에게도 만날 때마다 귀하라는 말로 깍듯하게 예의를 갖추어 부르셨다. 선천적으로 남을 배려하는 마음이 가슴속에 가득 담겨 있기 때문에 자연스럽게 나오는 호칭이다. 귀하소리를 들을 수 없지만 그 때의 인자한 모습이 자꾸 떠오른다.

매년 한글날이 되면 도봉구 방학동 원당샘 공원에서 향토작가 사인회를 한다. 박 선생은 도봉문인협회 회장을 역임해서 해마다 향토작가 사인회에 참석하셨다. 그럴 때마다 아동문예에서 발행된 삼백 여권의 책을 기증해서 참여한 주민과 어린이들에게 나누어 주어 행사를 성대하게 진행했다. 모두 주민들을 사랑하는 마음이 있었다.

어느 날 도봉산 등산길에서 박 선생을 만난 일이 있다. 등산복 차림으로 등산하는 길이었다. 인사를 하며 정상까지 가세요. 했더니 "이제는 힘이 들어 정상은 오르지 못하고 중간에서 막걸리 한 잔 먹고 이야기하고 내려온다."고 하며 너그럽게 웃으셨다. 박 선생은 평소 산을 오르면 산이 가슴을 열어주어 산과 이야기하고 시를 찾아가고 싶다고 하셨다. 시심을 자연에서 찾았으니 시가 더 순수하고 아동의 마음을 움직이는 시가 탄생된 것은 당연한 일이다.

박 선생은 전남 구례군에서 순천 박씨의 장손으로 태어나 당시 천재들이 들어가는 광주사범학교를 졸업하고 초등학교에서 근무하다, 퇴임한 것은 오직 아동을 위한 문예지를 만들어 보겠다는 굳은 신념으로 가득 차 있었기 때문이다. 드디어 1976년에 아동문예를 창간하여 그 뜻을 이루어 얼마나 기쁘셨을까 그때를 상상해 본다.

필자는 그 당시 충남 부여에서 근무를 하다 경기도 포천으로 인사이동을 한 때였다. 당시에는 공무원 월급으로 살아간다는 것은 너무나 힘들고 어려웠다. 월급을 받아 연탄사고 쌀팔아 놓으면 마음이 부자가 되었던 때였다.

그런데 퇴직을 해서 아동을 위한 문예지 만드는 사업을 한다는 것은 어려운 도전이었을 것이다. 다행히도 안종완 이사장이 학교에 근무하기 때문에 가능했으리라 생각된다. 실패를 해도 한 사람이 월급을 받으니 가난한 가정살림을 그런대로 꾸릴 수 있기 때문이다. 직장에서 퇴임하고 사회에 나오면 아무 할 일도 없던 가난한 보릿고개를 넘어야 하던 시절이다.

박 선생이 퇴직이란 위대한 결정이 오늘날 우리나라에서 최 장수 아동문예를 만들어 놓았으니 그의 뜻을 이루고 성공한 것이다. 아동을 위한 위대한 족적을 남기시고 하늘나라에서 아동문예를 지켜보며 동시를 쓰면서 너그럽게 웃고 계실 것이다.

박 선생은 겉으로는 한없이 부드럽고 인자하면서도 사무 추진에는 빈틈이 없는 완벽한 사람, 후배 문인들을 사랑으로 이끌어 주고 격려해 주던 사람, 해바라기처럼 언제나 맑은 영혼으로 아동문예만을 바라보며 살던 사람 등 모든 사람들에게 모범을 보여주셨던 분으로 마음속에 남아있다.

박 선생님은 불행하게도 치매라는 노인성 질병이 찾아왔지만 안종완 이사장이 항상 곁을 지키며 위로해 주었다. 치매의 특성을 잘 알고 있기에 언제나 동행하며 시중을 들어주니 증상이 서서히 진행되어 수명이 연장된 것은 당연하다.

외식할 때도 반찬 챙겨주고, 각종 행사 전시회 영화관람 산책 등 언제나 행복한 동행이다. 동네 지인들은 바늘 가는데 실이 따라 다니듯 잉꼬부부라는 소문이 자자했다. 박 선생의 치료를 위해 아내로서 언제나 그림자처럼 따라다니며 심신을 간호해 주었으니 고통 없이 편안하게 세상을 떠나셨다. 노후에 박 선생처럼 행복을 만끽하며 살다 꽃잎처럼 떠날 사람이 얼마나 될까 부러움의 대상이다. 지금도 하늘나라에서 안 이사장과 동행하던 아름다운 추억을 기억하며 환하게 웃으실 것만 같다.

귀하께서는 어떻게 살고 계십니까?

동시인 정 은 미

　－ 하는 요즘 어떻게 살고 있습니까?

　－ 네, 덕분에 잘 살고 있습니다.

　－ 아이들이랑 살려면 여러 가지로 힘들 텐데 그래도 밝은 목소리 들으니 반갑습니다.

　박 주간님과의 통화 내용이다.

　남편을 잃고 살아가야 하는 내가 안타깝고 안쓰러워 종종 전화로 나의 마음을 살피셨다. 목소리가 밝으면 "참 고맙습니다."하며 껄껄껄 웃으신다. 그러면 내 마음엔 하얀 눈이 펄펄 내린다. 움츠렸던 어깨가 펴지며 깨끗한 세상 속으로 어린애처럼 깡충깡충 뛰어다닌다.

　우리는 살면서 수많은 사람을 만나서 그중은 관계를 맺으며 오래 이어가고, 그중은 끊어지기도 한다. 오래 이어갈 때는 그만한 이유가 있는 것이고, 끊어지는 것도 그만한 이유가 있다.

　주간님과는 2000년에 《아동문예》에 동시로 당선되면서 인연이 시작되었다. 여러 가지로 부족한 신인인 나를 아동문예 행사 준비부터 진행까지 일을 맡겨주심으로 짧은 시간에 문학단체의 흐름과

326

작가들을 익힐 수 있었다. 서툴고 실수투성이였던 나를 위로하고 격려해 주시면서 나는 조금씩 발전해 나갔다. 애송이에서 벗어날 즈음엔 다양한 문학의 세계를 경험할 수 있도록 날개를 달아주셨다. 나는 훨훨 날아다녔다. 그러다 어디서 만나든 무엇을 하고 있든 언제나 그 자리에서 "귀하는 잘하고 있습니다."하며 호탕하게 웃어주시곤 하셨다. 나에 대한 한결같은 마음과 믿음은 그분을 신뢰할 수 있는 바탕이 되었고, 오랫동안 곁에 머물 수 있는 원동력이 되었다.

20년의 인연은 나의 문학의 삶에 질 좋은 자양분이 되었다. 나 또한 누군가의 자양분이 되는 문학인으로 살아가겠다고 그분의 영정사진 앞에서 다짐해본다.

　– 귀하께서는 하늘나라에서 잘 살고 계십니까?

아동문학을 향한 열정 넘친 박종현 선생님을 기리며

동시인 정 혜 진

2020년 3월 14일!

코로나19가 지구촌을 매섭게 강타한 고통의 해에 오직 아동문학을 향한 열정 하나로 동심 세상을 색칠하던 박종현 아동문예 주간님이 저 멀리 하늘숲을 향해 긴 여행을 떠나셨다는 비보를 들었다. 만남조차 통제된 전염병 시국에 훌쩍 이별열차에 오른 소식은 놀라움과 애석함을 감출 수 없는 슬픔이었다.

인간이기에 뒤돌아본다고 했던가? 활시위처럼 튕겨져 나간 빠른 세월의 흐름은 엊그제 같은 시점을 벌써 1주년 그 날짜 앞에 우리를 돌려세워 놓았다.

나에게 닿아있는 박종현 주간님과의 인연은 《아동문예》를 창립하기 전으로 거슬러 올라가야 하니 참으로 길고도 깊다. 인간적인 따스함과 문학이라는 두 측면에서 나에겐 커다란 마디를 남긴 분이다.

박종현 선생님 댁과 우리 집은 광주 동구에 있는 서석초등학교를 가운데 두고 몇 걸음 옮기면 도착할 만큼 가까운 거리에 있었다. 당시 나는 시골초등학교 교사로 근무하고 있었다. 우리 학교로 전근해 오신 동화작가 선생님의 안내로 전남아동문학회에 가입하면서 회장을 맡고 계신 박종현 선생님을 처음 뵙게 되었다. 박종현 선생님은 교직을 접고 아동문학 관련활동과 신문발간 등의 일을 하시면서 큰 그림을 그리는 열정으로 동분서주하고 계셨다.

전남아동문학인 야유회를 통해 가족 간의 만남이 이루어졌고, 언니처럼 친절하고 따뜻한 사모님 덕분에 가깝게 지냈다. 나는 결혼과 동시에 삶터를 광주로 옮긴지 얼마 되지 않은데다가 아는 사람도 별로 없었던 터라 가끔씩 선생님 댁에 놀러가서 이야기를 나누곤 했다.

박종현 선생님을 생각하면 가슴을 뭉클하게 했던 잊을 수 없는 일이 떠오른다. 밝고 긍정적인 성격에다 타인의 어려움을 그냥 넘기지 못한 적극성 덕분에 바쁜 와중에도 세심한 배려를 아끼지 않은 고마운 정을 베풀어주신 때문이다. 그 즈음 전남도청에 근무하던 남편은 몸이 아파서 병원을 오가며 치료를 받고 있었다. 그런 남편을 위해 내가 출근하고 없는 사이에 집으로 찾아와 목욕탕까지 데리고 다닌 사실을 나중에야 알고 얼마나 감동했는지 눈시울을 붉히며 감사해 했다. 특히 우리 집 두 자녀의 성장을 꾸준히 지켜보면서 가족 모두가 함께 응원해 주셨다.

한편으로 박종현 선생님은 나에게 문학의 길을 닦아주신 분이다. 《아동문예》 창간 이후 박경종 선생님의 지도를 받을 수 있게 해 주셨고, 1979년 첫 동시집의 발문을 써 주시며 격려를 아끼지 않았다.

《아동문예》가 전국 최초의 순수 아동문학전문지로 자리를 굳히기까지 크고 작은 어려움에 부딪힐 때나 건강상 문제로 힘에 겨울 때도 집념과 의지와 창의력으로 이겨내신 선생님을 생각하면 대단하신 분이란 수식어 밖에 떠오르지 않는다.

박종현 선생님은 결코 서두르지 않으면서도 목표를 정하면 끝까지 관철하는 인내와 끈기가 남다른 분이셨다. 항상 '차근차근'이라고 말씀하시면서도 기필코 끝까지 완수하는 추진력을 발휘하셨다. 아동문예작가회, 동시·동화문학시대, 사단법인 아동문예작가회에 이르기까지 열정을 쏟아 키워낸 아동문학은 커다란 나무로 성장하여 자랑스러운 동심의 열매를 매달았고 아동문학인을 배출하는 동심의 등불이 되었다.

오직 아동문학을 향한 열정으로 동심의 숲을 일구어 오신 박종현 선생님!

병상에서조차 놓지 못했던 《아동문예》는 이제 더 웅장하고 큰 산을 만들어 깃발을 펄럭이고 있습니다.

먼 길 떠나시기 며칠 전까지 수화기를 통해 또렷하게 들려주시던 목소리가 귓가에서 쟁쟁하게 맴을 돕니다. 밝고 따뜻한 웃음소리가 듣고 싶습니다. 든든한 버팀목으로 종횡무진 활동하시던 모습이 생각납니다. 따뜻한 격려 말씀도 듣고 싶습니다. 봄꽃처럼 밀려온 지난날 추억들이 뒤돌아봐집니다. '편안히'란 인사말을 끝으로 그리움 여기 담아 두 손 모읍니다.

주옥 같은 시! 마음 책꽂이에 남아

문인화 화가 **조 경 심**

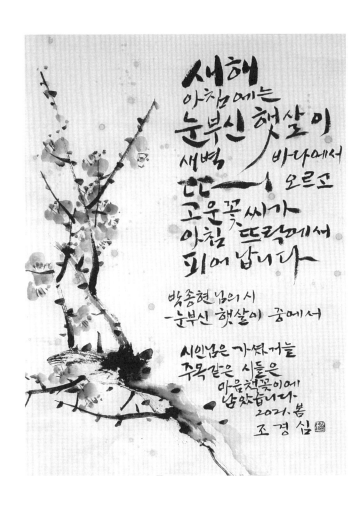

새해
아침에는
눈부신 햇살이
새벽   바다에서
뜨고
고운 꽃 씨가
아침 뜨락에서
피어 납니다

박종현 님의 시
-눈부신 햇살이 중에서

시인님은 가셨거늘
주옥같은 시들은
마음책꽂이에
남았습니다
2021. 봄
조 경 심

그대 빈자리가 너무 허전하오

동화작가 조 대 현

등산(等山) 박종현 선생의 부음을 듣는 순간 내 머릿속에는 두 가지 상념이 스쳐 지나갔다. 하나는 동년배 문우를 먼저 떠나보내는 슬픔과 애석함이요, 또 하나는 그가 문인으로서는 물론, 출판사업가로서 일찍이 먼 앞날을 내다본 예지력에 대한 감탄이었다.

이제까지 80여 년 세월을 살아오면서 많은 분들의 부음을 접해왔지만 그분들은 대개 나이가 연만하여 세상을 떠난 분들이라 그분들의 죽음에 그리 큰 충격을 받은 일은 없었던 것 같다. 그러나 박종현 선생의 부음은 그렇게 예사로울 수가 없었다. 그가 무인(戊寅)생으로 나보다는 한 살 위지만 그동안 '아동문학'이라는 한울타리 안에서 같은 호흡을 하며 고락을 같이 해온 생각을 하니 나도 모르게 그의 '죽음'에 나 자신의 모습이 겹쳐 보이는 것을 어쩔 수가 없었다.

'나도 이제 갈 때가 가까워졌구나!'

생각이 거기에 미치자 저절로 눈시울이 뜨거워지면서, 그동안 우리 세대가 겪어온 고난의 역정이 뇌리에 꼬리를 물고 지나갔다.

서슬 퍼렇던 일제 탄압기에 세상에 태어나, 초등학교 5~6학년 시절에 6.25의 포연 속에서 그래도 살아남아, 춥고 배고프던 청소년기에는 오로지 단 하나 '문학'으로 입신하겠다는 신기루 같은 꿈에 희망을 걸고 힘든 세월을 버텨온 우리가 아니던가. 아마 그 시절에는 '소년 박종현'도 시골 어느 초가집 호롱불 밑에서 김소월과 이광수를 읽으며 소년 문사(文士)의 꿈을 키웠으리라.

그 후 청장년기에 접어들어서도 우리 세대의 삶은 그리 녹록지 않았다. 보릿고개를 아직 벗어나지 못한 그 시절, 물려받은 유산 없이 가정을 이루어 생활기반을 마련하고 자녀를 낳아 교육시키는 도정(道程)은 그야말로 입에서 단내가 나는 고달픈 역정이었다. 그렇게 해서 이제 겨우 두 다리 뻗고 한숨 돌릴 형편이 되었는데 느닷없이 이승에서의 삶을 마감하다니……. 더구나 지금은 생애 주기를 100세로 보는 시대가 아닌가. 그런데 아직도 활발히 일할 수 있는 나이인데 우리 곁을 떠나다니, 그래서 그의 죽음이 더욱 안타깝고 애석한 것이다.

그러나 나는 박종현 선생의 죽음을 이 세상과의 영원한 작별이라고 보지는 않는다. 비록 그의 육신은 이승을 떠났지만 그가 이룩해 놓은 정신적 자산 《아동문예》는 여전히 건재하여 우리 곁에서 숨 쉬고 있기 때문이다. 《아동문예》를 그가 남긴 '정신적 자산'이라고 보는 까닭은 창간 당시(1976년) 우리나라의 사회·문화적 환경이 도저히 순수 아동문학 잡지로 어떤 승부를 볼 수 있는 상황이 아니었기 때문이다.

당시 우리나라에 어린이가 볼 수 있는 순수 교양잡지는 종교기관에서 선교의 일환으로 발행하는 《새벗》 하나뿐이었다. 그러나 50여 년의 연륜을 가진 이 잡지마저 판매부진으로 인한 경영 악화를 견디지 못해 휴간에 들어간 상태였다. 이런 엄혹한 시대에 어린이를 위한 문학잡지를 창간한다는 것은 그야말로 사명감 없이는 될 일이 아니었다.

훨씬 뒷날 나는 그가 어느 회식자리에서 창간 당시의 소회를 술김에 토로하는 것을 들은 적이 있다. 대충 요지만 옮기면 이런 말이었다.

'우리나라에 초등학교 다니는 아이들이 500만 명(1970년대 통계)이나 되는데 그들이 읽을 문학잡지 하나 없다는 게 말이 되느냐. 작가들은 또 어떤가. 작품을 써도 발표할 지면이 없어 애를 태우는 게 그때 현실 아니었느냐. 그래서 누군가는 총대를 메고 나서야 한다고 생각했다.'

이 말은 곧 《아동문예》의 창간정신이요, 창간 당시 그가 느꼈을 소명의식이라고 보아도 좋을 것이다. 즉 우리나라 어린이에게 우리 작가들이 쓴 좋은 문학작품을 읽히겠다는 '아동 애호정신', 그리고 작가들에게 발표무대를 제공하여 열악한 우리 아동문학 환경을 한 단계 끌어올리겠다는 '아동문학 진흥정신'. 이 2가지 정신이 그를 '상업적 채산을 떠나'(창간사의 한 구절) 잡지 발행에 뛰어들게 한 원동력이 되었다고 본다. 그러니까 아동문예는 그의 창간의지가 오롯이 배어있는 정신적 자산이요, 이 잡지가 계속 명맥을 이어가는 한 박종현은 죽어서도 항상 우리 곁에 머물러 있다고 보는 것이다.

그러나 잡지 발행이 사명감이나 의욕만으로 가능한 것도 아니다. 원고 수집→편집→제작→독자 확보 등 일련의 과정은 이미 '출판'이라는 사업 영역에 속하는 일이라 먼 앞날을 내다보는 예지력 없이는 감히 손대기 어려운 일이다. 내가 그의 부음에 슬픔을 삼키면서도 감탄을 금치 못한 것도 그 때문이다. 기존 잡지마저 문을 닫는 마당에 새로 출범하는 《아동문예》가 40여 년의 세월을 버티고 오늘의 대 잡지로 성장하리라고 그 시절에 누가 상상이나 했으랴. 모두가 어렵다고 고개를 갸우뚱했지만 그는 초심을 잃지 않고 끝내 기적 같은 성공을 이루어냈으니 그에게 사업가적인 자질과 집념이 없었던들 이는 불가능한 일이었을 것이다.

더구나 놀라운 것은 모든 사업에 부침(浮沈)이 심한 한국 현실에서 창업자가 세상을 떠나면 사업도 따라서 소멸하는 예가 다반사인데, 그는 이미 생전에 잡지사 운영에 필요한 노하우와 모든 권한을 후계자에게 넘겼으니 그야말로 현명한 사업가요 출판인이라고 하지 않을 수 없다. 그의 이러한 지혜로운 처신 덕분에 《아동문예》가 그 동안 500명 가까운 시인 작가를 배출하여 우리 아동문학계의 인적 자산을 축적하고, 수백 종의 작품집을 출간하여 어린이의 독서 지평을 넓혔으니 그가 한국 아동문학 발전에 기여한 공 또한 참으로 크다고 하지 않을 수 없다.

나는 박종현 선생과 종사하는 생업이 달라 평소 자주 만나 깊은 교유를 나누지는 못했지만 문학단체의 일로는 꽤 여러 번 만나 조언도 듣고 도움도 받았다. 특히 2004년 파주 출판도시에 마해송아동문학비를 세울 때 경비 부족으로 쩔쩔매는 나를 보고 그가 기꺼이 잡지 한 면을 할애하여 모금광고를 내줌으로써 건립사업을 무사히 마칠 수 있게 도와준 은혜는 지금도 잊을 수가 없다.

그는 과묵하여 평소에는 말이 별로 없지만 문학단체 회의 같은 공적 자리에 참석하여 안건에 대한 의견 충돌이 일어날 때면 과감히 일어서 어눌하지만 분명한 어조로 옳고 그름을 지적하여 회의를 원만히 이끌던 모습이 지금도 눈에 선하다. 이제 다시는 그 모

습 그 목소리를 보지도 듣지도 못하게 되었다고 생각하니 가슴이
텅 비고 눈앞이 허전해짐을 금할 수가 없다.

'박종현 사형(詞兄)! 저 세상에서는 이승에서의 무거운 짐 다 내
려놓고 편안히 잠드시라.'

연둣빛 새싹으로 돌아오리니

동시인 **조 명 제**

단풍 고운 오솔길 따라 가을이 저물고 있다.

단풍을 보면 아름답다는 생각보다 슬픈 생각이 든다. 천지를 물들이는 빨강, 노랑 단풍은 결국 나무를 지키기 위한 자기희생 아니던가?

꽃이 진다고
슬퍼 말아라.

비에 젖고
바람에 날려도
새록새록 이파리로
되살아나느니.

초록 다하면
빨강 노랑
단풍으로 물들고,

단풍 바래져

낙엽으로 떠나가도
설워 말아라.

긴 겨울 너머
새봄의 약속
연둣빛 새싹으로 돌아오리니.

이 땅에 아동문학의 씨를 뿌리고 꽃피우는데 평생을 바쳐 오신 박종현 선생님께서 영면하셨다. 선생님께서는 척박한 아동문학의 터를 일구고 수많은 아동문인들을 탄생시킨 산파 역할에 앞장서 오셨다.

돌이켜보면 나와 《아동문예》는 인연이 매우 깊다. 1982년 제5회 아동문예 신인상 당선을 시작으로 작품 발표를 비롯하여 동시집도 여러 권 아동문예에서 출간하였다.

특히 첫 동시집 『갈숲의 노래』는 문화공보부 추천도서로 선정되어 기쁨과 보람을 맛보기도 했다.

선생님께서는 굵직한 음성에 구수한 호남 사투리로 선후배 문인들은 물론, 문단의 대소사에 세심한 배려를 아끼지 않으신 무척 다정다감하신 분이셨다.

같은 시기에 《아동문예》 신인상으로 등단한 작가들이 뜻을 같이하여 '써레동인'을 결성한 바, '써레동인'의 꾸준한 활동 이면에는 선생님의 애정 어린 관심이 있었음은 물론이다.

필자가 문단에 데뷔할 무렵만 해도 선생님께서는 청년 같은 열정으로 여러 문단행사를 주관하시며 동분서주하셨는데 벌써 이렇게 가시다니 새삼 세월이 무상하다는 생각이 든다.

1976년 5월 1일 창간되어 금년 7월로 제45권 통권 441호를 맞게 되는 《아동문예》는 그야말로 우리나라 아동문학의 산역사라고 해도 과언이 아니다. 10년이면 강산도 변한다는 옛말이 무색하듯, 광주에서 출발한 아동문학의 불씨가 서울로 이어져 45년이란 긴 세월을 꽃피워 왔음은 참으로 괄목할 만한 일이라 하겠다.

각종 어린이 문화사업과 출판, 아동문학 관련 행사들을 추진해 오신 산증인께서 이제 우리 곁에서 멀리 떠나셨다. 선생님께선 동심을 간직하고, 동심의 꽃밭에서, 동심을 가꾸며 사시다가 귀천하셨다.

선생님은 가셨지만 동심을 사랑하는 모든 이들의 가슴에 새록새록 되살아나 이파리 돋아나고 새로이 꽃피울 것이다.

고인의 명복을 빌면서 거룩한 뜻 이어받아 《아동문예》의 지속적인 발전을 삼가 기원한다.

참다운 즐거움을 아는 뚝심의 사나이

한국외대 명예교수 **조 회 환**

《아동문예》를 흥성시킨 박종현 형, 작고한지 벌써 1년이 다 되어가는군. 지금 천당에서 편히 쉬고 있을 줄 아네.

생각컨대 자네와 나는 1955년 4월 광주사범학교에 입학하면서부터 동창생이 되었지. 우리는 중학생 시절의 실력이 출중해서 11대 1의 경쟁률을 뚫고 합격해서 자부심도 대단했고, 학교 환경도 아름다워서 사범학교 시절은 참 즐거웠던 시절이었지.

생각해보면 그때 처음 만난 선생님들은 중학교 때처럼 국어, 영어, 국사 선생님들도 계셨지만 교육심리학, 서양교육사 등 색다른 교과목을 담당하신 선생님들도 계셨고, 미술 선생님이나 음악 선생님들도 멋있어 보였어. 특히 김형구 선생님이나 장신덕 선생님은 외양부터 베토벤이나 슈베르트 같은 모습이기도 했고. 졸업한지 벌써 63년이 지나서 기억이 희미하지만 총체적으로 생각해볼 때 사범학교 시절은 훌륭했다고 생각되네.

박형은 문예반 활동을 했던 것으로 기억되는데 나는 2학년 2학기부터 대학 진학을 꿈꾸고 사범학교 수업에는 태만했기 때문에 자네와는 길이 갈렸던 것으로 생각되네. 한번은 등교할 때 본관 앞쪽 길바닥에 굴러 나온 자갈이 있어서 무심코 슬쩍 발로 밀어 정리한 적이 있는데 김형구 선생님이 먼발치에서 보셨는지 나를 보시

고 "착하군." 하시며 칭찬해 주셨는데, 그 때문이었는지 내 음악점
수도 거의 자네 수준 정도는 받았던 것으로 생각하네.

나는 졸업 후 백아산 밑 아산초등학교 교사로 발령받아 4-5개
월 동안 4학년 담임으로 있다가 사직하고 얼마 후 서울의 학원에
가서 입시공부를 하여 대학에 입학하였어.

회사원과 공무원 생활을 한 뒤 대학 교수가 되었지. 다시 말하
면 나는 짧은 기간이지만 초등학교 교사도 해보았고, 20여 년 뒤
의 일이지만 대학교수도 해보았지. 그래서 가끔 초등 교사와 대학
교수의 시절을 비교해 보았어. 물론 시간적 선후의 차이가 있어서
완전한 비교는 불가능하지만 어느 정도는 가능하다고 생각하네.
그 차이점부터 얘기해볼까.

첫째, 개인 신상문제에서 볼 때, 초등교사 시절에는 자동적으로
가야했던 길이었기에 주류 내지 다수파(majority)에 속했고, 둘째,
기능적으로 보면, 초등 교사시절에는 국어, 산수, 지리, 역사, 생
물, 음악, 미술, 체육 등 전 과목을 종합적으로 나 혼자 담당했는
데, 교수시절에는 한 두 과목만 전담하여 전문 강좌를 했었네.

초등교육은 심신 모든 면에서 아동들을 올바르게 가르치자는
이른바 '전인교육' 이었지. 나는 풍금을 잘 치지 못해서 다른 선생
님에게 부탁하여 해결했고, 그 외의 교과목은 그런대로 잘 가르쳤
다고 생각되는데, 한번은 체육시간에 철봉을 시범보였더니 한 학
생이 따라 해본다면서 잘못하여 손목이 빠졌어. 나는 깜짝 놀라 그
애 손목을 뺐다가 순간적으로 원 위치로 생각되는 자리에 맞추어
주니 금방 괜찮더라고.

난생 처음 정골을 해본 셈인데 신통하게 맞추어진 요행이었을

뿐 잘못했더라면 큰일 날 뻔 했지. 체육도 우선 '사고 조심'이라는 기초부터 잘 배워두는 것이 필요하겠다고 생각했어.

사실 상급학교로 진학할수록 점점 더 전공 분야로 치닫더구만. 사람에게 가장 중요한 것은 지혜, 인품, 건강 3요소, 환언하면 지육, 덕육, 체육의 삼육인데 아동시절에 전 분야를 가르치니 초등학교 교육만큼 중요한 과정이 없다고 생각하네. 사실 초등학교 교육만 충실히 받아도 인생 성장에 상당 정도 만족할 수준이어서, 형편상 상급학교 진학을 못하더라도 '열등의식'을 가질 필요가 없다는 생각일세. 반대로 학벌이 높다고 해서 지, 덕, 체 면에서 수준이 높은 것도 아니고 혹 지식 또는 지혜 면에서 비교적 상위에 있다 하더라도 건강에서는 오히려 부족할 수도 있으니 함부로 '우쭐할' 수도 없는 것일세. 더욱이 학벌이 낮은 사람도 인품 면에서는 삶의 현장에서 배우고 듣고 경험해서 얼마든지 고 학벌자의 수준이나 그 이상까지도 갈 수 있으니 고 학벌과 저 학벌 간에는 '분야 별 특징'차이만 있을 뿐 '총체적인 우열'차이는 없는 것일세.

박형이 평생 동안 전념했던 《아동문예》, 그 가치를 회고해 보고 싶네. '아동'이란 말은 대개 초등학교 적령기인 만 6세부터 만 12세까지를 지칭하더구만. 그야말로 인생에서의 최초의 기본교육이 초등교육이니 여기에 딱 어울리는 보충교육이 바로 '아동문예'가 아니겠는가. 나는 '아동문예'지를 많이 읽어보지 못해 그 내용을 상세히 평가할 수 없지만 내용구성이 주로 아동들을 위한 선생님들의 글이거나 아동들 자신의 글쓰기이니 아동들의 창의력 발달에 최고의 길잡이라고 생각하네.

내가 4학년 땐가 단체로 원족(소풍)을 갔는데 그 다음날 선생님이 소감을 쓰라고 하시기에 이렇게 썼었지. "…… 화순읍 남쪽에서 보면 앞에 서있는 만연산이나 뒤에 서있는 무등산이나 높이가 비슷해 보였는데, 오성산에 높이 올라갈수록 만연산(609m)과 무등산(1186m)의 높이가 크게 차이가 남을 알았다."고 썼더니 선생님께서, "이 글이야 말로 관찰을 잘한 글이다."면서 학생들 앞에서 칭찬해 주셨던 기억이 난다오. 그렇다면 그 글도 나의 '훌륭한'(?) '아동문예 작품'이 아니겠는가. 속담에 "세 살 버릇 여든까지 간다."고 하지. 어렸을 적부터《아동문예》같은 잡지를 사서 읽어보고, 또 거기에 자신의 글도 써보는 기회가 있었더라면 학습실력 향상에 큰 도움이 되었을 텐데 하는 아쉬움이 있구만.

공자 말씀에 "배우기만 하고 혼자 골똘히 생각해보지 않으면 자기 나름의 지식체계 속에 정리(갈무리)하지 못해서 배운 보람이 없고, 혼자 사색만 하고 따로 스승이나 서적 또는 실천을 통해 배우지 않으면 확실하지 못해 지식이라고 하기엔 불안하다."고 했는데, 이 말씀은, "배운 것을 되새김 해보면 새로운 것을 알게도 된다."(溫故而知新)거나, "현실생활의 실천을 통해서 확실한 정답을 얻는다."(實事求是)는 등의 훌륭한 말씀들과 상통하지 않겠는가? 종현 형이 아동의 창의력 계발이 중요함을 누구보다 깊이 깨달았던 것이니 얼마나 갸륵한 일인가. 그것도 필생을 매달렸으니 모르긴 몰라도 아마 자네가 80세 전후 이승을 하직할 때도 천진하고 해맑은 아동의 모습으로 하직했을 그 모습이 그려지네.

'아동문예'지 발간이라는 중대 사명을 수행할지언정 속된 어른들 사회에서는 관심도 인식도 별로 크지 않아서 외형상 명예도 지위도 높지 않았던 것으로 평가할 수 있는데 채근담(菜根譚)에서는

343

귀하나. 박종현

멋진 말을 하더구만. "사람들은 명예와 지위에서 느끼는 즐거움은 알면서도, 이름 없고 지위 없이 지내는, 참다운 즐거움을 알지 못하더라."고. 자네야말로 남이 알아주건 말건 그야말로 진짜 신나는 창작과 출판이라는 행복에 빠져서 그 긴 세월을 즐겼던 것일세. 나는 자네와 만나 악수를 할 적마다 "아, 뚝심의 사나이여."라며 '뚝심'만 강조했었는데 '참다운 즐거움'을 몰랐으니 그야말로 '학벌 높은 무식'의 소치이었지. 자네는 실로 큰일과 참 재미에서 행복하게 살았던 사람이었어.

지금 생각해보면 자네는 자네의 부인, 영어로는 '더 낳은 반쪽'(better half) 안종완 교장 선생님의 도움을 많이 받았을 것으로 생각하네. 문예지를 놓고 볼 때, 투입한 노력에 비해 소득은 적었을 것이고, 그것도 한두 번 내는 것이 아니고 정기적으로 출간을 해야 하니 심려도 엄청났을 것이고, 한두 해 간행하는 것도 아니고 50년 안팎을 간행했으니 그 끈기와 집념을 뒷받침 해준 분이 바로 부인 아니시던가? 아마 추모집을 내는 것은 또 한 번의 마무리 작업이실 터인데 이 다음 저승에서 만날 때 한결 개운하고 반가운 마음으로 만나시기 위해서일 것으로 생각하네.

행복한 사나이여. 축하하네. 부디 천당에서 평안하시게.

하느님 전 상서

동화작가 **진 영 희**

우리의 생사고락을 쥐락펴락하시는 하느님,

이 땅의 이렇게 많은 사람들을 살피시느라 노고가 많으신 바

바쁘신 하느님께 한 가지만 부탁드립니다.

귀하께서 절대 잊으시면 안 되실 아동문예

꼭 번성케 하시고 책임져주셔야 합니다.

귀하, 오랜만이야!

귀하, 점심은 했어?

귀하가 빠지면 안 되지.

귀하! 귀하! 귀하!

이렇게 아동문예에서 듣던 귀하라는 말을 사라지게 한 책임입니다.

세상 누구도 귀하라고 불러준 적이 없는 시대에

박종현 선생님은 흥건하게 우리의 귀를 귀하로 적셔주셨습니다.

귀하로 의기소침했던 마음에 용기가 펄럭였고,

귀하+귀하+귀하로 이어진 울타리는 튼튼하고 향기로웠습니다.

그를 너무 일찍 데려가셨지만 하늘나라에도 그가 필요했을 거

345

라 믿어

    우리를 부르던 귀하라는 말을 그리며 듣고 싶어도 참습니다.

    그렇지만 하느님!

    귀하, 귀하, 하는 말이 아직도 우리의 마음속에 있는 이상

    아니, 자비로우신 하느님은 그 이후까지도

    아동문예를 굽어 살펴 주실 것을 굳게 믿습니다.

아동문학 꽃나무가 된 《아동문예》

동화작가 **차 원 재**

우리나라의 아동문학 작가가 1천 명 시대를 맞았다. 그 가운데 우뚝 선 꽃나무 한 그루가 있다면 그게 바로 《아동문예》다. 그때 박종현 주간은 신인 배출이라는 큰 작업을 하면서 작가의 활동무대를 만들어 준 고마운 사람이다. 아동문학 전문 문학잡지를 만들어 우리들의 위상을 높여주었다. 그전 아동문학은 성인지 곁에 가면 배려해서 작품을 실어준다는 게 으레 꼬리에 꽂아주는 푸대접을 받던 시절, 그는 과감하게 독립잡지를 창간하고 다시 말하자면 영역을 넓히면서 토양을 제공, 수분 공급, 햇볕도 챙겨서 쪼이게 만들어준 유공자가 틀림없다.

비록 전라도 광주에서 출발해서 상경했지만 야심과 추진력은 큰 공훈을 이룬 게 분명하다. 1976년 창간인데 오랜 세월을 잘 극복했다. 우리나라의 명멸하는 잡지의 수명은 대개 두세 권을 찍다가 사라졌다. 열악한 시장과 빈약한 자금력 때문이었다. 아동문예라고 예외는 아니었을 텐데 그의 의지는 악조건을 극복했다. 너무도 고마운 일이다.

더욱 대견스러운 건 더러 다른 문예지 관리자가 자기 주변 사람끼리만 가지고 놀던 것에 비해서 아동문예는 모든 작가들이 참여하는 넓은 마당이며 큰 꽃밭이라는 작가들의 발표무대였다. 아동문예 잡지는 시종 일관되게 그런 편집방침을 고수하는 걸 보고 있다.

그가 세상을 떠난 뒤 2대 안종완 발행인의 시야는 지평이 더 넓다. 편집방향의 폭을 넓혀서 기성과 신인의 활동무대를 아우르는 지면을 제공하는 명실 공히 우리나라 유일의 아동문학 잡지로 자리매김하게 되어 다행이다.

나는 창간호부터 책을 접하면서 늘 머릿속에 간직하고 있는 생각인데, 아동문예의 두 가지 자랑거리가 있다.

첫째는 제호의 제자(題字)를 참 잘 받았다.

표제는 잡지나 책의 얼굴이다. 품격을 갖춘 제자(題字)는 책의 인상을 좌우한다. '아동문예'는 우리나라 한글 서예 일인자(一人者)라는 평보(平步) 서희환(徐喜煥)의 작품이다. 그건 보물이다. 평보는 시인 권일송과 함께 내 친구인데 인격을 갖추었고 평소에도 만나보면 후덕한 인품을 지닌 작가이다. 평보는 훌륭한 스승인 소전 손재형 선생을 만났다.

대한민국 국전(國展)에 3번 특선, 4번째 노상 이은상의 '애국시'를 써서 대통령상(1968)을 받은 작가다. 소전 손재형 선생은 추사 이후의 명필로 손꼽는다. 그의 서풍(書風)을 영향 받아 쓰던 작품을 더 발전시켜 쓰던 감필법(減筆法)으로 '행주산성 전첩비문' 등 역작을 남겼다.

그가 애국시를 써서 당선되기 직전 나하고 얽힌 일화가 있다.

습작(習作)을 가지고 소전 선생의 지도를 받아가지고 오던 길이었다. 그때 우리는 목포에서 교원 생활을 하고 있었다.

나는 마해송 선생을 뵙고 작품지도를 받고 오다가 우리는 귀향길 열차 태극호의 한 자리에서 우연히 마주 앉았다. 평보는 스승께서 습작한 작품 위에다가 직접 빨간 글씨로 수정해준 것을 꺼내어 보여주었다.

"와! 그건 보물일세."

나는 평보가 부러웠다. 소전 선생이 마치 손자의 손을 잡고 가르치는 애정처럼 돋보였다. 그와는 다르게 마해송 선생은 내가 사숙(私淑)하던 10년 가까이 사이에 그처럼 따뜻한 배려는 없었다. 작품을 써가지고 가면 열심히 읽어주는 것으로 그쳤다.

평보는 바로 그해, 그 작품이 국전 초유(初有) 서예작품 대통령상 수상작으로 뽑혔다.

후반기 작풍(作風)은 왕성한 필력을 살려서 필체를 바꾸었다. 한글 판본체(板本體)를 도입하면서 쓴 용비어천가(龍飛御天歌)는 지금 대영박물관에 전시 후 보존되어 있다. 평보는 세계적인 작가다. 아동문예는 그런 작가의 글씨를 받아서 제호로 썼다. 문인들이 잘 알까 모를 비화(祕話)인데 정말 자랑스러운 일이다.

지금 비 개인 뒤 죽순처럼 쏟아지는 단행본이나 잡지 표제에 글씨다운 건 볼 수 없다. 《현대문학》, 《월간문학》의 표제가 소전 손재형 선생의 제자(題字)이다. 흔히 눈에 띄는 건 요즘 유행하는 예서체라면서 초등학생 경필체(硬筆體)만도 못하게 마치 낙서처럼 갈겨 쓴 게 유행의 필기체가 대세를 이루는 걸 보면 평보의 서예 작품으로 표제 선택한 것은 박종현 주간의 안목이 빼어났음을 말해준다. 아동문예는 예쁘게 썼으면서도 달필(達筆)이다.

평보가 제호를 쓸 때는 필력이 왕성하게 무르익은 대통령상 수상 이후이다. 아쉽게도 박주간한테 제호를 얻은 경위는 듣지 못했다.

두 번째 자랑스럽게 생각하는 것은 편집이 안정적이고 아담해서 탐탁하다.

내가 전공분야는 아니면서도 편집(Layout)에 관심이 있어서 여기저기에서 주로 아동물 편집을 눈여겨본다. 그러면서 혼자 하는 말이 있다.

'편집은 아무나 하나?'

그건 아니라고 부정(否定)한다. 분명히 잘 하는 사람이 따로 있다. 나는 일본을 여행하면서 큰 서점의 아동물 코너, 코엑스 국제도서전에서 이태리, 프랑스의 아동물 편집을 눈여겨본다.

우리나라의 아동물 편집인이 수없이 많지만 그 가운데서 으뜸은 아동문예 '박옥주' 편집부장을 손꼽는다. 이건 면찬일 수 없다. 오랫동안 연마해서 얻은 능력과 그가 타고난 재능이라고 본다. 아동문예가 이만큼 장수하면서 발전한 동력이 바로 그의 편집에서 뒷받침했다. 박 주간이 섭외라는 외무(外務)를 맡았다면 편집이라는 내부 작업은 편집부장 몫이다. 조용히 말없이 아담하게 뽑아내는 편집 솜씨는 타의 추종을 불허하는 수준이다. 아동문예가 오늘날 이만큼 발전한 숨은 유공자가 박 편집부장이라고 믿는다.

아동문예가 발전해서 사단법인 등록을 하고나서 타계한 뒤 박 이사장(理事長)의 일주기가 되었지만 발전의 기틀이 굳어진 건 안종완 발행인의 능력이다. 그는 보성 안씨 명문가문의 후손이다. 나는 그의 고향 제각(祭閣)을 방문했던 적이 있다. 주련(柱聯,기둥에 붙이 글귀)에 추사(秋史)친필을 보고 감탄한 추억이 있는데 그건 안 발행인의 배경이다. 아동문예가 더욱 발전을 내재한 밑그림이면서 동력이 되고 더욱 성장할 줄 믿는다. 더불어 더 넓은 아동문학의 꽃밭을 일굴 배경이 될 거라면서 꾸준히 발전을 기대한다.

351

환한 달님 되어 빛나소서

동시인 **채 정 순**

박종현 선생님을 만나던 날
1994년 5월 월간지 아동문예(동시 부문)
신인상을 받을 때,
악수하던 따뜻하고 인자하신 그 모습
아직도 생생하게 기억납니다.

자주 찾아뵙지는 못했지만
가끔 안부 전화 드리면
"잘 있었어요? 학교 근무 잘하시고?"
"이 화가도 잘 계시죠?"
자상하게 물으시던
그 목소리 잊을 수가 없습니다.

이 화가는 선생님 고향 친척이며
한국화를 그리시는 선생님이다.
제가 이 선생님 밑에서 사사 받고 있는
학생이기에 꼭 안부를 물으셨다.

아동문예 행사 때 올라가면
"먼– 길 오느라고 고생했어요."
웃으시며 다독여 주시던 그 모습
눈에 선합니다.

아동문예로 젊음을 바치시며
외길로 외로움 달래시며 문예지로 우뚝 솟게
이끌어 오신 열정과 끈기, 인내를 읽을 수 있었습니다.

선생님께서 해외 탐방 이곳저곳 하시고
진솔하게 엮어 만들어 놓으신 글 읽을 적마다
새로운 도전의 자세에 대단하심을 알았고
그곳의 문화를 접할 수 있어 고마웠으며
저에게 새로운 꿈을 꾸게 해주셨습니다.

선생님의 부음 소식을 듣고
한동안 멍하니 서 있었습니다.
선생님이 안 계신 오늘
세월의 길목에 보고픈 연정이
하늘하늘 가슴 속에 들어와
그리움으로 자리 잡고 있습니다.

선생님!
모쪼록 꽃피고 새우는 아름다운 천국에서
환한 달님처럼 밝게 빛나시길 바랍니다.

나의 마지막까지 친구 종현이 형!

동시인 **최 두 호**

나는 고등학교 때 우연히 들어간 문예반에서 글쓰기를 배웠지요. 문예반에 들어가고 싶어서 들어간 게 아니라, 사범학교라서 누구나 의무적으로 특별반 한 곳에 들어가야 했었지요.

음악도, 미술도, 체육도 못했던 내가 들어갈 곳이라곤 문예반밖에 없어서 들어갔지요.

책만 읽으면 되는 줄 알고 들어갔는데 글을 쓰라고 하더군요.

그때 우리 학교에는 신춘문예 출신 영어교사 윤삼하 선생과 옆 고등학교에도 신춘문예 출신 국어교사 권일송 두 분이 계셨지요. 두 분의 영향으로 글을 쓰기 시작하면서 고등학생들에게 인기 있었던 《학원》잡지에 박목월 시인의 추천으로 시도 발표했고, 서울신문 〈학생란〉에 시도 발표하면서 시 쓰는 멋을 들이게 되었지요. 교내 활동도 열심히 해서 《벌판》이라는 동인지에서 활동했고, 1년에 한 번씩 발행하는 학교 교지를 2학년 때부터 편집 책임자로 출판사를 드나들었으며, 3학년 때는 문예부장으로 활동하기도 했지요.

졸업하고 벽지 학교에 근무하다가 영장이 나와서 군대에 입대했습니다.

춥고 추운 1월 눈 내리는 날, 논산 훈련소에서 박종현과 내가 처음 만났었지요.

맘씨 좋은 아저씨 타입의 종현이 형과 새침떼기 두호가 만나서 좋은 친구가 되었지요.

그렇게 춥고 고된 군대 생활을 서로가 서로를 아끼는 우정으로 외로운 군 생활을 이어갔습니다. 군 생활을 하는 동안 나는 종현이 형이 글 쓰는 사람인 줄 몰랐고, 종현이 형도 내가 글 쓰는 사람인 줄 모르고 군 생활을 마쳤지요. 군 생활이 끝난 후 복직해서 학교에서 근무하다가 공부를 더 하고 싶어서 나는 서울로 올라와서 서울 변두리 대학에서 법과대학에 입학해 법 공부를 시작했지요.

예능과목이 젬병인 나는 도저히 교직 생활이 적성에 맞지 않아서 직업을 바꿔 보려고 재학 중 행정고시를 몇 번 보았지만 번번이 낙방이 되고 말았지요. 생각을 바꿔 교육행정가 되고 싶어서 70년대 초 연세대 교육대학원에 입학해서 낮에는 직장생활, 밤에는 학생으로 주경야독을 시작했습니다. 빈손으로 서울에 올라와서 대학, 대학원 신촌 생활을 하다 보니 경제적으로 너무 쪼들려서 돈을 벌기로 했습니다.

대학원 졸업 후 본청 장학사 직도 권유받았지만 뿌리치고 낮에는 직장 생활, 밤에는 부업으로 돈을 벌기로 했습니다. 글을 쓰는 것은 군 제대 후 모두 잊어먹고 낮에는 직장, 밤에는 부업으로 열심히 산 덕분에 경제적으로 점점 살림이 좋아지게 되었습니다.

어느 정도 경제적으로 성공이 되자 직장 생활과 부업이 지겨워지기 시작해서 이제 제 삶의 여유를 찾고자 직장에서는 명퇴를, 부업도 그만하고 백수 생활이 시작되었습니다.

아차! 그 전에 제가 서울에서 직장 생활을 하면서 친구 자녀 결혼식에 갔는데 반가운 군대 친구 종현이 형을 만났지요. 헤어진 지 30년만이었지요. 부부가 함께 온 바람에 회포도 풀지 못하고 헤어지면서 명함을 주고받았지요. 집에 돌아와서 명함을 자세히 들여다보니 출판사를 하고 있더라구요. 아! 저 친구가 글을 쓰는 사람이었구나! 너무 반가웠습니다.

집에서 쉬고 있는 차에 출판사를 하는 친구를 만나다 보니 다시 글을 쓰고 싶은 욕심이 나더라구요. 그때부터 글을 쓰기 시작해서 몇달 만에 시를 모아서 출판사로 친구를 찾아갔더니 그때 친구가 만들어준 책이 시집 『산사(山寺)를 그리며』라는 책이었습니다.

시집 발문을 부탁 안했는데 자진해서 제 시집에 발문도 써주고 책도 멋지게 만들어 주었지요. 시집 출판을 계기로 종현이 형을 만나서 술잔을 기울이기도 했지요.

어느 날 종현 형이 말하기를 자기가 아동문학출판사를 하고 있으니 아동문학을 권유해서 아동문학의 길로 들어갔습니다. 그때부터 종현이 형이 나의 아동문학 지도 교수가 되어 각종 출판기념회, 문학 강연, 지방문학 순례를 데리고 다니면서 백수로 쉬고 있는 나에게 새로운 아동문학의 길을 열어주었지요. 출판일로 바쁜 관계로 나의 문학 스승으로 차원재 작가와 문삼석 시인을 추천하면서 두 분의 지도를 받게 되었습니다.

그 후로 자기가 출판하고 있는 《아동문예》에도 등단시켜 주고, (사)한국문협에도 가입시켜 주었지요. 그리고 내가 거주하고 있는 고장의 문협단체도 가입하라고 권유해서 성남문협, 경기문협에도 가입하면서 본격적으로 늦은 나이에 문단에 데뷔하면서 아동문학계에 말단으로 발을 들여놓게 되었습니다.

틈틈이 작품을 모아서 지도교수 문삼석 형의 도움으로 동시집 『꽃비 내리는 날』, 『연꽃풍덩 꽃향기 동그르르』도 내놓게 되었습니다. 그리고 종현 형의 권유로 인물시집 『당신들이 있어서 행복한 세상』도 발간하게 되었습니다.

종현이 형의 아동문예, 성남문협, 경기문협의 후원으로 출판기념회도 갖게 되었습니다.

돌아가시기 몇 년 전부터 세상살이가 버겁고 우울하다면서 시간만 나면 전화로 수다를 떨면서 세상 이야기, 가족 이야기, 출판사 사정이 어려운 이야기를 하면서 시간을 보냈지요. 자주 만나고 싶다면서 내가 찾아오기 힘들다면서 자기가 두 시간이 걸리는 지하철을 타고 나를 찾아와서 술잔을 기울이면서 서로간의 인생 말년의 우울감을 달래기도 하였지요.

돌아가시기 몇 개월 전부터 바깥출입이 불편해서 제가 가천대 최명숙 교수와 함께 도봉산 산장에서 아동문예 출판사 식구들과 밥 먹은 것이 우리의 마지막 만남이 되었지요.

그래도 종현이 형 말년에 내가 그대의 말벗이 되어서 같이 시간을 보냈던 것이 제게는 행복한 추억이 되었습니다. 지금도 하늘나라에서 《하늘 아동문학 출판사》를 차려놓고 이 땅의 아동문학가들을 기다리고 있는 종현이 형! 우리가 다시 만날 때까지 부디 건강하시구료!

구수한 숭늉 같은

동시인 **최 신 영**

돌솥밥을 먹는 날이면
생각이 난다.

돌솥밥 밑에 눌어버린 누룽지에
물을 부어 뚜껑을 덮어놓고
공기밥을 다 먹은 후
돌솥의 뚜껑을 열면
향기가 난다.
구수한 숭늉이다.

문학 행사 때,
진두지휘하시던 박종현 이사장님
목소리에서도
얼굴에서도
발소리에서도
숭늉 냄새가 났었다.

보드라운 밥은 다른 이들에게 주고

뜨거운 불의 열기를 받으며
온몸을 달궈낸 누룽지로 사셨다.

《아동문예》와 인연을 맺은 지 25년이 되었다. 그동안 아동문예의 여러 가지 행사, 다른 협회의 행사, 사당동에서 갖던 모임에서 보여주신 선생님의 푸근한 인간미가 그립다. 서류 봉투 옆구리에 끼시고 술에 취해 어눌한 발음으로 말씀하시면서 지하철역으로 걸어가시던 모습이 지금도 눈에 선하다. 급해 보이지 않으면서도 리더십이 있으시고 문학을 사랑하는 열정이 있어서 ≪아동문예≫를 오랜 기간 이끌어 오신 것이리라.

《아동문예》와 함께 얼마나 많은 날들을 고심하며 사셨을까. 행복할 때도 있었을 테고 힘들었을 때도 있었을 테지만 이제는 편안히 하늘나라에서 쉬시길 기도한다.

갓난 아기의 탄생

시인 **최 영 숙**

만지면 바스러질 것 같은 한 아기를 조심스럽게 안아봅니다.

이 아기는 1976년 5월에 태어난 《아동문예》 창간호입니다.

이 아기를 나에게 보내주신 내 아버지께서는 당신 서재의 책들을 도서관에 모두 기증하시고, 귀한 책이니 소중하게 보관하라시며 명함과 편지도 그대로 넣어 제게 보내셨습니다. 아버지께서는 책마다 일련번호를 붙이셨는데 《아동문예》 창간호는 776번입니다. 이 책 첫 장에 〈牛田臟書(우전장서) 776〉 도장이 찍혀 있습니다.

이 아동문예를 창간한 박종현 회장을 도봉문인협회에서 만나게 될 줄 누가 알았겠습니까?

이 글을 쓰기 위해 아동문예 창간호를 다시 꺼내어 읽어봅니다. 일생을 당신의 숙원으로 가꾸고 기르신 그 신념 때문인지, 오랜 시간이 지났음에도 책 속에서는 복수초 꽃이 활짝 피어 있었습니다. 눈을 밀고 나와 제일 먼저 봄을 알리는 그 찬연한 꽃!

이 책 103페이지 안에는 28편의 동시와 7편의 연재동화, 시론과 아동문단 주소록이 담겨 있습니다. 동시 중에서 회장님 '동물원 구경'은 그 시절에 동물원이었던 창경원 풍경이 그대로 그려졌습니다. 얼룩 호랑이, 갈색 사자, 다리가 짧은 하마, 기린의 귓구멍, 공작의 찬란한 부채에서 꽃구름을 보고 계신 회장님, 아이들의 호기심 어린 눈망울들.

창간호에 실린 발행인 박종현 님의 글을 그대로 여기에 옮겨 봅니다.

"갓난 아기가 이 세상에 태어났습니다.

5월! 어린이 달에 탄생한 생명은 앞으로, 이 세상에서 즐거움보다는 여러 가지 어려운 일이 많을 것입니다. 갓난아기는 씩씩하지도 않고 예쁘지도 않지만 귀중한 생명을 지녔습니다. 달마다 조금씩 건강해지고 조금씩 예뻐지도록 애쓰겠습니다. 이 땅에 아동문학 작품을 쓰시는 분은 많지만, 아동문학 예술 전문 월간지는 없습니다. 아동과 어른이 함께 읽는 문학잡지 《아동문예》의 탄생이 상업적인 채산을 따진다면 출생 신고는 벌써 잘못입니다. (중략) 아기의 활달한 성장을 위해서 삼가 지도를 바랍니다."

회장님께서 일생을 불사르신 《아동문예》에서는 색깔이 다르고 모양은 다르지만 동심의 바탕인 새로운 아기들이 태어나고 있습니다. 또한 여기에 실린 글들은 사랑과 진실만을 표현할 것입니다.

육각형의 눈꽃이 화려한 날개를 휘날리며 날리는 이 시간에도 이 땅에서는 코로나로 고통받고 있는 이들이 많습니다.

말씀 한 마디로 생명을 살리시는 그분에게 바이러스가 물러가도록 회장님께서 청해주십시오.

그리고 가끔씩 얼핏얼핏 소년의 앳된 웃음을 보여주시던 그 밝은 미소로 성년이 된 《아동문예》를 축복해 주십시오.

존경하는 회장님, 이 귀중한 아기 생명의 책은 제 손자가 족보와 함께 물려받기로 벌써 예약이 되어있습니다.

"시인은 부지런히 시를 쓰고 시집을 내야 발전할 수 있다." 하시며 만날 때마다 게으른 저의 잘못을 지적하시고 가르침을 주셨던 회장님.

중국 성지순례에서 사경을 헤매시던 하룻밤 함께했던 시간이 애잔하게 떠오릅니다. 그날, 회장님 내외분만 비행장에 남겨놓고 돌아오는 비행기 안에서 저는 얼마나 뒤척이며 아파했던가요. 장춘길림대학병원에서 사흘 만에 의식을 찾아 귀국하셨으니 어찌 감사하지 않을 수 있겠습니까?

도봉산 위로 저물어 가는 겨울 노을이 참 아름답습니다.

봄이 오면 회장님께서 걸으셨던 우이천 길을 안종완 선생님과 함께 걸으며 슬픔을 달래겠습니다. 그리하여 가슴 깊숙이 그리움을 묻어두겠습니다.

362

아동문학에 바친 삶과 아름다운 인연

동시인 **하 청 호**

지금 생각하니 참 아득한 옛날이다. 1976년 아동문학 전문지를 표방한 월간《아동문예》창간에 즈음하여 박종현 주간의 동시 원고 청탁을 받았다. 당시는 출판 사정이 매우 열악하여 수익이 보장되지 않는 전문잡지를 낸다는 것은 지난(至難)한 일이었다. 그런데 박 주간은 그 힘든 일을 하겠다는 것이다. 나는 박 주간의 아동문학에 대한 열정에 깊은 감명을 받았다.

그 후 박 주간의 호의로《아동문예》에 다수의 작품을 발표하며 스스로 창작 의욕을 고양시켰다. 특기할 것은 1987년 박 주간은 나에게 연작시를 써볼 것을 권유하며 지면을 제공하겠다고 했다. 이때는 아동문예가 서울로 옮겨 한창 발전하던 시기였다. 발표지면이 부족한 당시의 상황을 고려하면 매우 파격적인 제안이었다.

나는「별과 풀」이라는 주제로 2년에 걸쳐 48편을 발표하였다. 연재가 끝난 후 1989년 봄, 박 주간은 발표된 연작시와 미발표 작품 12편을 엮어 작품집을 내주겠다고 했다. 고마운 제안이었다. 감사한 마음으로 승낙하고 그해 5월, 작품집『별과 풀』이 출간되었다.

이 작품집은 같은 해 '대한민국문학상' 우수상을 수상하는 기쁨을 가졌다. 이 모든 것은 박 주간의 순정한 도움이라고 생각한다.

그 후에도 나는 아동문예에 다양한 소재의 작품을 발표하면서 문학적 지평을 넓혀나갔다. 대표작 중의 하나인 「아버지의 등」도 《아동문예》(2008.11)를 통해 발표되었다. 이처럼 아동문예는 내가 오늘이 있기까지 성원해 준 고마운 잡지이다. 그 뒤에는 박 주간의 애정 어린 배려가 있었음은 말할 것도 없다.

우리는 《아동문예》를 얘기하면 박 주간을 생각한다. 박 주간이 아동문예이며 아동문예가 박 주간인 것이다. 《아동문예》가 이 땅의 아동문학에 끼친 영향은 참으로 지대하다. 신인작가 발굴, 세미나 개최, 지면 제공, 단행본 발간, 그리고 각종 문학상을 제정하여 창작 의욕을 고취한 것 등이다.

박 주간은 이제 유명을 달리했지만 아동문예를 통해 배출된 다수의 역량 있는 아동문학인은 이 땅의 아동문단을 풍성하게 하고 있다. 따라서 어린이에게도 양질의 문학 작품을 읽게 하는 데 기여하였다.

아동문학인은 기억할 것이다. '도봉구 쌍문동' 그 곳은 아동문학 중흥을 위한 또 하나의 진원지였다고 말이다.
삼가 고인의 명복을 빈다.

박종현 주간님을 기리며

동시인 **한 명 순**

주간님,
죄송합니다.
죄송합니다.

두 무릎 단정히 꿇고
발이 저리도록
용서를 빕니다.

황망하게 그리 떠나실 줄 알았더라면
다시는 만나 뵙지 못할 줄 알았더라면

한 번이라도 더 찾아뵐 것을,
이제야 후회합니다.
아픈 원망만이
가슴을 메웁니다.

31년 전, 제가 원고를 들고
처음 찾은 곳이 쌍문동 언덕 위,

귀
하
나,
박
종
현

책으로 창가 햇살마저
가려 버린 옥탑 방,
아동문예사였지요.

들어서는 순간
반가움과 설렘보다는
남루와 암울함에 실망을 앞세웠던
참으로 철없던 시절이었지요.

그런 저를 당당하게 등단시켜
글로서 어린이들을 사랑하는 법을 알려주시고,
아동문예사에서만
세 권의 동시집까지 발간하게 해 주셨지요.

그 뿐인가요?
분에 넘치는 아동문학상까지 여러 번 타게 해 주셨으니
이 모두가
주간님 덕분 아니면 누구이겠습니까?

우리 아이들 혼사까지 놓치지 않고
사모님과 함께 찾아 주신 일은
지금까지도 잊을 수가 없습니다.

그 빚들

조금도 갚지 못하였는데
훠이훠이 가시다니요?
우리 곁을 영영 떠나시다니요?

겉으론 투박하고
별말씀은 없으셨지만,
마음만은 언제나
친정아버지나 오라버니 같으셨던 분,

지금도 아동문예사 문을 두드리면
문을 활짝 열어젖히고,
의자 내밀며 반갑게 맞아주실 것만 같아
고추를 먹은 듯 가슴이 매워옵니다.

그러나
자랑스러운 박종현 주간님,

지금 이 순간에도
아동문예사에서 배출한 수백의 푸른 나무들이
저마다의 향기를 뿜어내며
이 땅위에 동심의 숲을 열심히 가꾸고 있습니다.

박 주간님께서 그리 염원하셨던
아름다운 동심의 나라,

머지않아 이 땅 위에
찬란한 무지개로 떠오를 것입니다.

이제 이승의 어린이들 걱정은 놓으시고
하늘나라 어린이들에게
재미있는 이야기도 들려주시고
함께 맘껏 뛰어 노는
멋쟁이 할아버지가 되어주세요.

하늘나라에서도 오로지 어린이들을 위하고
어린이들에게 사랑을 나누어 주실
박종현 주간님,
오늘은 유난히 주간님의 음성이 그리워집니다.

보고 싶습니다.

운명의 흐름을 바꾼 만남

동화작가 **허 순 봉**

사람은 살면서 이런저런 만남을 갖게 된다.

좋은 만남도 있고, 나쁜 만남도 있고, 이도 저도 아닌 그저 스쳐가는 만남도 있겠으나, 내 경우에는 운이 좋았던 덕분에 좋은 만남이 많았다.

특히 박종현 선생님과의 만남은 내겐 축복과도 같은 만남이었다.

선생님 덕분에 내 운명의 흐름이 크게 바뀌었으니 내겐 정말로 존재감이 크신 분이다.

어릴 때부터 글쓰기를 좋아하긴 했으나 작가가 되고 싶단 생각까진 안했는데, 어찌어찌 하다 보니 스물 중반에 방송국의 연예 프로 작가가 되어있었다.

처음 시작할 땐 모든 것이 신기해서 재미있었으나 시간이 지날수록 나는 지쳐갔다.

방송 쪽 사람들의 거친 언행들도 거슬렸고(지금은 어떤지 모르나 그땐 그랬다.) 술, 담배 뇌물에 찌든 그들의 생활이라든가, 절대 늦으면 안 되는 원고 마감도, 시청률 압박도 내겐 다 스트레스였다.

방송국 생활이 몇 년이 지난, 서른 즈음.

'이건 내 길이 아닌 것 같아.'라고 생각하면서도 언덕길을 굴러 내려가는 바퀴처럼 멈추지 못하고 있었다.

지금 돌아봐도 내겐 그 시절의 삶이 끔찍하다.

어느 날인가 머리를 식힌답시고 시를 쓰는 언니와 함께 덕수궁에 갔다가 마로니에 백일장 동화부문에 참가하게 되었고, 덜컥 장원으로 뽑히고 말았다. 그때 내 작품을 뽑아주신 분이 바로 박종현 선생님이시다.

마로니에 장원은 추천 1회가 된다고 해서, 얼마 뒤에 단편 동화 한 편을 써서 박종현 선생님을 찾아갔고, 그 작품이 바로 2회 추천작이 되어 동화작가로 데뷔했다.

동화작가로 데뷔해서 뭐 어쩌자는 생각도 없었는데 선생님께서 내 사정을 들으시고 당시로는 꽤 유명했던 모 출판사에 리라이팅 작가로 취업시켜 주셨다.

그때는 몰랐는데, 바로 그날, 그 출판사에 첫 출근을 했을 때가 바로 내 운명의 물길이 바뀌는 순간이었다.

덕분에 지긋지긋하고 힘들었던 방송 일에서 차츰 벗어났다.

비록 창작이 아니라 리라이팅이기는 했으나 그 일을 하면서 비로소 내 자리를 찾은 느낌이라 무척 편안했었다. 게다가 리라이팅 작업은 문장공부에도 많은 도움이 되었다.

마음이 편안하다보니, 창작 의욕도 마구 솟아나서 창작에도 열정을 쏟게 되었다.

다행스럽게도 그 출판사에서 출판한 작품들이 거의 베스트셀러가 되는 바람에 월급쟁이 출판사 직원에서 벗어나 글을 써서 생활을 할 수 있는 어엿한 전업 작가가 될 수 있었다.

만약 박종현 선생님께서 그때 내 작품을 뽑아주지 않았더라면 나는 동화작가가 되었을까?

그 많은 작품들을 쓸 수 있었을까?

이 세상에는 뛰어난 재능을 갖고도 기회를 갖지 못해 좌절한 사람들도 많을 거라고 생각한다.

나는 가진 재능에 비해 운이 좋았다. 적어도 내겐 기회가 주어졌으니까.

내가 마음껏 글을 쓸 수 있게 기회를 마련해 주신 선생님,

선생님과의 인연은 어쩌면 내 인생에서 가장 커다란 기적이었는지도 모르겠다.

인연

동시인 허 지 숙

사람의 인연은 우연한 만남이라고 했던가?
동시를 쓰고 싶다는 이유 하나로
아동문예 태동의 산실 광주 서석동 집에서
박종현 선생과 만난 지도 벌써 수십 년이 되었다.

그 시절 산마을 학교에서 근무하면서
맑은 영혼의 산물 동시들이 쏟아져
《새교실》추천, 《아동문예》신인상을 받고
아동문학가라는 이름을 얻게 되었다.

몇 년 후《아동문예》인사동 시대로,
나 또한 직장 발령으로
서울 생활이 시작되었다.
두 번째 만남이라고나 할까?

자주 뵙지는 못했지만 작은 인사동 사무실에서,
어렵고 힘든 출판사 세계에서
오직 아동문학을 위해 애쓰시는 선생님의 모습은

집념과 의욕으로 가득 찬 젊은 작가였다.

그 후 쌍문동 문예마을로 자리를 잡을 때
우리 집은 가까운 상계동에 있었으니
세 번째 만남이었다.

그동안 글쓰기에 소홀한 나를 볼 때마다
왜 동시를 쓰지 않는가? 작가는 글을 써야지!
든든한 오라버니처럼 나무라시면
"시다운 시가 별로 없어서 쓰고 싶지 않아요."라는 핑계로
시건방을 떨었다.

사실은 작가들을 폄하하는 것이 아니라
게으른 내 자신의 변명이었다.
좋은 작품으로 보답하지 못해
지금껏 죄송할 뿐이다.

한 번도 화낸 모습을 본 적이 없고
언제나 변함없는 진국 같은 선생님은
인복이 많으셨다.

아동문예를 통해 전국에서 활동하고 있는 수백 명의 작가들이
있고,
   항상 옆에서 건강을 챙겨주시고 조용하게 내조하신 단아한 모

습의 안종완 사모님,

  아동문예를 위해 밤낮으로 애쓰는 능력 있는 박옥주 편집장님,

  사랑하는 가족들,

  주위에 따르고 염려하는 수많은 지인들…….

  몇 번이나 병마에 쓰러졌다 불사조처럼 일어서는 모습은

  평생을 바쳐온 아동문예 끈을 놓지 못한 정신력이 아니었을까?

  지금도

  "옥주야! 다음 달 아동문예 원고 다 준비됐니?"

  물으실 것만 같다.

  걱정하지 마세요.

  사모님과 동생이 너무 잘 하고 있으니…….

  모두의 가슴속에 따뜻한 정의 씨앗

  묻어두고 떠나신 선생님!

  그곳에서도 「아침을 위하여」 같은 영롱한 시 마음껏 쓰시고,

374

  모두에게 등대 같은 맑은 영혼의 별이 되소서!

고 박종현 선생을 추모하며

동시인 **허 호 석**

"님은 갔습니다. 그러나 우리는 님을 보내지 아니하였습니다."
못잊어 뒷걸음질로 가도 가도 그 자리인 것을
참되거라 잘 되거라, 님은 아이들의 꿈과 희망과
사랑의 텃밭을 가꾸는데 심혈을 기울였더라

어두운 곳에 빛을 내는 별이듯이
가꾸던 아이들의 텃밭에 낮에는 햇살을 뿌리고
밤에는 별을 뿌리었나이다

한평생 뿌린 씨앗 보람의 꽃으로 피리니
남긴 뜻, 남긴 소망 길이길이 빛나리라

인도人道 가는 길 다 주고도 잃은 건 없다
정갈하게 간직했던 선비의 길은
참 아름다움이었습니다.

사랑과 정열의 영혼이여!
아이들이 받드는 풍선을 타고
하늘나라 별이 되어 영생하소서!

한국아동문학의 거대한 숲을 이루신 선생님

시인 허 형 만

박종현 선생님께서 소천하셨다는 소식을 뒤늦게 전해 듣고, 한국 아동문학의 거대한 숲을 이루신 선생님을 그동안 자주 뵙지 못한 불충함으로 며칠 동안 가슴이 아팠습니다.

제가 《아동문예》와 인연을 맺기 시작한 것은 광주 숭일고등학교 국어 교사로 근무할 당시 박종현 선생님의 권유로 동시를 쓰기 시작하여 1977년 11월호에 「유치원에서」를 시작으로 1978년 「아가 곁에서」, 「나뭇잎」으로 3회에 걸쳐 유경환 시인의 추천을 완료하면서 입니다. 그 후에도 1981년 목포대학교로 옮기기 전까지 박종현 선생님은 늘 저를 챙기셨습니다.

1978년 4월 23일 한국아동문학가협회 회장 이원수 선생님과 박홍근, 오학영 선생님이 광주에 오셨을 때 박종현 선생님은 김삼진, 최재환, 이봉춘, 김종두, 김목 선생님과 저를 불러 무등산 산장에서 함께 지낸 행복한 시간을 마련해주셨습니다. 그 후 매년 새해가 되면 이원수, 박홍근 선생님은 친필 붓글씨 연하장을 보내주시는 애정을 보여주셨지요.

박종현 선생님의 사랑은 면면히 이어지면서 《아동문예》 1980년 12월호에 신작특집으로 장난감을 소재로 한 시 「기차」, 「북 치는 토끼」, 「풍선」, 「오뚜기」 등 4편을 집중적으로 발표시켜주시더니 2001

년 5월호에는 《아동문예》 창간 25주년 축시도 귀한 지면에 발표시켜주셨습니다. 그때의 축시는 다음과 같습니다.

우리의 '아동문예'가 함께 있네
허형만

눈발이 아직은 덜 녹은
늦겨울 양지쪽에
큰개불알풀 오글오글 모여 앉아
저만치 밀려오는 봄을 향해
연보라 입술
쫑긋쫑긋 내미는 걸 보면
저절로 웃음이 피어오르는 속에
우리의 '아동문예'가 함께 있네.

고만고만한 또래 섬들이
물살에 업혀 물장구를 치며 놀다가도
퍼드득, 빛살을 나꿔채며 날아오르는
괭이갈매기의 흰 살결
그 황홀함에 취해
햐! 눈망울들이 똥글똥글해지는 걸 보면
저절로 웃음이 터져 나오는 속에
우리의 '아동문예'가 함께 있네.

2005년 4월 2일 서울에서 광주에 오신 박종현 선생님으로부터 광주역에서 만나자는 전화가 왔습니다. 얼마나 반가웠는지 모릅니다. 전화를 받고 어린애처럼 흥분하여 광주역으로 나가 선생님을 뵈었지요. 그때가 저녁 6시경이었습니다. 선생님은 오랜만에 이것저것 물어보시면서 따뜻하고 자상하게 제 말을 경청하셨습니다. 그리곤 상경하셨는데, 《아동문예》 5월호를 받아보고 깜짝 놀랐습니다. 「허형만 시인을 찾아서─시문학 활성화와 시사랑 운동을 펼친 시인」이라는 제목으로 인터뷰 특집이 실린 거죠. 거기에 더해 「밤이슬」 외 13편을 집중조명 형태로 발표해 주셨습니다.

돌이켜보면 2002년부터 2009년까지 초등학교 6학년 1학기 〈말하기 · 듣기 · 쓰기〉 교과서에 저의 동시 「동전 한 닢」이 수록되는 영광도 순전히 《아동문예》 덕분이었습니다. 윤동주, 박목월, 유경환 시인은 시인이면서 동시도 아주 잘 쓰셨습니다. 저도 그분들처럼 그렇게 잘 써보려고 했지만 부끄럽게도 아직 동시집 한 권 출간하지 못했는데 박종현 선생님은 제 곁을 떠나시고 안 계십니다. 살아생전 한 번 더 찾아뵙지 못한 채 선생님의 은혜만 가슴에 품고 있습니다. 박종현 선생님 죄송합니다. 지금 계시는 천국에서 저를 위해 주님께 빌어주소서.

박종현 이사장님 감사드립니다

동화작가 홍 영 숙

《아동문예》박종현 이사장님!

소년 같은 해맑은 미소와 항상 누구에게나 최고의 대접으로 호칭하는 '귀하'라는 정감 어린 목소리가 되살아납니다. 다시는 뵐 수 없고 목소리 들을 수 없어도 늘 마음속에 고마우신 분으로 남아계십니다.

지난해 봄날 분당 중앙공원에서 최두호 부이사장님과 찍은 사진 속의 모습을 다시 봅니다. 식사부터 산책길에 이어 안종완 이사장님 계신 곳으로 모셔다드리던 그날입니다. 예전처럼 건강한 모습은 아니셨지만 두 분의 각별한 우정을 지켜보던 행복한 추억이기도 합니다. 한편으로 마지막으로 뵌 모습이라 아쉬움으로 가슴이 먹먹해집니다.

1970년대 중반 교대 강의실에서 아동문학 수업을 받으며 동화작가에 대한 동경을 가지게 되었습니다. 시기에 이사장님은 척박한 아동문학의 길을 여셨습니다. 그리고 45년이라는 긴 세월을 아동문학의 선구자로서 거장으로 아동문학의 숲을 만드셨습니다. 우리나라 아동문학의 발전과 산실로 살아오신 그 공과 업적은 길이길이 영광으로 남으실 것입니다. 고개 숙여 다시 감사드립니다.

제게 동화와의 첫 만남은 그 시절 국민학교 3학년 때 『톰소여의 모험』동화책을 촛불 켜고 새벽까지 읽었던 기억입니다. 6학년 때는 전학 온 친구 집에 꽂혀있던 계몽사 『세계 소년소녀 문학전집』 『한국 소년소녀 문학전집』을 사계절 내내 빌려 읽었습니다. 동화 읽기로 인해 지금까지 책읽기를 즐기는 습관을 가질 수 있었습니다. 아울러 교직 생활 마지막 해까지 학생들에게 독서 지도를 실천할 수 있었다고 여겨집니다.

1988년 부산서 서울로 전입한 후 서울교대 계절제 국어과 편입해서 아동문학에 대한 열망을 가지게 되었습니다. 담임교수님의 권고에 따라 교실에서 동화책 읽기와 동시 외우기를 퇴임할 때까지 지속할 수 있었습니다. 아동문학 작가들 중 많은 분들이 아동문예 출신인 점에서 이사장님의 업적이 얼마나 크신지 알 수 있습니다.

연대교육대학원 국어교육과에서 문체론 등 다양한 이론을 배우고도 부족해 동국대 문창과에서 공부할 때 행운처럼 동화 강의가 개설되어 있었습니다. 동화의 길로 이끌어주신 김병규 선생님을 만나 두 명의 선배들과 몇 년간을 습작을 하는 시간을 가졌습니다. 그중 한 선배가 아동문예에서 동화로 신인상을 받고 저도 뒤를 이어 아동문예에서 동화작가라는 가슴 설레이는 이름을 선물 받았습니다. 문을 열고 받아주신 덕분에 아이들과 함께 한 시간들이 보람과 함께 행복한 추억으로 남아있습니다.

문학상 시상식 때 만면에 미소를 지으시던 이사장님의 환한 얼굴이 떠오릅니다. 자그마한 키와 얼굴에 반짝이는 눈이 친정아버지의 모습과 닮아있어 뵐 때마다 더 반갑고 감사한 마음이 들었습니다. 곁에서 따뜻한 미소로 우리 작가들을 맞아주시던 안 이사장

380

님도 함께요.

〈아동문예작가회〉 모임에 참여하며 이사장님과 선배 작가님들에게 많은 걸 배울 수 있는 인연의 시간들도 귀한 시간이었습니다. 첫 동화집을 냈을 때 강하게 질책하셨던 선배님도 계셨지만 대부분 축하와 격려를 아끼지 않으셨습니다. 고인이 되신 손광세 작가님을 비롯해 이 지면을 빌어 감사한 마음 간직하고 있음을 전합니다.

늘 부족함에도 제4회 동화문학상과 제9회 대한아동문학상을 받았습니다. 열심히 하라는 격려라고 믿으며 더 열심히 노력하는 모습으로 보답하고자 합니다. 경험이 부족해 두 권의 책을 낼 때마다 박옥주 주간님과 박종현 이사장님께 심려를 끼친 점도 송구하게 생각합니다. 그때마다 편집장님께 '원하는 대로 다 해줘'라고 하셨던 이사장님의 세심한 배려가 다시 떠올라 울컥하게 합니다. 늘 애써주신 박 주간님께도 감사드립니다.

《아동문예》 이름만 떠올려도 마음이 따뜻해집니다. 박 이사장님의 목소리를 위시해 안 이사장님의 미소와 사랑, 박 주간님과의 열정에 이어 문삼석 위원장님과 박성배 자문위원님, 신건자 회장님을 위시한 작가님들…….

떠나셨어도 늘 아동문예와 우리 작가들에게 함께 계시는 박종현 이사장님!

하늘에서 지켜보시리라 믿으며, 아동문예의 발전과 함께 감사드립니다.

귀하!
나, 박종현

박종현 선생 추모문집 발간위원회

　박종현 이사장님의 이야기는 수백 마디 말로도 표현하는데 부족합니다. 단 한마디로 표현하라고 한다면 "보고싶습니다."

－ 김삼동

　한국 아동문단에 큰 족적을 남기고 가신 박종현 선생님과 관련된 기억들을 소환하는 일은 마치 금광을 캐는 일 같았다. 더 빛나는 황금을 놓치지 않을까 내심 염려되지만 추모특집을 바치면 이렇게 말씀 하실 것이다. "귀하. 고맙네."

－ 박성배

　님께서는 작가들 가슴 가득 이별 아닌 그리움으로 남아있으니, 아동문예와 작가들 곁에 영원히 머무소서.

－ 신건자

　추모의 정을 담아주신 글을 한편 한편 읽으며, 언제나 맑은 영혼으로 아동문예만을 위해 사신 박종현 선생님을 다시 생각합니다.

－ 정운일

　전국 곳곳에서 작가들의 마음을 모아 올올이 엮은 스웨터를 박종현님 영전에 바칩니다. 따뜻하신가요?

－ 진영희

　매화 피는 날, 매화 향기 남기고 떠나셨습니다. 남아 있는 따뜻한 마음들이 여기 모였습니다. 더 향기로운 세상 만들기 위하여.

－ 안종완

등산 박종현 선생 추모문집

귀하! 나, 박종현

초판 1쇄 · 2021년 3월 14일

지은이 · 박종현 선생 추모문집 발간위원회(대표 문삼석)
펴낸이 · 안종완

편집장 · 박옥주
편집부 · 김승현

펴낸곳 · 아동문예
등록일 · 1987년 12월 26일

주　소 · (우)01446 서울특별시 도봉구 도봉로 109길 78, 101호
전　화 · 02-995-0071~3, 02-995-1177
팩　스 · 02-904-0071

이메일 · adongmun@naver.com
　　　　adongmun@hanmail.net
홈페이지 · www.adongmun.co.kr
카　페 · http://cafe.daum.net/adongmunye

ISBN 979-11-5913-379-4　　03810